# Die Rettung der Regenwürmer

Theresa Prammer

SWB

Südwestbuch

Bibliografische Information der Deutschen Nationalbibliothek
Die Deutsche Nationalbibliothek verzeichnet diese Publikation in der Deutschen Nationalbibliografie; detaillierte bibliografische Daten sind im Internet über http://dnb.d-nb.de abrufbar.

1. Auflage 2014
ISBN 978-3-944264-28-8

Lektorat: Catrin Stankov, Bernau
Satz und Titelgestaltung: Gerd Schweikert, Stuttgart
Druck und Verarbeitung: CPI – Clausen & Bosse, Leck

Für den Druck des Buches wurde chlor- und säurefreies Papier verwendet.

*„Würdest Du mir bitte sagen,*
*wie ich von hier aus weitergehen soll?“*
*„Das hängt zum großen Teil davon ab,*
*wohin Du möchtest“, sagte die Katze.*

Aus *Alice im Wunderland,* Lewis Carroll

*Für Joseph*

# Prolog

## *Auf der Erde*

Er hatte noch sieben Tage.

Als er aufstand, um sich seinen zweiten Kaffee zu holen, zuckte er kurz zusammen. Das linke Bein, es wurde nicht besser. Mit schlurfenden Schritten ging er zum Kaffeeautomaten, vorbei an zwei seiner jungen Kollegen, die gerade ihre Helme polierten.

„Was für eine Zeitverschwendung", murmelte er, doch die beiden reagierten nicht.

Ein Uhr fünfzehn, die erste Hälfte der Nacht war ruhig gewesen, nur eine Ausfahrt wegen einer Katze, die sich in einem Kellerfenster eingeklemmt hatte.

„Na, Heinrich, wird dir nicht langweilig werden, wenn du nicht mehr bei uns bist?", fragte der jüngere der Kollegen.

„Nein, das glaube ich nicht", antwortete er leise, ohne sich umzudrehen, und nippte an dem dampfenden Kaffee.

Der Alarm ging los, bevor er den Becher geleert hatte.

Heinrich schlug die Beifahrertür mit einem lauten Knall zu, im selben Moment ertönte die Sirene und das Feuerwehrauto schoss aus der Einfahrt. Er hielt sich an dem Haltegriff über der Tür fest und versuchte mit der linken Hand den Gurt in die Schnalle zu stecken.

„Scheiße, was ...", hörte er seinen Kollegen hinter dem Steuer noch schreien, bevor er gegen die Tür geschleudert wurde. Er packte reflexartig den Haltegriff fester, als sein Kollege das Lenkrad nach rechts riss, um dem blauen VW-Käfer, der gerade um die Ecke biegen wollte, auszuweichen. Das kleine Auto kam im letzten Moment mit quietschenden Reifen zum Stehen.

„Das gibt's doch nicht, der muss taub sein, verdammt", fluchte sein Kollege laut.

Kaum zwei Minuten später hielt das Feuerwehrauto vor dem vierstöckigen Wohnhaus, von dem der Notruf gekommen war.

‚Wir sind noch rechtzeitig', stellte Heinrich erleichtert fest. Im Laufschritt eilte er zum Eingang und rief bei der Tür seinen Kollegen zu: „Sprungtuch aufspannen, ich geh rauf."

Der Schmerz in seinem linken Bein war verschwunden, als er zwei Stufen auf einmal nahm und die Treppe hinaufrannte.

***Im Fegefeuer, ganz in der Nähe des Erdkerns, ein paar Stunden zuvor***

„Oh, bitte mein Lieber, treten Sie ein. Ach, welche Ehre, ich habe nicht oft so hohen Besuch", säuselte Urian Hämmerlein, der Leiter des Fegefeuers, und machte dabei eine so tiefe Verbeugung, dass er fast umgekippt wäre. „Was darf ich für Sie tun, mein lieber Herr Ari ..."

„Keine Namen", unterbrach ihn der Besucher scharf.

„Natürlich, natürlich, ich verstehe, ja, ja, ich verstehe", sagte der kleine untersetzte Mann mit hoher Stimme und griff nach einer der vielen Katzen, die sich um seine Beine schlängelten. Das offensichtliche Unbehagen seines Besuchers löste einen wohligen Schauer in ihm aus, doch er wusste diese Regung wie immer geschickt zu verbergen.

„Aber nehmen Sie doch bitte Platz", sagte er unterwürfig und rüttelte an einem der Eisenstühle, die um den großen schweren Holztisch standen. Sofort sprangen die Katzen, die eben noch darauf gesessen hatten, herunter. Angewidert blickte der Besucher auf die schmutzige Sitzfläche und schüttelte den Kopf.

„Sie erlauben, wenn ich ...?", fragte Urian Hämmerlein und deutete auf den Stuhl. Sein Besucher sollte sich so überlegen wie möglich fühlen, und je höher er zu ihm aufblickte, umso besser.

„Natürlich."

„Vielen Dank", hauchte Urian Hämmerlein, während er sich setzte. Er platzierte die kleine graue Katze auf seinem nackten Bauch, der zwischen braunem Hosenbund und kariertem Pullunder herausschaute, und fing an, mit seinen spitz gefeilten Fingernägeln sanft das Fell des Tieres zu kraulen.

„Ich brauche deine Hilfe", begann der Besucher zögerlich, „... es ist eine sehr delikate Angelegenheit. Ich wäre nicht gekommen, wenn nicht in einer Stunde seinetwegen eine Sonderversammlung stattfinden würde. Du weißt, um wen es sich handelt?"

„Ja, natürlich weiß ich das", piepste Urian Hämmerlein.

Selbst ihm, der sich am entgegengesetztesten Punkt des Himmels aufhielt, waren die unlauteren Absichten seines Besuchers nicht entgangen.

„Der Zweck rechtfertigt die Mittel", fuhr der Besucher fort und strich sich nachdenklich über die Hakennase.

Urian Hämmerlein rieb sich vor Freude seine kleinen Hände, als sie nach einer genauen Einweisung, die ihm sein Besucher gab, endlich zu der Versammlung aufbrachen.

***Im Himmelsgewölbe,***
***auf der Zwischenstation zwischen Erde und Paradies***

„Eine Ausnahme, eine Ausnahme! Sie will eine Ausnahme", zischelten die tausenden Gestalten unter der sternendurchfluteten Kuppel.

Das Himmelsgewölbe, das gestützt wurde von zwölf goldenen Arkaden, war, so schien es, bis auf den letzten Platz besetzt. Und auch alle Höheren hatten sich eingefunden, auf den zwölf gläsernen Balkonen, die in der Mitte der Arkaden thronten und wirkten, als würden sie schweben.

Alle Blicke richteten sich auf die schwarzhaarige Frau, die auf dem gläsernen Podest vor ihnen stand. Sie stemmte die Hände in die Hüften und atmete tief ein, bevor sie bestimmt sagte: „Ich bitte euch inständigst darum!"

‚Das hat mehr wie ein Befehl geklungen, als wie eine Bitte', stellte sie zufrieden fest und blickte in die Menge. Und erst da bemerkte sie, dass der eintausendsiebenhundertfünfundfünfzigste Himmelsbote nicht da war – sein Platz war leer. Was für ein unverhofftes Glück, damit hatte sie wenigstens eine Chance, dass die Mehrheit positiv entscheiden würde.

Kaum hatte sie der Erleichterung über sein Fernbleiben nachgegeben, da donnerte auch schon seine tiefe Stimme durch die Kuppel: „Das werden wir nicht dulden!"

Die Menge verstummte sofort, als der hagere Mann aus dem Schatten zu seinem Platz hervortrat. Seine Hakennase thronte wie ein Turm in seinem Gesicht.

„Verfluchte Scheiße, der Saftsack hat sich nur versteckt! Ich hätte es wissen müssen", dachte sie und bemühte sich Ruhe zu bewahren, als ihre Blicke sich trafen.

„Wie lautet dein Einwand?", raunte sie.

Der Mann mit der Hakennase räusperte sich und faltete bedacht die Hände ineinander.

„Er hat es nicht verdient. Er hat ein unredliches Leben geführt und er ist auch als Himmelsbote schon zu oft gescheitert! Denn ein Himmelsbote ist nur dann ein Himmelsbote, wenn er seine Funktion erfüllt!"

Die Wut stieg in ihr hoch, sie unterdrückte alle Beschimpfungen, die ihr auf der Zunge lagen. Unter Aufbringung aller Schauspielkunst antwortete sie gelassen: „Verschone uns mit deinen Sprichwörtern! Und außerdem sprichst du nicht für die Mehrheit." Mit einem süßlichen Lächeln wandte sie sich wieder der Menge zu: „Wer gegen diese Ausnahme ist, der hebe jetzt die Hand!"

Der Mann mit der Hakennase war der Erste, und würde, so hoffte sie, auch der Einzige sein, der seine Hand langsam in die Höhe streckte. Plötzlich sah er zur Seite, zuckte zusammen und hielt inne. Sie folgte seinem Blick. Sie war sich nicht sicher, es dauerte nicht einmal den Bruchteil einer Sekunde, aber es sah so aus, als würde sich eine Gestalt in einem braun karierten Pullunder hinter ihm verstecken. Sie streckte den Kopf vor. Nein, sie musste sich geirrt haben.

Als sie sich ihm wieder zuwandte, hatte er seine Hand bereits gesenkt und auch keine weitere erhobene Hand war zu sehen. Vor Erleichterung entkam ihr ein Seufzen.

„Ich danke euch! Ihr werdet es nicht bereuen."

„Und, wer soll es diesmal sein", fragte er in so gehässiger Art, dass sie ihm am liebsten eine Ohrfeige gegeben hätte.

„Angelika Neuhauser", presste sie hervor, noch immer um Haltung bemüht.

Der Mann mit der Hakennase dachte kurz nach, als hätte er ein inneres Register aller Menschen, denen ein Himmelsbote zur Seite gestellt werden sollte. Plötzlich fuhr er hoch und fragte überrascht: „Bist du sicher? Angelika Neuhauser? Er bekommt wirklich diesen Fall?"

Statt einer Antwort sah sie ihn mit ihren dunklen Augen durchdringend an. Er hielt ihrem Blick nur einen Moment stand, bevor er sich verlegen abwandte.

Dann gab sie ein Zeichen, worauf sich zwei Gestalten aus der Gruppe lösten.

Als die beiden nach wenigen Augenblicken wieder zurückkehrten, führten sie einen Mann mit kurzem silbergrauem Haar in ihrer Mitte. Seine Schritte machten den Anschein, als würde er sich zu einer Musik bewegen, die nur er hören konnte. Und wie gut er aussah in seinem maßgeschneiderten dunkelblauen Anzug, dem weißen Hemd und mit der schwarzen Fliege. Man musste wirklich zugeben, seine dreiundachtzig Jahre waren ihm nicht anzusehen. Aus der Brusttasche seines Sakkos blitzte ein rubinrotes Seidenstecktuch und er schwang lässig die rechte Hand mit dem goldenen Siegelring am kleinen Finger.

Das anerkennende Raunen der weiblichen Stimmen schwang durch das Gewölbe, wie sanftes Blätterrascheln in einem Laubwald.

„Himmelsbote eintausendeinhundertsiebenunddreißig, wir haben einen Auftrag für dich", erläuterte die Frau auf dem Podest dem Neuankömmling. „Es ist deine letzte Chance, du bekommst sieben Tage, um den Auftrag zu erledigen."

„Aber ...", erwiderte der Himmelsbote, doch weiter kam er nicht.

„Ruhe", fuhr sie ihn an, „ab sofort verbieten wir dir, eine Frau zu besingen, zu berühren", sie hielt inne und setzte mit noch härterem Ton nach, „geschweige denn sie zu verführen."

Der Mann nickte und seine blauen Augen schienen zu funkeln. Sie kannte ihn gut genug, um zu wissen, dass er in Momenten wie diesem die Mafia ganz besonders vermisste.

„In Ordnung, Angel", willigte er seufzend ein. Kaum hatte sie seine Antwort gehört, löste sie sich in Luft auf. Sie hoffte, dass niemand das erleichterte Lächeln auf ihrem Gesicht bemerkt hatte.

*Fegefeuer, kurze Zeit später*

„Es ist bereits alles so gut wie erledigt", sagte Urian Hämmerlein, neigte den Kopf zur Seite und stieß mit einer raschen Handbewegung die Katzen, die es sich auf der schwarzen Tischplatte gemütlich gemacht hatten, hinunter.

„Verzeihen Sie mir die vorlaute Frage, aber was bekomme ich als Gegenleistung dafür? Das ist keine Kleinigkeit, die Sie da ..."

Der Mann mit der Hakennase verschränkte die Arme und räusperte sich, bevor er sagte: „Ich habe gehört, du bewirbst dich jedes Jahr aufs Neue, das Abstimmungsrecht zu erhalten. Wenn du den Auftrag erfüllst, dann wirst du es bekommen."

Das Abstimmungsrecht! Wie viele Jahrhunderte hatte er sich darum bemüht! Es war so demütigend, dass gerade er, der Sohn des Teufels, bei jeder Versammlung der Himmelsbrigade anwesend sein musste und als Einziger kein Abstimmungsrecht besaß. Jeden nutzlosen Idioten, der ins Fegefeuer geschickt wurde, musste er aufnehmen und hilflos bei Begnadigungen von angeblich geläuterten Verbrechern zusehen. Nur, weil sein Vater es so bestimmt hatte. Aber wenn er erst einmal genügend Stimmen aus der Himmelsbrigade hatte, dann musste selbst der Teufel einwilligen, dass er endlich das Abstimmungsrecht bekam.

„Noch etwas", fuhr der Besucher fort, „es darf niemand zu Schaden kommen. Kein Mord, keine Folter, nichts davon auch nur im Entferntesten! Haben wir uns verstanden?"

Urian Hämmerlein verbeugte sich zustimmend, tief genug, um das Grinsen auf seinem Gesicht zu verbergen, und sagte: „Natürlich, selbstverständlich, wie es Euer Wunsch ist!"

Als er den Kopf wieder hob, war der Mann mit der Hakennase verschwunden. Urian Hämmerlein blickte sich um. Kaum war er sich sicher, dass der Besucher wirklich fort war, brach er in schallendes Gelächter aus, das sich wie ein Echo in den langen dunklen Gängen des Fegefeuers vermehrte.

****

### *Auf der Erde*

Auf der Dachterrasse angekommen, sah der alte Feuerwehrmann die junge Frau an der Rampe sofort – ein zitterndes Geschöpf im Nachthemd. Jetzt ein Fehler und alles wäre vorbei. Er versuchte sie von der Seite einzuschätzen, als er leise auf sie zuging. Vielleicht Ende zwanzig, Anfang dreißig. Ohne Vorwarnung schoss der Schmerz so plötzlich wieder durch sein linkes Bein, dass er zusammenzuckte.

In diesem Moment der Unachtsamkeit knarrten die Bodenbretter unter seinen Füßen. Erschrocken drehte sich die junge Frau um und sah ihn an. Tränen rannen über ihre Wangen. Er war nur noch ein paar Schritte von ihr entfernt. Wie hoch war die Chance, sie mit einem Sprung zu erreichen und festzuhalten? Das Risiko war zu groß, er blieb stehen und bewegte sich nicht.

„Es tut mir leid", begann sie plötzlich mit kraftloser Stimme. Sie redete mit ihm, das war ein gutes Zeichen. Jetzt nur keinen Druck auf sie ausüben.

„Was tut Ihnen leid?"

Sie zitterte stärker. „Ich weiß gar nicht, wie ich hierher gekommen bin. Ich hab geschlafen und plötzlich wache ich auf und stehe hier."

Er war gefasst auf diese Lüge. Mit sechsundvierzig Jahren Berufserfahrungen konnte man ihm nicht so schnell etwas vormachen. Hinter sich hörte er Schritte die Treppe heraufsteigen. Die Tür zur Dachterrasse wurde geöffnet. Ein paar Meter und seine Kollegen wären bei ihm.

„Heinrich, alles in Ordnung?"

Ohne sich umzudrehen, bedeutete er ihnen, stehen zu bleiben.

Mit flehendem Blick sah die junge Frau ihn an, ihr Kinn bebte. Er streckte ihr die Hand entgegen und ging langsam auf sie zu.

„Wie heißen Sie?", fragte er flüsternd.

„Angelika Neuhauser." Sie schluchzte auf und ergriff seine Hand.

„Heinrich, was ist?"

Er schloss seine Finger fester um ihre, als er antwortete: „Es ist alles in Ordnung."

Dann wandte er sich zu seinen Kollegen und atmete tief ein, bevor er log: „Es war ein Irrtum. Wir haben hier eine Schlafwandlerin."

***Währenddessen, fünfhundert Meter entfernt ...***

Sein Puls hämmerte noch immer und schien sich nicht zu beruhigen. Er parkte das Auto in der beleuchteten Einfahrt eines Supermarkts, stieg aus, lehnte sich an die Tür und nahm ein paar tiefe Atemzüge. Es war wirklich knapp gewesen. Er war so in Gedanken versunken, dass er dieses Geräusch, das wie im Hintergrund zu laufen schien, gar nicht registriert hatte. Erst als das Feuerwehrauto fast in ihn reingekracht wäre, wurde er in die Realität geschleudert und hatte das Bremspedal durchgedrückt.

Jetzt hätte sie mich fast noch das Leben gekostet, dachte er und schluckte schwer.

Ziellos wie jeden Abend, wenn ihm die Decke auf den Kopf zu fallen schien, hatte er sich in seinen alten blauen VW-Käfer gesetzt und war durch die beleuchteten Straßen gefahren. Er musste damit aufhören, dachte er. Ein Jahr war genug.

Mit zitternden Händen strich er über das T-Shirt, das nass an seinem Körper klebte. Es war bedruckt mit Charlie Brown, der traurig auf dem schwarzen Stoff lächelte.

Darunter stand in geschwungener weißer Schrift: „*I think, life is quite difficult.*“

## 1 That's Life

Die silberne Aufzugstüre öffnete sich mit einem „Pling“ und legte den langen dunklen Gang zu meinem Büro im Gebäude der Schwarz-Versicherungsgruppe frei.

Die Angst und der Schrecken der Nacht belagerten mich noch immer, ich biss die Zähne so fest zusammen, dass meine Kieferknochen knackten, und schluckte die aufsteigende Panik hinunter.

Kaum hatte mich der alte Feuerwehrmann vom Dach in meine Wohnung gebracht, war ich auch gleich, wie ein gefällter Baum, in Ohnmacht gefallen. Er wollte mich dann doch ins Krankenhaus bringen, aber ich hatte einen Revers unterschrieben, dass ich mich weigerte und die volle Verantwortung übernahm.

„Versprechen Sie mir, dass Sie so etwas nie wieder machen“, hatte er mich erschöpft gefragt und dabei fest meine Hand gehalten, „und dass Sie morgen weitermachen, so als wäre nichts gewesen? Sie werden zur Arbeit gehen, versprechen Sie mir das?“

Ich hatte genickt. „Ja … ja, natürlich.“

Er war gegangen, noch immer überzeugt, dass ich mich wirklich vom Dach hatte stürzen wollen.

Doch der Feuerwehrmann hatte sich geirrt – ich hatte nicht gelogen: Ich hatte wirklich keine Ahnung, wie ich da hinaufgekommen war.

Eine schrille Stimme riss mich aus meinen Gedanken.

„Oje, du siehst ja furchtbar aus, so richtig fertig“, sagte Moni, den Kopf wie eine Hyäne auf Futtersuche aus ihrer Bürotür gestreckt. Dabei musterte sie mich und verzog ihren pinkfarbenen Schmollmund zu einem mitleidigen Lächeln.

„Dir auch einen schönen guten Morgen", antwortete ich und wollte so schnell wie möglich an ihr vorbeigehen. Doch sie streckte ihr langes Bein vor, dass es den ganzen Weg versperrte, und zog sich den halterlosen Strumpf zurecht.

Ich versuchte über das Bein zu steigen, aber in dem Moment, in dem ich einen großen Schritt machte, schleuderte sie mir ihre rotbraunen Locken ins Gesicht. Ich stolperte und konnte mich gerade noch an der Wand abstützen.

„Oh, das tut mir jetzt aber leid! Ach, Angelika, du bist und bleibst ein kleiner Tollpatsch, wie damals in der Schule", sagte sie so gütig, dass sich alles in mir zusammenkrampfte. Dann zog sie einen Zettel aus ihrem Rockbund und drückte ihn mir in die Hand.

„Hier, lies das bitte."

„An alle Mitarbeiter: Heutiges Meeting mit verpflichtender Teilnahme um neun Uhr im Sitzungssaal."

Ich sah wieder hoch, noch immer auf der Suche nach einer schlagfertigen Erwiderung, als sie schon im Vorzimmer des Abteilungsleiters verschwunden war.

„Es wär ja auch mal was ganz Neues gewesen, wenn dir was einfällt", flüsterte ich.

Ohne den Mantel abzulegen, ging ich gleich zum Sitzungssaal, in der Hoffnung, dass nicht bereits die gesamten hinteren Reihen belegt wären.

Als ich den altmodischen, muffigen Raum betrat, sah ich, dass alle Kollegen aus meinem Stockwerk zwar schon da waren, aber noch in kleinen Grüppchen zusammenstanden und tuschelten. Ich nahm auf dem ersten freien orangefarbenen Plastiksessel in der vorletzten Reihe Platz, neben Herrn Kreuzer, dem neuen Mitarbeiter aus der Buchhaltung.

„Oh, hallo, ich hab Sie ja noch nie gesehen, sind Sie auch neu?", fragte er lächelnd.

Seit zwei Monaten war er in der Versicherung und wir hatten schon dreimal miteinander geredet.

So etwas passierte mir ständig. Ich lernte jemanden kennen, und bei der nächsten Begegnung hatte man mich schon wieder vergessen. Weshalb es häufig vorkam, dass sich Leute bei mir dreimal vorstellten, bis sie sich endlich an mich erinnern konnten.

Ich antwortete: „Nein, wir kennen uns schon."

Herr Kreuzer schaute verwirrt, doch zum Glück hatte bereits der Abteilungsleiter, mit Moni im Schlepptau, wie ein stolzer Pfau den Raum betreten und begrüßte die Anwesenden mit seiner sonoren Stimme: „Liebe Mitarbeiter, guten Morgen. Wie Sie ja sicher alle wissen, ist seit letzter Woche die Stelle des Abteilungsleiter-Stellvertreters frei. Der Vorstand und ich, wir haben uns für eine Beförderung aus den eigenen Reihen entschieden. Besonders im letzten Monat haben wir gesehen, was wir für eine außerordentliche Mitarbeiterin unter uns haben. Sie war einer enormen Belastung ausgesetzt, wir waren ja, wie Sie sicher alle wissen, letzten Monat unterbesetzt, aber, was soll ich sagen, sie hat das großartig gemeistert. Ich weiß, Sie werden alle angenehm überrascht sein über unsere Entscheidung."

Er hielt inne und mir stockte der Atem. Die Einzige, die letzten Monat einer enormen Belastung ausgesetzt war, das war ich!

Moni und eine Kollegin aus der Sachbearbeitung waren drei Wochen auf Urlaub gewesen. Ich hatte sowohl deren Klienten als auch Monis Arbeit als Sekretärin des Abteilungsleiters übernommen. Das Blut schoss mir in die Wangen beim Gedanken, gleich meinen Namen zu hören, aber ich war mir nicht sicher, ob aus Angst oder vor Freude.

„Da es ein so besonderer Anlass ist, der mich persönlich

sehr freut, darf ich Sie bitten, sich alle einen kleinen Schluck Sekt zu holen, bevor ich den Namen verkünde."

Damit deutete er auf den Plastiktisch unter dem Fenster, auf dem viertelvolle weiße Plastikbecher standen. Stühle wurden gerückt, aber ich blieb sitzen und versuchte ruhig zu bleiben und nicht zu hyperventilieren, beim Gedanken, gleich vor versammelter Belegschaft befördert zu werden.

„Bitte beglückwünschen Sie mit mir ..."

Er hielt inne und ich machte mich bereit aufzustehen.

„Frau Monika Gruber!"

Ich hing bereits mit dem Hintern in der Luft über dem Sessel, als seine Worte mein Hirn erreichten.

„Oh, viiiielen Dank", kreischte Moni von hinten, klapperte mit ihren Stöckelschuhen in meine Richtung, tätschelte meine Schulter und drückte mich dabei zurück in den Sessel.

Ich war noch so perplex und verwirrt von Vorfreude, Angst und Enttäuschung, dass ich das Geräusch, das im nächsten Moment einsetzte, nicht einordnen konnte. Erst nach dem dritten „Dudeldum" erkannte ich, dass da mein Handy läutete – und zwar richtig laut. Ich hatte vergessen es lautlos zu stellen, hektisch fischte ich es aus der Handtasche. Ohne nachzudenken, drückte ich auf den grünen Knopf und flüsterte: „Mama, ich kann jetzt nicht, ich meld mich später."

„Was hast du gesagt, ich hör dich nicht?"

„Mama, ich meld mich später", sagte ich ein bisschen lauter.

„Aha, das Fräulein ist zu beschäftigt, um mit ihrer Mutter zu sprechen?", sagte meine Mutter, gefolgt von einem unterdrückten Schniefen.

„Nein, es ist jetzt grad echt nicht günstig, es tut mir leid."

„Und was ist, wenn ich dich wegen eines Notfalls angerufen habe? Wäre es dann auch *nicht günstig*?"

„Wieso, ist was passiert?", fragte ich erschrocken.

„Aha, also bist du doch nicht so beschäftigt, wie du tust. Ich hab's mir ja gedacht."

„Ist was passiert oder nicht?", jammerte ich.

Schweigen am anderen Ende.

„Mama, jetzt hör endlich auf damit, also was ist jetzt? Hallo? WAS IST LOS?", brüllte ich mein Handy an.

Sofort war ein Tut - Tut - Tut am anderen Ende der Leitung zu hören. Als ich mich umdrehte, um mein Telefon wieder in die Tasche zu stecken, sah ich in vierzig Augenpaare, die mich anstarrten, und das Einzige was zu hören war, war das Prickeln des Sekts in den Plastikbechern.

****

***Himmelsgewölbe, im Archiv***

„Ich soll mich bei euch melden", sagte der Himmelsbote zu dem alten vollbärtigen Mann hinter der gläsernen Trennwand. Der alte Mann sah von seinen Akten am Schreibtisch hoch, und als er erkannte, wer da vor ihm stand, schüttelte er überrascht den Kopf, anstatt eine Antwort zu geben.

„Gedankenbücher, Angelika Neuhauser", setzte der Himmelsbote durch das kleine Loch im Glas nach.

„Ich dachte nicht, dass ich Sie hier noch mal sehen würde. Dritte Tür", knurrte der alte Mann und zeigte auf den Gang zu seiner Rechten.

Vor ein paar Augenblicken erst hatte der Himmelsbote die Nachricht von den Höheren erhalten: „Begib dich zum Archiv für die Gedankenbücher deines neuen Auftrags!"

Er folgte dem Gang und blieb vor der dritten Türe auf der linken Seite stehen.

Sie war wie ein Gemälde in das Glas eingelassen, in einem Rahmen aus weiß leuchtenden Schienen, der die massive Edelstahltür hielt.

Der Himmelsbote drehte den kalten Türknauf und betrat den Raum.

Kaum hatte er die Tür hinter sich geschlossen, wurde das durchsichtige Glas an den Wänden weiß und verdichtete sich zu einer glänzenden Steinmauer.

„Also los, ich bin bereit", rief er in den leeren Raum hinein.

Die Ecken des Raums zogen voneinander weg, als wären sie aus Kaugummi, bis das Zimmer seine doppelte Größe erreicht hatte. Gleichzeitig fuhr mit lautem Surren ein riesiger schwarzer Bildschirm aus dem Boden, der erst anhielt, als er die Decke erreicht hatte. Rechts und links quollen Aktenschränke aus den Wänden, wie Schnecken aus ihrem Schneckenhaus, gefüllt mit dicken, schwarzen, in Leder gebundenen Büchern.

„Verwandlung beendet", hallte eine knarrende Männerstimme durch den Raum. Der Himmelsbote trat an den Schrank und griff nach dem ersten Buch im Regal, auf dessen Buchrücken die Nummer 1 stand.

„Kann man hier auch was zum Sitzen bekommen?", fragte er, und als er sich umblickte, war hinter ihm ein mickriger roter Kindersessel aufgetaucht.

„Macht euch bloß keine Umstände", brummte er leise und nahm Platz.

Eine Lade öffnete sich am unteren Ende des Bildschirms. In ihr leuchtete ein Symbol: Ein senkrechter langer Strich, der am unteren Ende von einem kurzen waagrechten Strich gekreuzt wurde – am oberen Ende war ein halber Kreis, nach oben geöffnet.

Der Himmelsbote legte das Buch Nummer 1 auf das Zeichen, worauf das gleiche Symbol auf der ledernen Deckseite aufblitzte, bevor sich die Lade mit einem leisen Rattern schloss.

„Kurzbeschreibung", erschien in großen weißen Buchstaben auf dem Bildschirm.

Darunter lief der Text: „Angelika Neuhauser, geboren in Wien, Tochter von Hilde und Alfred Neuhauser. Status: ledig, keine Kinder. Derzeitiges Alter: 32 Jahre. Beruf: ..."

„Moment", rief der Himmelsbote in den Raum und strich sich nachdenklich über das Kinn. „Keine unnötigen Fakten bitte, ich habe nicht genügend Zeit, mir das anzusehen, weiter mit dem nächsten Abschnitt."

„Heute ist der 8. Juli. Mein Name ist Angelika Neuhauser", ertönte daraufhin eine außergewöhnlich schöne, tiefe Frauenstimme.

„Stop! Das klingt zwar sehr nett, aber ich will das Ganze in ihrer Originalstimme hören", sagte der Himmelsbote.

„Das ist ihre Originalstimme", ertönte es aus dem unsichtbaren Lautsprecher.

Der Himmelsbote hob die Augenbrauen und stieß einen Pfiff aus: „Okay. Aber mach bitte weiter mit dem nächsten Abschnitt, zeig mir gleich die Schlüsselszenen ihres Lebens."

Augenblicklich erschien auf dem Bildschirm das Gesicht eines kleinen Mädchens mit dünnen, aschblonden Haaren.

### *Fegefeuer*

„Verdammt! Verdammt! Himmel, Arsch und Zwirn", schrie Urian Hämmerlein, als er die breiten schwarzen Stufen der gewundenen Treppe heruntergelaufen kam. Die Katzen, die sich unter dem felsigen Rundbogen am Eingang des Fegefeuers versammelt hatten, um ihn zu begrüßen, sprangen erschrocken zurück und fauchten. Mit einem schnellen Griff packte er die Kleinste aus dem verschreckten Rudel mit seinen spitzen Fingernägeln am Genick und hob sie hoch. Fluchend und schimpfend lief er im Kreis, vorbei an den unzähligen feuchten, heißen Gängen, die wie schwarze Sonnenstrahlen aus der Mitte der Gruft entsprangen. Jeder von ihnen eine Sackgasse, aus der es kein Entkommen gab.

Als er endlich stehen blieb, setzte er die Katze, die in seinen Armen zu zittern begonnen hatte, auf den massiven Holztisch, holte mit der Faust aus und schlug so fest auf die Tischplatte, dass die vor Hitze wabernde Luft wie durch eine Druckwelle erzitterte. Die Katze, die er nur um einen Millimeter verfehlt hatte, stieß ein schrilles Fiepen aus und sprang in hohem Bogen davon. Die Augen des kleinen Mannes glühten blutrot, als würden sie brennen, und er zischte mit zusammengebissenen Zähnen: „Der Himmelsbote sieht sich schon ihre Gedankenbücher an. So weit hätte es nie kommen dürfen. Ich hatte sie doch schon auf dem Dach! Und es war so leicht! Ihre Seele hat sich nicht einmal gewehrt. Wieso war dieser Idiot von Feuerwehrmann bloß so früh da?“

## 2 Send In The Clowns

„Wieso hab ich nix gesagt, alle haben sie mich angestarrt ... wieso habe ich einfach nur so dagesessen ... wie ein Kaninchen im Scheinwerferlicht ... hab versucht so zu tun, als wäre nichts gewesen, es war so peinlich, so peinlich, peinlich ... und dann heute Nacht, wie bin ich bloß da rauf gekommen ... vielleicht werde ich ja verrückt, ja komplett hinüber ... die ersten Zeichen ... jetzt hör schon auf, vergiss das Ganze und jammer hier nicht rum, fang endlich an zu arbeiten, sonst hockst du noch ... "

„Mit wem redest du da?", unterbrach mich eine Stimme und ich schreckte vom Schreibtisch hoch.

In meiner Bürotür stand Ali, der junge Bäcker aus Emilias Bäckerei unten an der Ecke.

„Oh hallo, ich hab dich gar nicht kommen gehört", stammelte ich und starrte ihn an. Wie lange hatte er schon in meiner Tür gestanden? Mein Gesicht wurde so heiß, ich konnte fühlen, wie mir das Blut in die Wangen schoss. Blieb mir denn heute gar keine Peinlichkeit erspart, musste er mich auch noch bei einem Selbstgespräch erwischen?

Ali kam auf mich zu und stellte eine kleine weiße Schachtel mit geschwungenem *Emilias Diwan* Schriftzug und goldener Schleife vor mir auf den Tisch.

„Das schickt dir Emilia. Ein neues Rezept. Sie hätte gerne deine Meinung." Unruhig steckte er die Hände in die Hosentaschen und blickte zu Boden.

„Und ich auch", setzte er leise nach.

Oh nein, ich hab ihn mit meiner Selbstlitanei erschreckt, dachte ich und sagte, als wäre nichts gewesen: „Ja klar, gerne, ich komm dann später runter."

Ich lächelte und wartete darauf, dass er gehen würde und ich mich in Ruhe schämen konnte. Aber er blieb stehen, rückte sich die Hornbrille zurecht und strich sich die schwarzen kurzen Locken aus der Stirn.

„Oh, wolltest du noch was?"

Ali öffnete den Mund, doch dann hielt er inne, als würde er überlegen, was er sagen wollte.

Als ich ihn das erste Mal in Emilias kleiner Bäckerei gesehen hatte, flüsterte ich: „Wahnsinn, der schaut aus wie die junge türkische Ausgabe von Peter Alexander."

„Du hast recht", antwortete Emilia, die dachte ich hätte mit ihr gesprochen, „der ist echt ein Glücksfall. Kaum zwanzig Jahre alt und dabei schon so ein fantastischer Bäcker. Du kannst dir nicht vorstellen, was sich sonst für Typen auf die Stellenanzeige gemeldet haben! Am ärgsten war der eine, der gesagt hat, seine Spezialität sind Krapfen in Totenkopfform. Ich hab gesagt, cool, du meinst für Fasching? Und er hat geantwortet, nein, für Weihnachten. Oder ein anderer, mit langen verfilzten Haaren und Vollbart, der gemeint hat, er hält nichts von übertriebener Hygiene in einer Backstube."

Und dann war Ali gekommen – freundlich, höflich und voller Ideen. Emilia hatte ihn sofort eingestellt. Jetzt war es das erste Mal, dass er zu mir ins Büro raufkam. Außer „Hallo" hatte ich noch nie ein Wort mit ihm gewechselt.

Er hatte noch nicht geantwortet und schien immer noch nachzudenken. Ich versuchte, nicht in seine Richtung zu sehen und suchte unauffällig den Schreibtisch mit den Augen ab, ob sich darauf nicht irgendetwas befand, das als Gesprächsthema herhalten würde. Die silberne Füllfeder, die nicht mehr funktionierte? Die bunten Post-its in Herzform? Der Krimi, den ich immer in der Mittagspause las?

Beim Blick auf die weiße Schachtel, die Ali eben abgestellt hatte, fiel es mir ein: „Die neue Verpackung von der Bäckerei finde ich wirklich schön", sagte ich und hielt das weiße Päckchen hoch. Ali nickte, er war sichtlich erleichtert.

„Ja, nicht wahr, das war Emilias Idee, die goldene Schleife."

„Das ist toll, man erkennt's gleich wieder, wie im Geschäft – Weiß und Gold."

„Genau, das hat sie auch gesagt, wie die Farben im Geschäft, Weiß und Gold."

Wir nickten uns eifrig zu und das war es dann auch schon, wieder peinliches Schweigen.

Wieso geht er denn nicht, dachte ich und fragte nach einer Pause: „Und, gefällt's dir?"

„Was?" Er sah mich überrascht an.

„Der Job, in der Bäckerei?"

„Ach so, ja, sicher. Emilia ist dir echt dankbar."

„Wofür?"

„Na ja, wegen dem Laden. Sie hat gesagt, hätte sie dich damals nicht kennen gelernt ..."

„Ach so." Ich winkte ab. „Ich hab ihr ja nur erzählt, dass der Bioladen gegenüber leer steht, sonst nichts."

Ali lehnte sich in den Türrahmen und es sah wirklich so aus, als wollte er bleiben. Aus Angst, es würde gleich wieder diese unangenehme Stille herrschen, fing ich an: „Also, wir haben uns ja damals in diesem Volkshochschulkurs kennengelernt."

Ich sah ihn an und versuchte eine Reaktion zu erkennen. Hatte ihm Emilia erzählt, dass es „Afrikanischer Ausdruckstanz – erwecken Sie ihre weibliche Urkraft" war? Ali verzog keine Miene.

„Sie hat damals gerade frisch gekündigt bei diesem Lebensmittelkonzern, wo sie Managerin war."

Noch immer keine Reaktion von ihm. Anscheinend kannte

er die Geschichte wirklich nicht, wie Emilia und ich uns getroffen hatten.

Wie Antilopen sollten wir durch den Tanzsaal springen, während die blonde Amazone von Kursleiterin frohlockte: „Lasst los, seid frei, wir wollen mit den Göttern tanzen."

Gerade als ich besonders losließ, rammte mir von hinten jemand etwas ins Kreuz und ich schrie laut auf. Nach Luft schnappend wurde ich unter einem weichen Frauenkörper begraben. Ich robbte unter ihm hervor: Es war die hübsche Fünfzigjährige mit den witzigen Augen und den aufgesteckten kupferroten Haaren, die so schwungvoll mit dem Hintern gewackelt hatte. Sie war mir gleich zu Beginn des Kurses aufgefallen.

„Es tut mir so leid", stammelte sie und hielt sich den Fuß.

„Es war meine Schuld", krächzte ich japsend zurück. Wir zogen uns aneinander hoch. Die blonde Amazone kam angesprungen, baute sich vor uns auf und sagte: „Ja, ja, so was kann schon mal passieren, wenn die Kräfte frei fließen. Das ist die weibliche Urgewalt!"

Kaum hatte sich die Amazone umgedreht und wieder mit ihren Antilopensprüngen begonnen, drehten wir uns gleichzeitig weg und versuchten bebend unser Lachen zu unterdrücken.

„Ums Eck gibt's einen herrlichen Inder", kicherte Emilia und wischte sich die Tränen von der Wange. Das war jetzt mehr als ein Jahr her.

Ali hatte sich keinen Zentimeter aus meinem Türrahmen bewegt und lächelte mich an. Vielleicht brauchte er ja eine Versicherung? Als ich ansetzte, um ihn zu fragen, klingelte das Telefon.

„Tut mir leid, ich muss rangehen", sagte ich und griff nach dem Hörer.

„Kommst du dann runter, Angelika? In der Mittagspause?"

Ich nickte überrascht – ich wusste gar nicht, dass er meinen Namen kannte. Ali drehte sich sofort um und verließ das Zimmer genauso leise, wie er gekommen war.

****

***Himmelsgewölbe, im Archiv***

Der Himmelsbote rutschte auf dem roten Kindersessel herum. Es war ihm wie jedes Mal unangenehm, die prägendsten Ereignisse im Leben der Person, der er zugeteilt war, anzusehen. Obwohl es ein Teil seines Auftrags war, kam er sich doch immer wie ein Eindringling vor. Er drückte auf den Lautstärke-Knopf der Fernbedienung, um die Szene besser zu hören. Das kleine blonde Mädchen auf dem Bildschirm warf die Arme in die Luft und lachte laut auf. Sie tanzte und drehte sich, wie ein Kreisel. Dann veränderte sich das Bild, das Mädchen wurde älter. Mit jedem Jahr, das im Zeitraffer auf dem Bildschirm verging, veränderte sich der Ausdruck auf ihrem Gesicht. Wo vorher noch ein Lachen war, sahen ihn nun ernste Kinderaugen an.

Als sie das Schulkindalter erreicht hatte, stoppte das Bild. Der Himmelsbote rückte näher an den Bildschirm, er war sich nicht sicher, was er da sah. Das Kind stand in einem grünen Pullover und einem karierten Faltenrock als Standbild vor ihm. Was war das bei ihren Fußknöcheln?

Er verengte die Augen zu Schlitzen, um genauer sehen zu können.

Da war eine Wölbung über jedem Fuß.

Es sah so aus, als wäre auf beiden Seiten zwischen Fuß und Unterschenkel ein Babybeißring eingepflanzt.

****

Der süße Zimtduft schwang mir aus der Backstube entgegen, als ich Emilias Bäckerei betrat. Sie stand hinter dem Tresen und bediente gerade Herrn Kreuzer aus der Buchhaltung. Emilia zwinkerte mir zu, als sie mich sah. Bei jeder Bewegung schwang ihre rot karierte Schürze auf den festen Hüften wie eine Glocke und zwei Mini-Holzkochlöffel ragten aus ihren kupferroten Haaren. Ich verzog meinen Mund zu einem halbherzigen Grinsen und drehte ihr den Rücken zu. Der Letzte, mit dem ich jetzt reden wollte, war Herr Kreuzer. Man musste immer so aufpassen, was man ihm sagte. Obwohl er erst kurz in der Versicherung war, hatte er sich schon einen Ruf als Tratschtante zugelegt. Und den auch schon oft genug bestätigt. In spätestens einer halben Stunde – bei wirklich interessanten Sachen sogar in zehn Minuten – wusste die ganze Versicherung, was man ihm erzählt hatte.

Ich sah auf das Gemälde über dem Eingang und musste lächeln. Darauf war ein wunderschöner goldfarbener Diwan, auf dem eine dunkelhaarige Frau in eine weiße Decke gehüllt lag. Die Frau auf dem Bild war Emilias Großmutter, von der sie nicht nur ihren Vornamen hatte, sondern auch die Idee für den Namen der Bäckerei. Ich liebte es hier, es war ein bisschen so, wie *nach Hause kommen*. Emilia hatte ein Dreivierteljahr gebraucht, bis sie vor zwei Monaten endlich die Bäckerei eröffnen konnte. Ihr Verhandlungsgeschick und eine beträchtliche Summe an einen Beamten für *wohltätige Zwecke* hatten ihr die Konzession ermöglicht. Die gesamte Abfindung von ihrem Job als Managerin war für die Spende, den Kauf und die Einrichtung des Geschäfts draufgegangen.

„Aber, das ist es mir wert“, hatte sie gesagt, als ich am ersten Tag zu ihr ins Geschäft kam, „ich bin jetzt zwanzig Jahre für diesen Verein in der Welt herumgereist und das hat mehr als gereicht. Ich wollte einfach nicht mehr in Hotels übernachten, an deren Namen ich mich schon am nächsten Tag nicht mehr erinnern konnte, weil es jeden Tag ein anderes war. Ich wollte jeden Abend zurück in meine eigene Wohnung gehen. Und weißt du, was mir immer am meisten gefehlt hat, wenn ich unterwegs war? Gutes Brot, saftiges, weiches, duftendes Brot mit einer knusprigen Kruste. Obwohl ich keine Ahnung davon hab, eine Bäckerei zu führen", fügte sie grinsend hinzu.

*Emilias Diwan* lag wunderschön in einem kleinen Innenhof, zu dem man von der Straße durch ein großes grünes Tor, dessen eine Seite immer offen stand, kam. Die gelben Steine des Kopfsteinpflasters führten direkt zur Tür der Bäckerei.

*Follow the yellow Brickroad* stand auf dem Schild über dem breiten Eingang, daneben das Bild einer bunten Torte. Man konnte das Geschäft von der Straße aus leicht erkennen und trotzdem waren ihre Vitrinen oft noch voll, wenn ich nach Büroschluss in die Bäckerei kam.

Auf dem weißen Holztresen lagen, unter dem in Gold eingefassten Glas, die süßen und salzigen Köstlichkeiten in der Vitrine aneinandergereiht:

Duftende Baguettes, glänzende Krapfen mit roter, weißer und pinkfarbener Glasur, verzierte dicke Sandwiches mit Dipsaucen, Schokoladenbomben gefüllt mit dunkler und weißer Schokolade, karamellfarbene Apfelkuchen mit Streusel und mit Käse und Kräutern überbackenes Gebäck.

Ich hatte schon den ganzen Vormittag überlegt, ob ich ihr von meinem nächtlichen Ausflug aufs Dach erzählen sollte. Und wie in einer Endlosschleife war mir immer wieder dieselbe Frage durch den Kopf gegangen: ‚Was, wenn ihr dann auch der Gedanke käme, ich bin verrückt?'

„Und, wie laufen die Geschäfte?", fragte ich so locker wie möglich, als die Tür sich mit einem Klingeln hinter Herrn Kreuzer schloss.

„Na ja, ich warte aufs Wochenende, ich hoffe, dann ist mehr los."

„Ich bin sicher, es dauert nicht mehr lange und du wirst dich vor Kunden nicht mehr retten können. Wirklich, du hast die besten Sachen, die ich je gegessen habe."

„Du bist wie immer ein Sonnenschein", lachte Emilia und mir wurde ganz mulmig zumute. Würde sie das auch noch sagen, wenn sie das von letzter Nacht wusste?

„Nein, nein, das ist mein Ernst", sagte ich schnell, „zum Beispiel dieses Vanille-Erdbeer-Croissant, das mir Ali vorbeigebracht hat. Das ist umwerfend!"

„Ach so, hat er das?", fragte Emilia und ein leichtes Lächeln blitzte in ihren Augen.

In diesem Moment kam Ali aus der Backstube. Wir sahen uns für einen Moment an. Ich wartete, ob er jetzt vielleicht was sagen würde wegen der Versicherung, aber er blieb nur wie versteinert stehen. Vielleicht will er mich nicht vor Emilia fragen, dachte ich und bestellte rasch ein Roastbeef-Provolone-Sandwich mit Honig-Dijon-Dip zum Mitnehmen.

****

***Himmelsgewölbe, im Archiv***

„Als ich acht Jahre alt war, hat es begonnen", sagte die schöne Stimme und das Bild setzte sich in Bewegung. Eine Küche war zu sehen und eine blonde Frau, die mit dem Rücken zu der kleinen Angelika Neuhauser stand.

„Wer ist das?", fragte der Himmelsbote in den Raum und sofort kam die Antwort: „Das ist meine Mutter."

Das Mädchen hielt ihrer Mutter einen kleinen weißen Zettel entgegen.

Als die junge Frau ihn gelesen hatte, sagte sie: „Was hast du bloß angestellt, dass die Moni so was über dich schreibt? Jetzt geh in dein Zimmer. Ich muss das deinem Vater sagen, wenn er heimkommt."

Das Mädchen öffnete den Mund, doch die junge Frau hatte sich bereits wieder umgedreht. Ohne etwas zu sagen, griff sie nach der braunen Schultasche und ging in ihr Kinderzimmer, am Ende des Vorraums. Sie setzte sich an den kleinen Schreibtisch und starrte aus dem Fenster.

Es wurde Abend und der blühende Kastanienbaum im Hof verschwand immer mehr in der Dunkelheit. Das Mädchen verschränkte seine Arme, und als es draußen so dunkel wurde, dass sie nichts mehr sehen konnte, legte sie ihren Kopf auf den Schreibtisch und schloss die Augen. Ein Geräusch aus dem Vorraum ließ sie aufspringen.

Sie stand auf, presste ihr Ohr an das Holz der Kinderzimmertür und lauschte dem Schlüsselgeräusch vom Wohnungseingang und den Stimmen, die kurz darauf zu sprechen begannen.

Schritte waren zu hören, die auf ihre Tür zukamen. Das Mädchen tapste zurück und schaute mit klopfendem Herzen auf die Türschnalle. Jeden Moment würde sie heruntergedrückt werden – Angelika hielt die Luft an.

Doch nichts geschah. Die Schnalle bewegte sich nicht. Die Schritte entfernten sich wieder und dann war es still.

„Ich hab einen Riesenhunger. Am liebsten hätte ich jetzt Palatschinken. Oder Nudeln mit Käse. Wenn ich einmal groß bin, dann werde ich ganz viel kochen, dann mach ich ...", begann das Mädchen und setzte sich aufs Bett.

Der Himmelsbote hob überrascht die Augenbrauen, als er Angelika Neuhausers erwachsene Stimme sagen hörte: „Das war der Abend, an dem ich begonnen habe, mit mir selber zu sprechen. Und das tue ich auch heute noch."

„Was stand auf dem Zettel?“, fragte er in den Raum.

Am Bildschirm erschien die blaue, krakelige Kinderschrift in fünfzigfacher Vergrößerung: „Angelika ist ein Knöchelmonster und ich mag sie nicht. Moni.“

## 3 Come Fly With Me

Auf dem Weg durch den Gang, zurück zu meinem Büro, hörte ich bereits das Telefon auf meinem Schreibtisch läuten. Ich lief und versuchte nicht zu keuchen, als ich abhob und sagte: „Schwarz-Versicherung, Schadensstelle, Angelika Neuhauser."

Eine aufgeregte Männerstimme meldete sich, begleitet von hysterischem Weinen und Gejammer mehrerer Frauenstimmen: „Bin ich froh, das ich jemanden erwische, ich ruf schon seit zehn Minuten an."

„Das tut mir sehr leid. Wie kann ich Ihnen helfen Herr ..."

Er fiel mir ins Wort: „Ich heiße Berger, bitte, es ist dringend, mir ist etwas ganz Blödes passiert. Ich habe eine Hochzeitstorte auf dem Gewissen."

Wieder war Schluchzen und Jammern von mindestens zwei Frauen im Hintergrund zu hören.

„Ich hab einfach die Autotür aufgemacht und nicht geschaut, ob jemand am Gehsteig kommt. Da war ein Zuckerbäcker, er hat gerade eine Hochzeitstorte zu seinem Lieferwagen getragen. Ich habe ihn voll mit der Tür erwischt. Er ist ausgerutscht, die Torte ist gegen die Autotür geknallt und liegt jetzt hier als riesiger Gatschhaufen am Gehsteig." Dann flüsterte er und es klang so, als hätte er sich die Hand vor den Mund gehalten: „Die Braut und ihre Mutter sind hier, bitte helfen sie mir, die rasten völlig aus. Die Alte hätte mir fast eine reingehauen."

Mit lauter Stimme fuhr er wieder fort: „Es tut mir so schrecklich leid, ich verstehe die Verzweiflung natürlich. Morgen ist ja schon die Hochzeit."

Jetzt meldete sich eine Männerstimme im Hintergrund zu Wort: „Ich kann unmöglich bis morgen noch so eine Torte machen, ich hab so viele Aufträge, und das war eine sechsstöckige Schwarzwälderkirsch-Variation. Wissen Sie, wie lange so etwas dauert?"

Erneutes synchrones Aufheulen der beiden Frauen.

„Bitte, ich komme mir hier vor wie auf einem griechischen Begräbnis! Ich flehe Sie an, tun Sie etwas", flüsterte er wieder, „dieses Ding hat noch dazu so viel gekostet, wie ein kleines Auto!"

„Gut, geben Sie mir Ihren Namen und die Adresse, ich schaue mir gleich Ihre Versicherung an."

„Manfred Berger, Metternichgasse 19, im dritten Bezirk."

Ich tippte alles in den Computer.

„Okay, Herr Berger, das ist kein Problem, das machen wir schon. Jetzt bitte noch Ihre Nummer, ich rufe Sie in fünf Minuten zurück."

Ich schrieb alles auf einen Zettel, schnappte mein Handy und lief hinunter zu *Emilias Diwan.*

Atemlos stürmte ich ins Geschäft: „Kannst du eine Hochzeitstorte machen, sechsstöckig, bis morgen, eine Schwarzwälderkirsch? Es ist ein Notfall."

Emilia rief Ali nach vorne und ließ mich mein Anliegen noch einmal vortragen. Der überlegte kurz, dann nickte er mir zu und sagte: „Ich mache eine Torte, die wird euch umhauen. Echt Angelika, und wenn ich ganze Nacht dafür brauche."

Ich tippte die Nummer von Manfred Berger ins Handy, der mit den Worten „Bitte, retten Sie mich" abhob. Im Hintergrund war jetzt das Geheule lauter geworden, Wortfetzen wie „unmöglicher Trottel" und „rücksichtsloser Idiot" wurden von einer der Frauen gekeift, dazu im Rhythmus das Wimmern der anderen.

Nachdem ich ihn zu *Emilias Diwan* bestellt hatte, bat ich ihn um den Namen und die Nummer des Zuckerbäckers, der die erste Torte fabriziert hatte, um sie Ali zu geben. Er sollte sich schon mal Informationen über das herzustellende Wunderwerk holen.

Mit „wir sind in zehn Minuten da" legte Manfred Berger auf.

Nach sieben Minuten hielt mit quietschenden Reifen ein schwarzes Auto mit Creme und Schlagobers auf der Fahrertür vor der Einfahrt.

Ein großer, schlanker Mann um die vierzig Jahre mit kinnlangen brünetten Haaren, einem makellosen Gesicht und unglaublich weißen Zähnen stieg aus dem Auto. Mir brach augenblicklich der Schweiß aus, aber es beunruhigte mich nicht. Wenn mir ein Mann gefällt, bekomme ich Panik, Schnappatmung und alle Schweißdrüsen öffnen sich auf 100 Prozent. Augenblicklich duftete es wie ein ganzer Magnoliengarten und ich schickte ein Dankgebet an die Erfinder der *Body-Active-Deodorants.*

Manfred Berger kam herein und schüttelte meine feuchte Hand. Hinter ihm trottete eine bildhübsche Zwanzigjährige mit roten verweinten Augen. Die Frau, die dann das Lokal betrat, sah aus wie das ältere Abziehbild der Zwanzigjährigen. Irritiert sah ich in ihr Gesicht, als sie energisch auf mich zukam. Irgendwas stimmte damit nicht.

Ihr Mund bewegte sich mühsam in einer starren Maske, als würde er gar nicht da hineingehören.

„Es ist ein Skandal, das ist ja wirklich das Letzte, jetzt schlägt's aber dreizehn", fuhr sie mich an und ich zuckte zusammen und konnte kein Wort mehr sagen.

Emilia und Ali retteten mich, als sie sofort im Duett auf sie einredeten: „Keine Angst, die Torte wird ja noch um ein Vielfaches schöner."

„Und üppiger."

„Genau."

„Auf jeden Fall!"

„Viel prachtvoller."

„Und vor allem köstlicher!"

Aber Starrgesicht keppelte trotzdem mit schriller Stimme weiter „das wollen wir mal sehen", „es ist alles eine Katastrophe", und dazwischen wiederholte sie immer wieder „wenn das Guido erfährt, er wird schäumen".

Ihre Tochter schien sich aber doch zu beruhigen, denn sie stellte ihr Geschluchze ein und es kam ein gequältes Lächeln über ihre Lippen.

Als ihr Ali noch vorschlug, er könnte ein Foto von ihr und ihrem Zukünftigen auf Marzipan pressen und die Torte mit lauter kleinen essbaren Bildern des Brautpaares verzieren, war sie endgültig zufrieden. Mutter und Tochter verließen das Geschäft, Ali verschwand mit einem Blick, den ich nicht deuten konnte, in die Backstube, und Manfred Berger sackte neben mir auf einem Stuhl zusammen.

„Dafür schulde ich Ihnen ein Essen", sagte er zu mir, worauf ein erneuter Magnolienduft durch die Luft zog.

„Das ist doch nicht nötig", stammelte ich, während innerlich alles in mir „ja, ja, unbedingt!" rief.

„Und ob das nötig ist! Sie haben mein Leben gerettet. Wenn Sie nicht gewesen wären, hätte mich dieses Wahnsinnsweib umgebracht – oder ich sie!"

Er beugte sich zu mir und atmete tief durch die Nase ein. „Darf ich Ihnen sagen, dass Sie unglaublich gut riechen!"

Ich schaute in seine wunderschönen Augen und vergaß zu atmen, während vor meinem inneren Auge unsere Kinder durch unser Haus mit Garten liefen, um mit mir gemeinsam ihren Papa zu begrüßen, der von der Arbeit heimkam. Er nahm die Kinder in die Arme, dann schickte er sie in ihr Zimmer, um mich auch nach sechs Jahren Ehe stürmisch zu begrüßen, und sofort ins Schlafzimmer zu ziehen.

Ich seufzte auf. „Ist alles in Ordnung mit Ihnen?“, fragte Manfred Berger und schaute mich an.

„Oh ja, äh, was? Verzeihung, ich musste nur grad, äh, wollen Sie nicht mit mir gehen? Ich meine rauf ... äh, ja, raufgehen.“

Ich hoffte inständig, dass ich auf ihn nicht so schwachsinnig wirkte, wie ich mir vorkam. „Also rauf, in mein Büro. Wenn Sie schon da sind, dann können wir gleich den ganzen Papierkram, also, nein, äh, was ich meine, Computerkram, erledigen.“

Ich schloss mit einem bemühten „hehehe“.

Wenn er mich jetzt nicht für verrückt hielt, war er ein Heiliger.

„Oh, natürlich, gehen wir.“

Wir verließen die Bäckerei und gingen schweigend über die Straße. Ich wollte irgendetwas sagen, konnte aber die ganze Zeit nur an eines denken: „Sind meine Schnürschuhe auch wirklich hoch genug, dass sie meine Knöchel verdecken?“

Als ich die Tür zum Versicherungsgebäude öffnete, fasste er meinen Oberarm und mir schoss ein Kribbeln durch den Körper, dass mir ganz schwummrig wurde. Wie lange hatte mich schon kein Mann mehr angefasst. Er sagte etwas zu mir, aber ich konnte ihm nicht folgen – mein ganzes Blut war in meinen Oberarm gerutscht.

„Verzeihung, was bitte?“, fragte ich und versuchte einen normalen Gesichtsausdruck hinzubekommen.

„Ob Sie nicht jetzt gleich mit mir essen gehen wollen, ich brauche außerdem einen Schnaps. Ich weiß, dass nicht weit von hier ein fantastischer Italiener ist. Und ich würde Sie wirklich gerne einladen.“

Er lächelte und streckte den Kopf vor, während er mich ansah. Ich vergaß einzuatmen und hauchte: „Sehr gerne."

****

*Himmelsgewölbe, im Archiv*

Das Bild eines blonden Burschen, der soeben noch laut grölend und lachend auf dem Bildschirm zu sehen war, verblasste. Der Himmelsbote stieß einen tiefen Seufzer aus und griff nach der Fernbedienung. Sein Blick wanderte zu dem Aktenschrank, auf dem noch die Gedankenbücher Nummer 2, 3, 4, 5 und 6 standen, und er schüttelte den Kopf.

„Ich kann mir das nicht länger in Echtzeit anschauen. Ich brauche einen Schnelldurchlauf, mir läuft ja die Zeit davon", rief er in den Raum.

Eine Männerstimme ertönte: „Schnelldurchlauf in diesem Modus leider nicht möglich."

Der Himmelsbote verdrehte die Augen. „Ja, dann ändere eben den Modus."

„Modusänderung nur von autorisierter Person möglich."

„Seit wann? Das ist doch ...! Was soll das?"

Die Stimme wiederholte ihre Aussage: „Modusänderung nur von autorisierter Person möglich."

Der Himmelsbote schnaubte: „Und wer ist autorisiert?"

„Geheimhaltungsstufe 1, der Name darf nicht preisgegeben werden", antwortete die Stimme erneut.

Der Himmelsbote ließ den Kopf sinken. Zuerst die Sieben-Tage-Beschränkung und jetzt das. Es war nicht der normale Verlauf eines Auftrags. Er zögerte kurz und drückte dann auf die Abschalt-Taste der Fernbedienung.

Der Bildschirm fuhr surrend in den Erdboden und das

Zimmer um ihn herum schrumpfte in Sekundenschnelle. Die Aktenschränke wurden von den Wänden verschluckt, und kaum war er aufgestanden, verschwand auch der rote Sessel unter ihm.

Als er die Worte „Ich bin bereit" ausgesprochen hatte, löste er sich in Luft auf.

****

Wir stiegen in sein Auto, und Manfred Berger fuhr uns zu *Giovannis*, ein paar Straßen entfernt. Ich war noch nie dort gewesen, es war ein hübsches, kleines Lokal mit Wänden aus braunen, unverputzten Ziegelsteinen, Holzmöbeln und dunklen Vorhängen, die für schummrige Atmosphäre sorgten.

Er bestellte für sich einen doppelten Grappa und ich wählte ein Viertel Lambrusco.

Ich vertrage Alkohol nicht. Das heißt, für mich ist ein Achtel Wein das, was für andere Leute ein Doppelliter ist. Mit zwölf Jahren war ich einmal nach einer Packung Rumkugeln so betrunken, dass meine Mutter mir heimlichen Alkoholkonsum unterstellte und mich ins Krankenhaus brachte. Während ich lallend neben ihr herumtorkelte, sagte ihr der Arzt, dass die Promille-Zahl, die ich im Blut hatte, verschwindend gering war und dass mich, wie es aussah, schon die kleinste Menge Alkohol in betrunkenen Zustand versetze.

„Verdacht auf fehlendes Enzym", stand auf dem Anamnesebogen.

Es scheint, als rinne der Alkohol mit zehnfacher Wirkung durch meinen Körper. Und er verschwindet daraus auch genauso schnell wieder. Denn ab dem Moment, wo ich auf die Toilette gehe, ist es vorbei. Das bedeutet, dass ich mit sehr geringem finanziellen Aufwand sehr betrunken werde, und dann wieder sehr nüchtern. Und leider setzt mein Erinnerungsvermögen dabei nie aus.

Der Rest der Menschheit ist betrunken und stellt Sachen an, an die er sich zu seinem Glück am nächsten Tag kaum noch erinnert. Ich bin betrunken und stelle Sachen an, an die ich mich nach dreißig Minuten wieder lückenlos erinnern kann.

In diesem Fall wählte ich bewusst den Lambrusco. Durch seine Süße würde er noch schneller ins Blut gehen, und ich brauchte dringend ein bisschen Abstand von mir. Im Augenblick saß ich nämlich wortlos Manfred Berger gegenüber, hörte ihm zu und versuchte nicht zu schwitzen.

Als endlich der Lambrusco gebracht wurde, tat ich so, als würde ich mich im Lokal umsehen, um dabei – völlig unbeabsichtigt und gedankenverloren – gleich das halbe Glas austrinken zu können. Und da erst bemerkte ich den älteren Mann am Nebentisch. Er spielte mit einem leeren Schnapsglas herum und lächelte mir zu, als er meinen Blick bemerkte. Für einen kurzen Moment war ich verwirrt. Ich hatte das Gefühl, diesen Mann zu kennen. Sein Gesicht kam mir irgendwoher bekannt vor. Aber woher bloß?

Er war sicher schon über siebzig Jahre alt, trug einen hellblauen Strickpulver über einem weißen Hemd, eine dunkle Hose, und hatte kurzes silbriges Haar. Das Auffallendste waren aber seine Augen. Sie waren von einem tiefen und stechenden Blau, als würden sie funkeln.

Der Kellner kam und Manfred Berger bestellte sich ein Risotto mit Speck und Spargel. Ich zögerte kurz, und obwohl alles in mir nach Speck und Spargel verlangte, entschied ich mich für ein Gemüse-Risotto. Es war aus reiner Angst, dass es unsexy wirken könnte, wenn ich mir einfach so fettigen Speck reinschieben und nicht auf meine kaum vorhandene Figur achten würde.

Da hätte ich ja auch gleich sagen können, ach übrigens, die engste Beziehung, die ich derzeit habe, ist mit einem neonrosa Vibrator, der den Namen *König Artus* trägt.

Es hörte sich an wie ein Lachen, das vom Tisch des alten Mannes kam, aber ich versuchte, es zu ignorieren. Wahrscheinlich ein Einsamer, der langsam durchdrehte. Also mir nicht unähnlich, dachte ich und sehnte mich noch mehr nach Speck und Spargel.

Wenn ich unbedingt wollte, dann könnte ich ja sowieso am Abend wieder herkommen und die Speck-Spargel-Version zum Mitnehmen bestellen, beruhigte ich mich. Und das würde Manfred Berger dann wenigstens nicht mitbekommen.

Und was wäre, wenn wir den ganzen Nachmittag und Abend zusammenbleiben würden?

Bilder schossen mir durch den Kopf, Manfred Berger schmeißt mich im wilden Liebestaumel auf mein Bett und reißt sich, mich küssend, die Kleidung vom Leib.

Ich nahm noch einen Schluck von meinem Lambrusco und schaute ihn an. Dann lehnte ich mich vor, legte meinen Kopf schief und bemühte mich so verführerisch dreinzusehen, wie es mir möglich war.

„Na, Sie sind ja auch ganz schön geschafft von diesem turbulenten Vormittag“, sagte Manfred Berger trocken.

Ich bemühte mich, meine Enttäuschung über den fehlgeschlagenen Flirtversuch durch ein verkrampftes Lächeln zu verbergen und lehnte mich in den Sessel zurück. Was machte ich da überhaupt? Vor mir saß vielleicht der Vater meiner zukünftigen Kinder, und ich versuchte, bestenfalls auf einen One-Night-Stand zuzusteuern. Der sowieso nur dafür sorgen würde, dass ich die nächsten fünf Tage wie ein einsames Erdmännchen auf mein Handy starren und circa einhundert Mal Vikki Carr's *It Must Be Him* auf youtube anklicken würde.

„Aber, was für ein Glück, dass alles doch gut aussugeehen schein", sagte ich nach einem weiteren Schluck. „Wegen der Besssahlung brauchen sie sich übrigens keine Sorgen su machen. Ich werde es sooo regeln, dass sie Versicherung alle Kosten übernimmt."

Ich biss mir auf die Lippen, um gegen den Zungenschlag anzukämpfen.

„Oh, danke, das ist reizend von Ihnen", sagte Manfred Berger.

„Erster Punkt für mich als zukünftige Ehefrau, sie kümmert sich um die Finanzen", schoss es mir durch den Kopf. Ich schaute Manfred Berger erschrocken an, ob ich diesen Satz wirklich nur gedacht und nicht laut ausgesprochen hatte. In diesem Moment lachte der alte Mann am Nebentisch so laut auf, dass ich ihn nicht mehr ignorieren konnte. Wir drehten uns beide zu ihm. Er sah mich an, dann nickte er kurz, als würde er mich grüßen, stand auf und verließ das Lokal.

Manfred Berger zuckte mit den Schultern und fuhr fort: „Es tut mir leid, wenn ich Ihnen solche Umstände gemacht habe, aber ich war überfordert mit diesen Furien. Sie sind meine Retterin, wirklich."

Ich nickte ruhig und verständnisvoll. „Das ab isch gern gemacht." Zweiter Punkt für mich. Ich kümmere mich auch um sein seelisches Wohl.

Er leerte in einem Zug den Rest seines Grappas. „Wissen Sie, ich bin bei meinem Vater aufgewachsen, bei uns gab es bis auf eine Putzfrau keine Frau im Haus. Ich schätze, mir fehlt einfach die Erfahrung mit hysterischen Ausbrüchen. Darum lasse ich auch nur Reinigungspersonal in meine Wohnung."

Er zwinkerte mir zu und lachte sehr laut. Ich versuchte sofort in meinem vernebelten Hirn, jeglichen Anflug von Zweifel an diesem schönen Mann zu unterdrücken und platzte heraus: "Ahsolebensealleinherrberger?"

„Ach bitte, sagen Sie doch Fredi zu mir." Er hatte es so ausgesprochen, als wäre es Freedi mit doppel e. Fast hätte ich laut aufgelacht, aber ich hielt mir schnell mit der Hand den Mund zu. Das war wirklich der unpassendste Name für diesen Mann, genauso als würde George Clooney nicht George Clooney, sondern Stanislaus Rümpelmeier heißen.

„Abanurwennsemichauchbeimvornamennennen."

Ich versuchte mich zusammenzureißen und atmete ein paar Mal tief ein.

„Und wir sollten per du sein", sagte er und bestellte einen weiteren Lambrusco für mich und einen Weißwein für sich. Er hatte ja keine Ahnung. In spätestens zwanzig Minuten würde ich wahrscheinlich auf den Tisch klettern, zu meiner eigenen Interpretation von *All the Single Ladies* mit meinem Hintern vor ihm herumwackeln und ihm vorschlagen, nackt seine Wohnung zu putzen. Wir stießen an und blickten uns tief in die Augen.

„Ich bin der Fredi", sagte er, „und du?"

„Aneeeeligaa", rief ich laut und schwenkte mein Glas wie ein Dirigent seinen Taktstock.

Nach einer halben Stunde, einer Portion Gemüse-Risotto und einem Gang auf die Toilette war ich wieder komplett nüchtern. Ich war zum Glück auch nicht dazu gekommen zu tanzen, ich hatte keinen weiteren Schluck aus dem zweiten Glas genommen.

Entweder Manfred Berger war es gewohnt, mit betrunkenen Frauen zu sprechen, oder es war ihm wirklich nicht aufgefallen. Er hatte die ganze Zeit geredet, ohne Unterbrechung, über ein einziges Thema: über sich.

Seinen Job als Statiker. Seine Hobbys: das Segelfliegen, das Klettern und das Pfeife rauchen. Seine Wohnung. Seine Reisen.

Seine politischen Ansichten. Seine Lieblingsbücher. Seine Verflossenen. Und seinem Hang zu schnellen Autos. Immer, wenn ich etwas sagen wollte, fiel er mir ins Wort, entschuldigte sich dafür, aber sprach dann gleich wieder weiter. Trotzdem störte es mich nicht. Da war dieser Mann, der mir aus seinem Leben erzählte. Und das, obwohl ich ihm gegenübersaß, und er mich nicht nur übers Telefon hörte.

Er zahlte und wir fuhren zurück zur Versicherung.

„Du musst noch kurz mit raufkommen, damit ich alles in den Computer eingeben kann", sagte ich, als wir parkten. Na gut, ich hätte es auch alleine gekonnt, aber das brauchte er ja nicht zu wissen.

„Das mach ich gerne Angelika, danke, für deine Hilfe und alles. Es war wirklich ein schönes Mittagessen mit dir."

„Finde ich auch", flüsterte ich zurück, aber er war schon ausgestiegen.

Als sich die Aufzugstür in meinem Stockwerk öffnete, entdeckte uns Moni sofort. Als hätte sie ein Radar für attraktive Männer eingebaut, schoss sie aus ihrem Büro gegenüber der Aufzugstüre und steuerte auf Manfred zu.

„Ja, bitte, kann ich Ihnen helfen", raunte sie und schüttelte ihre Locken.

„Ich weiß nicht, ich muss einen Schadensfall aufnehmen, mit Frau ..."

Er sah mich fragend an, er wusste ja meinen Nachnamen nicht. Gerade wollte ich ihn sagen, als Moni mich unterbrach: „Aber unsere Frau Neuhauser hat doch keinen Kundenverkehr." Mit milder Güte schüttelte sie ihren Kopf und setzte nach: „Nein, wahrlich nicht."

Aus ihrer Güte wurde ein mitleidiges Lächeln und sie seufzte. Ich öffnete den Mund, aber brachte kein Wort heraus.

„Aber bei mir sind Sie genau richtig. Also, was haben wir denn für ein Problem?“

Mit diesen Worten packte Moni Manfred Berger am Arm und schob ihn in ihr Zimmer. Sie schloss die Tür und ich stand da und starrte auf den leeren Platz neben mir.

****

### *Fegefeuer*

Urian Hämmerlein zuckte zusammen, als hinter ihm ein Brüllen ertönte: „Bist du denn wahnsinnig, ich habe dir gesagt, es darf niemand zu Schaden kommen!“

Der kleine Mann hob die Schultern bis zu den Ohren und drehte sich schuldbewusst um.

„Ich weiß, ich weiß, es war ein Fehler, verzeihen Sie mir bitte, ich habe nur versucht, eine schnelle Lösung zu finden. Ein dummer Fehler, verzeihen Sie mir. Es wird nie wieder vorkommen.“

„Ist das auch die Wahrheit?“, donnerte der Mann mit der Hakennase und fletschte vor Wut seine Zähne.

„Natürlich, natürlich“, gab Urian Hämmerlein zurück und nickte eifrig.

Der Mann mit der Hakennase blies die Luft mit einem „pfffffft“ aus und verschränkte die Arme. „Du weißt, einen Fehler durch eine Lüge zu verdecken heißt, einen Flecken durch ein Loch zu ersetzen.“

Urian Hämmerlein musste sich zurückhalten, um nicht die Augen zu verdrehen, er hatte das Gefühl, seine Zehennägel würden sich aufrollen. Was redete dieser Idiot da bloß? Er schluckte seinen Ärger hinunter und behielt den Kopf schuldbewusst zwischen seinen Schultern.

„Du musst dir etwas anderes einfallen lassen“, sagte sein

Besucher belehrend, „etwas bei Weitem Harmloseres als ihren Tod. Etwas, das nur ein bisschen Schaden anrichtet. Du weißt, ich sage zwar, der Zweck ..."

„... rechtfertigt die Mittel", schloss Urian Hämmerlein rasch an und lächelte unschuldig.

Hakennase sah dem kleinen Mann tief in die Augen. „Aber so weit darfst du nicht gehen. Sagen wir, wenn sie zum Beispiel jemandem etwas Schlechtes wünscht, dann erfüllst du diesen Wunsch und wir schieben es dem Himmelsboten in die Schuhe."

Am liebsten hätte sich Urian Hämmerlein über diesen lächerlichen Vorschlag auf der Stelle übergeben. Nie und nimmer würde er so sein Ziel, das Abstimmungsrecht, erreichen. Denn wenn er das einmal hatte, wäre es ein Leichtes, die Arbeit der Himmelsboten zu sabotieren. Dann musste er nur noch die Abstimmenden so beeinflussen, dass sie nicht mehr so zögerlich wären, die Menschen in sein Fegefeuer zu schicken. Und gäbe es erst einmal mehr Insassen im Fegefeuer als im Himmel, wie schnell könnte er dann seinem Vater beweisen, was in ihm steckte!

„Hast du mich verstanden?", fragte der Mann mit der Hakennase und schaute voller Abscheu auf die Katzen, die an ihn herangeschlichen waren und sich an seine Beine schmiegten.

„Selbstverständlich, was für ein genialer Einfall, ich werde mich sofort an die Arbeit begeben", heuchelte Urian Hämmerlein. Sein Besucher schüttelte die Katzen mit einer sanften Bewegung fort und löste sich, den Blick bis zuletzt auf den kleinen Mann geheftet, in Luft auf.

Kaum war er alleine, verzerrte sich Urian Hämmerleins Gesicht zu einer zufriedenen Fratze.

Denn einen letzten Versuch würde er sich noch gönnen, die Angelegenheit auf seine Art zu klären.

## 4 Pennies From Heaven

Mein Handy läutete.

„Und … hast du dich wieder beruhigt?“, fragte meine Mutter.

Ich hörte noch Monis wieherndes Lachen durch die geschlossene Tür ihres Büros und es versetzte mir einen schmerzenden Stich. Warum hatte ich nur nichts gesagt, ihr nicht widersprochen?

„Hallo ... ich habe dich etwas gefragt!“, fuhr mich meine Mutter an.

„Entschuldige, ich war gerade abgelenkt.“

„Du kannst mir auch gleich sagen, wenn du nicht mit mir reden willst. Ich möchte dir nicht zur Last fallen“, antwortete sie und legte auf.

„Würde es eine Meisterschaft in emotionaler Erpressung geben, hättest du ein Zimmer voller Pokale“, flüsterte ich meinem Handy zu.

Ich lauschte kurz der gedämpften Stimme von Manfred Berger, konnte aber nicht verstehen, was er sagte. Der Aufzug hinter mir hielt an, und ich ging rasch zu meinem Büro und wählte dabei die Nummer meiner Mutter.

„Also, Kätzchen, hast du schon gehört“, begann sie, so als wäre nichts gewesen, „die Frau Schuster hat jetzt eine neue Diät gemacht und sechseinhalb Kilo abgenommen – also schöner ist sie dadurch nicht geworden, aber vielleicht wäre das ja was für dich? Vielleicht mache ich sie sogar mit dir! Stell dir vor, ich habe sicher wieder sechsundfünfzig Kilo. Also ich muss ganz dringend ein, zwei Kilo abnehmen, sonst passe ich nicht mehr in mein sechsunddreißiger Kostüm. Schrecklich! Ach, apropos schrecklich, diese Sprechstundenhilfe beim Doktor Keinz, ich werde mich bei der Ärztekammer über sie beschweren, stell dir vor ..."

Ich musste lachen, das letzte Mal, dass meine Mutter sechsundfünfzig Kilo gehabt hatte, musste ungefähr zehn Jahre her sein. Aber das war natürlich auch eine gute Möglichkeit, um abzunehmen: kollektive Verdrängung.

Ich stellte meine Ohren für die nächsten zwanzig Minuten auf Durchzug. Ab und zu ließ ich ein „Aha" oder „Na geh" einfließen, wenn eine kurze Pause zu hören war. Mit einem roten Kugelschreiber malte ich kleine Herzchen auf meine Schreibtischunterlage und dachte an Manfred Berger in Monis Büro.

Ob sie es schon wild am Schreibtisch trieben? Oder ladete er sie auch zum Essen ein? Vielleicht lachten sie ja über mich? Oder das Schlimmste: wenn er draufkommen würde, Moni wäre seine große Liebe? Und sie würde mich dann jeden Tag mit noch mitleidigerem Blick begrüßen und immer wieder sagen, wie wahnsinnig leid ihr das täte.

„Hörst du mir noch zu?" Ich wurde aus meinen Gedanken gerissen.

„Natürlich, es ist nur ..."

„Was denn, Kätzchen?"

Ich zögerte einen Moment.

„Hat mein Kätzchen Kummer? Mein armes kleines Kätzchen? Was ist denn?"

In meinem Hirn formten sich Worte, die aber meinen Mund nicht erreichten. Die Nacht, der Job, der Mann in Monis Büro ...

Ich seufzte und sagte: „Nichts, ich hab nur viel zu tun."

Nachdem ich aufgelegt hatte, ging es mir noch schlechter als zuvor.

„Kein Wunder, dass ein Mann wie Manfred Berger lieber mit Moni ins Büro geht“, flüsterte ich und machte mich über das Sandwich aus *Emilias Diwan* her.

Als ich am frühen Abend das Gebäude der Schwarz-Versicherung verließ, war meine Stimmung auf dem Nullpunkt. Der stolze Abteilungsleiter-Pfau hatte mir nachgerufen, ich solle den Aufzug aufhalten und ich musste die drei Stockwerke mit ihm hinunterfahren.

„Frau Neuhauser, bitte kommen Sie morgen gleich um neun Uhr in mein Büro“, hatte der Abteilungsleiter zum Abschied gesagt und war, ohne auf eine Antwort von mir zu warten, davonstolziert.

Die Wolken am Himmel wurden von der untergehenden Sonne rosa gefärbt und hingen wie Zuckerwatte über den Häusern, als wollten sie mich mit dieser romantischen Stimmung verhöhnen.

Ich sah in den Hof auf der gegenüberliegenden Straßenseite zu *Emilias Diwan*. Das Geschäft war bereits dunkel, aber aus der Backstube fiel ein schwacher Lichtschein in den hinteren Teil der Bäckerei. Ich zögerte kurz, schwenkte dann aber doch in die andere Richtung zur Straßenbahn.

Die grüne Schrift in dem schwarzen Schild der Straßenbahnhaltestelle blinkte: „Wegen eines defekten Zuges: nächste Abfahrt in 30 Minuten.“

„Auch schon egal“, flüsterte ich und trottete, noch immer in Gedanken an das Mittagessen mit Manfred Berger, den Gehweg entlang.

„Vielleicht habe ich etwas falsch gemacht, vielleicht hat er doch bemerkt, dass ich betrunken war und ...“ Plötzlich wurde es vor mir weich und dunkel – ich war in jemanden hineingelaufen.

„Oh, Verzeihung, es tut mir wirklich leid", sagte ich, während ich mich von der Person löste. Es war eine dunkelhaarige ältere Frau, ihr Duft nach Lavendel und Veilchen stieg mir in die Nase, sie lächelte mich mit ihren großen dunklen Augen an und stemmte die Hände in die Hüften.

„Verfluchte Scheiße, endlich! Das ist aber schön", sagte sie und nickte mir zu.

Ich zuckte zusammen, hatte sie eben wirklich „verfluchte Scheiße" gesagt? Vielleicht hatte ich mich ja verhört, und es war „gebuchte Preise" oder „verruchte Greise"? Ihr markantes, wunderschönes Gesicht war mir irgendwie vertraut und für einen kurzen Moment dachte ich an den alten Mann im italienischen Restaurant, bei dem es mir genauso gegangen war.

Ich nickte zurück und sagte: „Ja, ähm, hallo."

Sie kniff die Augen zusammen: „Ich habe genau das Richtige für Sie. Hier."

Sie drückte mir einen kleinen bunten Papierflyer in die Hand: „Das ist ein Gutschein für einen Kaffee Ihrer Wahl. Wir haben heute Eröffnung. Und Sie können ihn gleich einlösen."

Sie deutete zur gläsernen Eingangstüre hinter sich, über der in braunen Leuchtbuchstaben *Kaffeetasse* stand. Mit den Worten „Gehen Sie nur hinein, Schätzchen, es wird Ihnen gefallen" zog sie mich in die Kaffeebar.

Es war eines dieser typischen neuen Lokale, mit kleinen Tischen, braunen Sofas und einer Kaffeetheke, an der man sich verschiedene Kaffeekreationen zubereiten lassen konnte. Mir war nicht nach Experimenten und ich bestellte einen Cappuccino zum Mitnehmen. Die Frau von der Straße stand noch immer neben mir. Als ich meinen Kaffee in Empfang genommen hatte, legte sie mir ihre Hand auf die Schulter und deutete zu einem Platz in der Ecke: „Süße, haben Sie schon unsere Bücher-Box gesehen? Es wäre gut, wenn Sie einen Blick hineinwerfen."

Da war ein großer Pappaufsteller, mit einer Kiste darunter.

Ich las: „Bücherbox: Haben Sie Bücher, die sie gelesen haben und gerne weitergeben möchten? Oder sind Sie auf der Suche nach einem Buch? Wollen Sie während Ihres *Kaffeetassen*-Besuchs einfach ein bisschen schmökern? Dieses Café bietet Ihnen die Gelegenheit des Bücheraustauschs. Bringen Sie Ihre Bücher, nehmen Sie eines oder mehrere mit, oder lesen Sie es einfach hier, während Sie Ihren Kaffee genießen."

Ich wollte mich bei ihr für den Tipp bedanken, aber als ich mich umdrehte, war sie nicht mehr da. Ich sah mich um und blieb unschlüssig stehen. Zwei junge Frauen an einem Tisch plauderten, der junge Mann hinter der Kaffeebar sortierte Milchkartons in einen großen weißen Kühlschrank. Von der Frau von vorhin war nichts zu sehen. Langsam ging ich zu der Box, die vollgefüllt mit Büchern war. Und mein Blick fiel sofort auf einen Stapel, der ganz oben, zusammengebunden mit einer braunen Spagatschnur, lag.

Ein vertrauter Umschlag auf dem obersten Buchdeckel ließ mein Herz schneller schlagen: das gemalte Bild einer Frau in einem dunkelroten Kleid, die ihre Arme um den Hals eines jungen Mannes geschlungen hatte. Sie schauten sich an, mit geöffneten Lippen, den Kopf hingebungsvoll ihrem Gegenüber hingestreckt.

Vor mir lagen alle 7 Bände von *Marquise Annabelle, die Schöne von Toulouse*.

Seit achtzehn Jahren war ich nun schon vergeblich auf der Suche nach diesen Büchern gewesen, denn sie wurden nicht mehr verlegt.

Als ich sie mit dreizehn Jahren gelesen hatte, war ich eingetaucht in Annabelles Welt: Ich liebte mit ihr den schönen Marc, litt wie sie unter der Boshaftigkeit ihres Vormunds und bangte verzweifelt um ihren verschollenen Bruder Jean-Pierre. So wie

Annabelle ihre Liebesbriefe von Marc versteckt halten musste, so musste ich diese Bücher unter meiner Matratze verstecken. Bei uns zu Hause herrschte allerstrengstes Schund-Lese-Verbot.

Obwohl ich mich bei jeder Annabelle-Seite fühlte wie ein hinterhältiger Verbrecher und jeder Satz wie ein Schuldeingeständnis meiner Verderbtheit war, verschlang ich diese Bücher wie noch nie etwas zuvor.

Nachdem ich alle drei Mal gelesen hatte, packte ich die sieben Bände in eine Plastiktasche, schmuggelte sie aus dem Haus und warf sie in den nächsten Altpapiercontainer am Ende der Straße.

Doch kaum war ich am nächsten Morgen aufgewacht, bereute ich es und schlich mich in Pyjama und Jacke heimlich aus der Wohnung, um sie wiederzuholen.

Als ich den Deckel des Containers anhob, gab es mir einen Stich: Ich schaute in ein dunkles, leeres Plastikloch. Ich war zu spät gekommen, der Container war bereits geleert worden.

Und jetzt lagen sie hier vor mir.

Ich öffnete die Spagatschnur vom Stapel und schlug den ersten Band auf.

„Das gibt's doch nicht", platzte ich heraus. Die erste Seite war überfüllt mit kleinen gekritzelten Herzen, ausgemalt mit Kugelschreiber. So schnell ich konnte, öffnete ich jedes Buch. Und konnte kaum glauben, was ich da sah: Alle sieben Bücher hatten dieselben Herzen auf der ersten Seite. Das da waren meine alten Annabelle-Bücher. Ich hatte vor mehr als neunzehn Jahren diese Herzen auf die ersten Seiten gezeichnet!

Ich hob die Bücher hoch, drückte den Stapel an mich und flüsterte: „Annabelle, ich hab dich wieder", während ich eilig das Café verließ.

## 5 Stardust

Ich lag die ganze Nacht wach und las gierig Annabelles Geschichte. Manche Passagen waren mir so im Gedächtnis geblieben, dass ich sie fast auswendig kannte.

Erst als der nächste Morgen anbrach und das Sonnenlicht durch die blauen Vorhänge das Schlafzimmer in dämmriges Licht tauchte, schlief ich, noch immer mit dem Buch in der Hand, ein.

Ich träumte, dass ich meine Wohnung verließ, um in die Versicherung zu gehen. Ich trat aus der Eingangstür. Da stand die schwarzhaarige Frau, in die ich am Vortag vor der *Kaffeetasse* hineingelaufen war. Sie streckte mir ihre Hand entgegen.

Ich schüttelte den Kopf und sagte: „Es tut mir leid, aber ich kann jetzt nicht, ich muss arbeiten gehen."

„Das Einzige, was du jetzt verflucht noch mal tun musst, ist mit mir zu kommen", sagte sie – und ich ergriff folgsam ihre Hand.

Schweigend gingen wir die Straße entlang. „Hier", sagte sie plötzlich und deutete auf einen schmalen Durchgang zwischen zwei Hausmauern, „komm."

Sie ging voran. Es roch nach modrigem Verputz und bei jedem Schritt von mir hörte ich ein Platschen. Ich sah hinunter, der ganze Gehweg war mit Wasser geflutet. Wir traten aus der Gasse hinaus in eine Nebelwolke.

„Wo sind wir?", fragte ich.

Sie blies kurz in die Luft und der Nebel lichtete sich. Vor uns tat sich ein runder Platz auf, an dessen Ende ein großes altes Gebäude stand. Ich erkannte das Haus sofort, es war das aus den Annabelle-Büchern. So, wie ich es mir beim Lesen immer vorgestellt hatte, mit der dunkelroten Fassade, den kleinen geschwungenen Türmchen, den hohen weißen Fenstern und der schwarzen, mit tausend winzigen goldenen Blumen verzierten Eisentür. Ich stand da und konnte meinen Blick nicht davon abwenden, als immer lauter werdende Schritte über den Platz hallten. Eine dunkle Gestalt kam aus der Entfernung von links auf uns zu. Als er nah genug war, sah ich, dass es der grauhaarige Mann war, der mir beim Italiener zugezwinkert hatte. Die schwarzhaarige Frau trat vor mich, so nah, dass unsere Wangen sich berührten. Da war wieder dieser Duft nach Veilchen und Lavendel. Sie flüsterte mir ins Ohr: „Er wird bei dir bleiben."

Ich sah zur Seite, während ich noch ihren Atem auf meiner Haut spürte.

Plötzlich entfernte sich die ganze Szene, als würde sie von mir weggesaugt und im nächsten Moment wachte ich auf. Ich lag in meinem Bett, das aufgeschlagene Annabelle-Buch auf meinem Bauch. Mein Herz hämmerte wie wild, und dabei war ich doch so erleichtert, in meinem Bett und nicht auf dem Dach aufgewacht zu sein. Die Uhr auf dem Nachttisch zeigte drei viertel neun.

„Mist, der Pfau!", fluchte ich, schwang mich aus dem Bett und blieb sofort stehen. Ich starrte auf meine Füße. „Wieso sind meine Socken nass?", flüsterte ich erschrocken und japste nach Luft.

Meine Ohren begannen zu sausen und meine Knie gaben nach.

„Ich bekomme jetzt keine Panik", flüsterte ich, „es gibt sicher für alles eine völlig logische Erklärung, ich werde nicht verrückt! Und wenn ich erst im Büro bin, kann ich den ganzen Vormittag damit verbringen, nach diesen Sachen zu googeln."

Eilig zog ich die Sachen vom Vortag an. Während ich zittrig meine dünnen, angeklatschten Haare mit einem Gummiband zurückband, jammerte ich: „Ich wünsche mir so sehr, ich hätte schönere Haare und nicht solche Federn", und verließ die Wohnung.

Als ich fünf Minuten nach neun den Vorraum des Abteilungsleiters betrat, begrüßte mich Moni mit den Worten: „Na, da ist ja jemand sehr spät, er wartet doch schon auf dich!" Sie stockte plötzlich und sah mich genauer an.

„Sag mal, Angelika, was hast du denn mit deinen Haaren gemacht?"

„Wieso, was ist ...", fragte ich, schaute in den Spiegel auf Monis Schreibtisch und zuckte zurück. Das sah aber anders aus, als noch vor zwanzig Minuten.

„Die glänzen ja wie Gold", sagte Moni und riss an ihnen, „hast Extensions machen lassen?"

„Aua, nein." Ich strich mir vorsichtig durch die Haare. Wie kräftig sie sich anfühlten!

Gerade als ich so nebenbei fragen wollte, was gestern noch mit Manfred Berger war, rief der Abteilungsleiter durch die offene Tür: „Ist Frau Neuhauser schon da?"

Der Pfau empfing mich mit einem Blick auf seine Rolex-Armbanduhr.

„Frau Neuhauser, da Sie zu spät sind und ich genug Termine habe, werde ich es kurz machen: Sie werden Frau Gruber in den nächsten beiden Monaten, in denen sie ihre neue Aufgabe übernimmt, helfen. Ab übermorgen. Ich bin überzeugt, Sie werden das wie immer gewissenhaft erledigen. Also, wir sind d'accord, Sie können jetzt gehen."

Er nickte, deutete zur Tür und ich hatte ein Gefühl, als wäre zwei Zentimeter über meinem Kopf ein Düsenjet hinweggebraust. Verdattert stand ich auf und ging hinaus.

„Meine Güte … sind ja nur zwei Monate, ist doch auszuhalten, noch immer besser als ein neuer Job, und hier, immerhin, mein eigenes Büro, obwohl, setzt sich Moni jetzt zu mir … ach, komm, bist erwachsen, wie schlimm kann's schon werden", ging es mir durch den Kopf, als ich vor Monis Schreibtisch stand.

Ihr Lächeln hatte einen verbissenen Ausdruck angenommen, während sie mich betrachtete. „Also, ich muss schon sagen Angelika, bei deinen Haaren muss das Zeug, das du verwendet hast, wirklich ein Wundermittel sein!"

Ich sagte automatisch „Dan" und stoppte vorm „ke". Moni stand auf, drehte sich auf ihren High Heels um, warf ihre üppige Haarpracht dramatisch über die Schulter und verließ mit lautem Absatzgeklapper den Raum.

„Deine Haare sollen sich kräuseln wie eine Drahtbürste", flüsterte ich ihr nach und schlenderte in die Gemeinschaftsküche, um mir einen Kaffee zu holen.

****

### *Himmelsgewölbe, zur selben Zeit*

Der Mann mit der Hakennase lehnte sich zurück in seinen samtenen Schaukelstuhl und begann leicht zu Pachelbels *Kanon in D-Dur* zu wippen. Die Musik strömte lieblich durch die große sternendurchflutete Kuppel. Das Terra-Okular fuhr seine tausenden silbernen Rädchen, die sich seitlich an dem langen goldenen Rohr befanden, ein, und sank langsam zurück in seine Ausgangsposition. Es war nicht viel, was er eben durch das Fernglas des Terra-Okulars auf der Erde beobachtet und was er dann veranlasst hatte.

„Aber es ist ein Anfang. Und der Anfang ist die Hälfte des Ganzen", ging es ihm durch den Kopf.

Er seufzte tief beim Einsetzen der Solostreicher und fasste sich an die Brust.

Er liebte diese Frau so sehr, wie er noch nie zuvor jemanden geliebt hatte. Ihr Duft nach Veilchen und Lavendel, den sie verströmte, wenn sie an ihm vorüberging, brachte ihn jedes Mal aus der Fassung. Sie nahm schlimme Worte in den Mund, die er nicht einmal zu denken wagte. Und doch war es bei ihr so anders, sie verlor dabei keinen Moment ihre Anmut und ihre so gekonnt versteckte Zerbrechlichkeit. Sie war für ihn ein Wunder. Wenn er sie ansah, war er unfähig, einen klaren Gedanken zu fassen. Und das war das Schlimmste – für einen Mann wie ihn.

Die Musik schwoll zu ihrem dramatischen Höhepunkt an und er versuchte sich zu beruhigen, indem er ein paar Mal über seine Hakennase strich. Das war der Trick, den er sich angeeignet hatte, wenn die Emotionen ihn überrollten. Wie eine Angelschnur, die ihn von seinem Herz wieder in seinen Kopf hochziehen sollte.

Als er sie zum ersten Mal vor ein paar Jahren bei der Versammlung der Himmelsbrigade gesehen hatte, war er sich vorgekommen wie ein kleiner Junge. Er war von einer Säule zur nächsten geschlichen, auf der Suche nach dem besten Platz, um sie zu beobachten. Mit solcher Sehnsucht hatte er jede Begegnung mit ihr abgepasst, von der Hoffnung getrieben, sie würde seine Liebe erkennen und erwidern.

Doch jedes Mal musste er sein Scheitern ertragen, wenn er vor ihr stand und kein Wort über seine wahren Gefühle herausbrachte. Es war die Angst, die ihn so handeln ließ, die Angst, sie könnte ihn lächerlich finden.

Und dann war der Tag gekommen, an dem der neue Himmelsbote aufgetaucht war.

Der Himmelsbote mit seinen strahlend blauen Augen und

seiner lockeren Haltung. Er fand ihn grotesk, ein alter Mann, der so wirkte, als würde er jeden Moment anfangen, seine Hüften zu schwingen und zu tanzen. Und die Gewissheit, mit dieser Meinung alleine zu sein, machte ihn noch wütender.

Es schmerzte ihn so sehr, wenn er an den Blick dachte, mit dem sie den Himmelsboten beim ersten Mal angesehen hatte. Noch nie zuvor war ihr Blick so gewesen. Und er konnte nur dastehen und zusehen, während es sich anfühlte, als würde sie ein spitzes Messer mitten in sein Herz stoßen.

Obwohl er es nicht wollte und sich oft einredete, wie überlegen er als Geistesmensch doch war, konnte er seit damals nicht mehr freundlich und nett zu ihr sein. Seine schroffe Art war geboren aus Unbeholfenheit und Versagen.

Er hatte es hilflos ertragen müssen, mit welcher Leichtigkeit der Himmelsbote bei seiner Ankunft die Menge in seinen Bann gezogen hatte.

„Es ist die Schlichtheit, die den Ungebildeten bei öffentlichen Reden mehr Erfolg haben lässt als den Gebildeten", sagte er sich damals, bebend vor Eifersucht, und er ballte die Hände so fest zu Fäusten, dass die Fingernägel ihm ins Fleisch schnitten. Ein Glück, dass er nicht mehr bluten konnte.

Doch da gab es auch diesen anderen Teil in ihm, der keine Ruhe geben wollte. Dieser Teil, der wusste, in welches Unrecht er sich gesetzt hatte, als er den Leiter des Fegefeuers um Hilfe gebeten hatte. Aber er schob den Gedanken rasch beiseite mit den Worten: „Auch das Denken schadet bisweilen der Gesundheit", und wippte stärker zu Pachebels Kanon.

Das war echte Musik, nicht diese lächerlichen Gassenhauer des Himmelsboten. Er stand auf, stellte das Terra-Okular wieder auf Angelika Neuhauser und schnippte mit den Fingern. Der zweite Wunsch von ihr war zwar auch nur eine Kleinigkeit, aber es würde dem Himmelsboten auf jeden Fall schaden, wenn man ihm die Angelegenheiten mit den Haaren in die Schuhe schob. Ein Verstoß gegen das zwölfte Gesetz: „Es ist verboten, etwas an der äußeren Erscheinung deines Schützlings oder an Personen, die mit deinem Schützling in Verbindung stehen, zu verändern."

Kein schlimmer Verstoß, aber wenn sich mehrere Verstoße häuften, dann würde der Himmelsbote nicht so leicht herauskommen. Und außerdem: So würde Urian Hämmerlein wenigstens verstehen, was er meinte.

****

Mit der dampfenden Kaffeetasse in der Hand ging ich zurück in mein Büro und drehte meinen Computer auf. Ich tippte *unerklärliches Schlafwandeln durch psychische Störung* in das blau umrahmte Textfeld. Mit der Maus über dem *Suche*-Zeichen zögerte ich. Was, wenn ich da was zu lesen bekam, das mir auch die Nacht auf dem Dach erklären würde? Und wenn dieses „was" etwas mit Anzeichen für Wahnsinn zu tun hätte?

Ich drückte die Backspace-Taste und gab *Nasse Socken im/nach Traum* ein.

Es erschienen verschiedene Esoterikseiten, Traumdeutungs-Seiten und sogar Sockenfirmen, die feuchtigkeitsabweisende Socken bewarben.

Was ich wirklich suchte, entdeckte ich natürlich genau nicht. Und da war dieses merkwürdige Gefühl, so als würde ich die Erklärungen für meine Erlebnisse hier auch nicht finden. Aber wo dann?

„Hast du eine Haube oder ein Tuch oder so was?", fragte eine schrille Stimme und ich schreckte von einer Gesundheitsseite, die sich mit Füßen beschäftigte, hoch. Vor mir stand Moni, auf Zehenspitzen, ihre High Heels in der Hand und leicht gebückt, immer wieder einen ängstlichen Blick in den Gang werfend.

Im ersten Moment dachte ich, sie würde einen sehr modernen Hut auf ihrem Kopf tragen, doch langsam erkannte ich, was es war: ein selbst gemachter Turban aus herumgewickeltem weißem Klopapier mit hellgelben Blümchen.

„Was ist los, ist das ein Scherz?“, fragte ich.

„Nein, das siehst du doch! Also hast du jetzt irgendwas?“, antwortete sie gereizt.

Vom Gang waren Schritte zu hören, die auf mein Büro zukamen.

„Schnell“, sagte sie und wedelte mit ihren High Heels herum. „Also hast du was?“

Ich schüttelte den Kopf und sie trippelte leise fluchend aus dem Raum.

Kurz darauf steckte der stolze Pfau den Kopf in meine Bürotür: „Frau Neuhauser, haben Sie Moni ... ich meine Frau Gruber gesehen?“

Ich wollte gerade antworten, als ich seinen Blick bemerkte, der auf meinen Computerbildschirm gerichtet war. Zwei nackte Männerfüße tanzten auf der Gesundheitsseite als Intro herum und darunter lief der Text: „Nasse Schweißfüße müssen nicht sein.“

Er verließ den Raum, ohne eine Antwort abzuwarten.

Als ich in der Mittagspause *Emilias Diwan* betrat, war das Geschäft menschenleer und die Vitrinen waren noch viel zu vollgefüllt. Emilia saß auf einem der weißen Kaffeehaussessel beim Eingang und verzog den Mund zu einem missglückten Lächeln.

„Ich verstehe das nicht, was mache ich denn falsch? Weißt du, wie viele Kunden ich heute hatte? Zwölf“, und sie fügte leise „mit dir“ hinzu.

„Vielleicht liegt es einfach an der Werbung? Wie wär's mit Flugzettel verteilen, die Zeitungen anrufen, solche Sachen eben. Ich meine, eigentlich müssten sich alle um dein Essen raufen und Artikel über den *Diwan* schreiben."

Emilia hob resigniert die Schultern. Obwohl ich es so gerne getan hätte, beschloss ich in diesem Moment, weder etwas von meinen verrückten Träumen, noch von dem stolzen Pfau zu erzählen und sagte: „In ein paar Wochen wirst du dir wünschen, dass er wieder ruhiger wird, glaub mir."

„Ach ja, da fällt mir ein, einer von den Kunden heute war dieser Mann von der Torte gestern, dieser Manfred Berger."

Mein Herz fing an zu rasen, als wäre ein Gaspedal durchgetreten worden. Ich bemühte mich ruhig zu wirken, fragte aber etwas zu schnell: „Und, hat er was gesagt?"

Emilia grinste: „Dass du ihm so geholfen hast. Und er hat gefragt, ob du in der Mittagspause herkommst."

Eine Geschwindigkeitsübertretung in meinem Herzen. Alarm, Alarm, Formel-Eins-Tempo.

„Was wollte er denn sonst noch?"

Ali kam gerade in den Verkaufsraum mit einem großen Blech frischgebackenen Marillenkuchen. Ich ließ Emilia nicht aus den Augen, als sie sagte: „Er hat eine Torte bestellt, für nächste Woche. Hat gesagt, sie soll eine Herzform haben und „In Liebe, dein Fredi" soll draufstehen."

Vollbremsung. Ohne Airbag. Ich lief knallrot an und Ali sah rasch weg. Ich ließ mir aber auch wirklich keinen peinlichen Moment entgehen.

„Oje, entschuldige, das hätte ich dir auch anders sagen können. Es tut mir leid, ich bin nur grad so fertig. Das war wirklich blöd von mir."

Ich murmelte „Macht ja nix" und verließ eilig die Bäckerei.

Es war jetzt also amtlich.

Manfred Berger hatte nie und würde auch nie echtes Interesse an jemandem wie mir haben.

Mit hängendem Kopf ging ich über die Straße und hörte plötzlich Reifen quietschen. Ich spürte, wie ich fest am Arm gepackt wurde, jemand zerrte mich zurück auf den Gehsteig. Taumelnd und mit rudernden Armen versuchte ich, mein Gleichgewicht wiederzubekommen, krallte mich an das erste Stück Stoff, das ich greifen konnte, fiel hin, und riss meinen Retter gleich mit zu Boden.

„Es tut mir so leid, so was, ich hab gar nicht ..."

Ich sah hoch, direkt in zwei blaue Augen. Mein Retter war niemand anderes als der alte Mann vom Italiener, der mir am Morgen in dem merkwürdigen Traum erschienen war. Ich rappelte mich auf und starrte ihn mit offenem Mund an.

„Oh, Angelika! Wir müssen unbedingt was wegen dieser Schuhe tun", sagte er und deutete auf meine robusten, dunkelbraunen Halbstiefel. Diese Stimme! Sie war weich und tief mit einem metallenen Klang, als hätten ein Goldbarren und eine Flasche Weichspüler Sex gehabt und diese Stimme wäre dabei herausgekommen.

Ich erstarrte auf der Stelle zur Salzsäule und schnappte nach Luft. Woher um alles in der Welt, kannte dieser Kerl meinen Namen?

****

### *Fegefeuer, zur gleichen Zeit*

Urian Hämmerleins langer hoher Schrei pflanzte sich von der Mitte des Fegefeuers in die unzähligen dunklen Gänge fort, aus denen als Antwort das wilde Miauen tausender Katzen hallte.

„Neeeeeeeeein!", kreischte der kleine dicke Mann. „Nein, nein, verflucht, das kann nicht sein, es darf nicht sein!"

Ein paar Katzen, die sich unter dem Holztisch zusammengerottet hatten, drückten sich fiepend aneinander. Urian Hämmerlein sank schluchzend auf die Knie und schwarze Tränen aus Schwefel klatschten aus seinen Augen auf den harten Steinboden, wo sie mit einem leisen Zischen verdampften.

„Warum, warum nur?", flehte er das jammernde Katzenknäuel unter dem Tisch an. „Er hätte noch gar nicht bei ihr sein dürfen, er sollte doch im Archiv sein. Ich hab doch extra dafür gesorgt, dass er lange dort bleiben muss. Und ich war so knapp dran! So knapp!" Zwischen Zeigefinger und Daumen deutete er einer schwarzen Katze, die ihm am nächsten war, einen kleinen Spalt an. Das Tier riss panisch seine schmal geschlitzten Augen auf, fauchte und schlug mit seinen Krallen nach ihm. Urian Hämmerlein war jetzt so wütend, dass sein Kopf vor Hitze zu rauchen begann und die kurzen struppigen Haare glühten. Mit einer blitzschnellen Bewegung packte er die schwarze, fauchende Katze und drehte ihr den Hals um.

Augenblicklich verstummte das Fiepen des restlichen Rudels und Urian Hämmerlein sah auf den leblosen Katzenkörper in seinen Händen. Er seufzte erleichtert. Es hatte für ihn immer wieder etwas Beruhigendes, das zu tun.

„Wach auf", sagte er – doch das Tier bewegte sich nicht.

„Jetzt mach nicht so ein Theater, du bist schon tot", setzte er nach. Die schlaffe Katze in seinen Armen machte die mandelförmigen Augen auf und schaute ihn – soweit Katzen das können – vorwurfsvoll an.

Urian Hämmerlein tätschelte mit seinen spitzen Fingernägeln den herabhängenden Katzenkopf. Er wusste, es war jedes Mal eine schreckliche Erfahrung für seine Fegefeuerbewohner, erneut zu sterben, und er hatte gerade zum achtundfünfzigsten Mal Mao Tse Tung umgebracht.

Er zog den Katzenkopf an einem schwarzen Fellohr wie eine

Marionette hoch und flüsterte: „Das heißt, wir müssen uns Hakennases neuem Plan fügen. Hast du Capone irgendwo gesehen?"

### *Himmelsgewölbe, 10 Jahre zuvor*

Während sie sich in dem hohen Spiegel des modernen Hotelzimmers betrachtete und sich durch die Haare fuhr, merkte sie, wie nervös sie war. Sie wusste, der Himmelsbote Nummer eintausendeinhundertsiebenunddreißig würde hierher kommen. Es war ihr in dem Moment klar geworden, als sie sich bei der Versammlung zum ersten Mal seit so vielen Jahren wiedergesehen hatten. Er hatte sich kaum verändert, seit ihrer letzten Begegnung.

Und wie war das mit ihr? Sie strich sich über den Hals und legte die Stirn in Falten. Dann lächelte sie ihr Spiegelbild an. Wenn man den Umstand überging, dass sie schon seit fast zehn Jahren nicht mehr am Leben war, sah sie immer noch gut aus. Natürlich hatte sie sich seit ihren Glanzzeiten als Hollywoodstar verändert.

„Sie", schrieben die Zeitungen damals als Nachruf, „hatte immer einen Scotch in der einen Hand und eine Zigarette in der anderen gehabt."

Das hatte seine Spuren hinterlassen … doch sie bereute nichts, sie mochte das Leben, das sie geführt hatte. Und sie mochte ihr Gesicht, das dieses Leben widerspiegelte.

Einen kurzen Teil dieses Lebens hatte sie mit ihm verbracht. Sie griff nach dem Parfümflakon, der ihren Namenszug trug: Ava Gardner. Es war immer sein Lieblingsduft an ihr gewesen, Veilchen und Lavendel.

Und kaum hatte sie es aufgelegt, war die Erinnerung wieder

da, vom letzten Mal, als sie es für ihn getragen hatte. Es war in dieser Suite gewesen, sie hatten am Fenster gestanden und auf den dämmrigen Hyde-Park hinuntergesehen. In diesem Hotel in London waren sie sich zum letzten Mal begegnet – als sie beide noch gelebt hatten.

Sie spürte ihn an der Tür hinter sich, bevor sie ihn sah.

„Darf ich reinkommen, Angel“, fragte er.

Angel, so hatte er sie immer genannt – als sie noch Mann und Frau waren.

„Verdammt, Francis“, entfuhr es ihr, gefolgt von einem unhörbaren Seufzen. Und dann drehte sie sich langsam und sah in Frank Sinatras funkelnde blaue Augen.

## 6 Nice And Easy

Ich starrte in den dampfenden Cappuccino mit der Aufschrift *Kaffeetasse* auf dem kleinen Holztisch vor mir und beobachtete, wie die Bläschen des weißen Milchschaums zerplatzten.

„Willst du mich nicht ansehen, Liebes?", fragte mich die Goldbarren-Weichspüler-Stimme.

Der dazugehörige Mann, der mich vor ein paar Minuten auf der Straße gerettet hatte, lehnte sich zurück in den braunen Couchsessel und warf die schlanken Beine übereinander. Der Coffeeshop war voll mit Gästen, aber niemand beachtete uns. Leise Jazzmusik drang aus den Lautsprechern und ich sah zu dem jungen verliebten Teenagerpärchen am Nebentisch, das sich gerade ein grünes Getränk in einem Plastikbecher teilte.

„Willst du mich nicht ansehen, Liebes?", wiederholte er.

Ich nahm meinen Blick nicht von dem Teenagerpaar und flüsterte: „Sie meinen das wirklich ernst, oder?"

In meinem Augenwinkel sah ich, dass er nickte.

„Das ist nicht vielleicht *versteckte Kamera* oder so was?"

„Es ist genau so, wie ich es dir erzählt habe. Du bist mein Auftrag. Ich weiß, es ist schwer zu glauben …"

Ich sah ihn noch immer nicht an, aber ich spürte seinen Blick. Es gab nur zwei Möglichkeiten: Entweder ich war komplett übergeschnappt, oder er sagte die Wahrheit. Und die Frage war: Welche der beiden Varianten war mir lieber?

Sehr langsam hob ich meinen Blick. Ich kannte ihn zwar nur aus ein, zwei Filmen und ein paar Auftritten als Sänger, aber die Ähnlichkeit war wirklich verblüffend.

„Also, Sie sind der tote Frank Sinatra, der jetzt ein Himmelsbote ist und ich bin Ihr nächster Auftrag?", fragte ich leise.

„Yep, so ist es", sagte er und zwinkerte mir zu.

Mir fiel eine dritte Möglichkeit ein, an die ich bis jetzt gar nicht gedacht hatte. Die Frage ratterte durch meinen Kopf: „Also, Sie sind aus einer Irrenanstalt geflohen, und ich bin jetzt Ihr nächstes Opfer, ja?" Aber ich sagte nichts und nickte nur.

Vielleicht könnte ich ihm erzählen, ich wäre Marilyn Monroe und hätte gleich ein Treffen mit Kennedy, zu dem ich nicht zu spät kommen dürfe?

Er verzog seinen Mund zu einem schiefen Lächeln.

„Du bist nicht die Erste, die damit ihre Probleme hat, Angelika ... Angelika, hm, ich finde ... Angie passt gut zu dir."

„Was?"

„Angie."

Er hatte es sehr amerikanisch ausgesprochen. Eintschi. Es klang richtig nett. Eintschi, nein so hatte mich noch nie jemand genannt.

„Ist es okay, wenn ich dich Angie nenne?"

Ist es okay, wenn ich schreiend aus dem Kaffeehaus laufe, dachte ich und nickte halbherzig.

„Also, Angie, ich hätte ja selber nie an so etwas gedacht. Kennst du die Geschichte, mit dem Film vom eigenen Leben, der an einem vorüberzieht, wenn man stirbt? Und das Licht, das danach erscheint, in das man hineingeht?"

Ich stieß einen Laut aus, der wie ein Jammern klang und wackelte mit dem Kopf.

„Als dieser Film bei mir ablief, wurde mir etwas klar. Willst du wissen, was mein letzter Gedanke war, als ich noch gelebt habe?"

Ich wackelte wieder und er verstand es als Aufforderung.

„Ich hatte *es* verloren“, sagte er und strich sich dabei mit der Hand über das Kinn. Seine blauen Augen sahen mich so durchdringend und traurig an, dass ich Angst bekam.

„Aha“, antwortete ich mit brüchiger Stimme.

„Ja, ich hatte *es* verloren. Und deshalb konnte ich einfach nicht ins Licht gehen, verstehst du?“

Panik kroch in mir hoch, in meinen Ohren begann es laut zu summen und dunkle Flecken tauchten vor meinen Augen auf. Ich holte ein paar Mal tief Luft und betete, dass ich nicht ohnmächtig werden würde.

„Weißt du, was auf meinem Grabstein steht?“, fragte er.

Ein gurgelndes Geräusch entfuhr meiner Kehle und ich sah Hilfe suchend zu dem Teenagerpaar am Nebentisch. Doch sie waren so mit sich beschäftigt, dass sie meinen flehenden Blick gar nicht bemerkten. Ich musste ihn sofort ablenken, und hoffen, dass mir eine Fluchtmöglichkeit einfiel.

„Wieso sprechen Sie deutsch, Sie sind doch Amerikaner?“, fragte ich.

„Mit italienischen Vorfahren“, sagte er stolz und klopfte sich auf die Brust. „Aber wenn man erst mal tot ist, dann spricht man jede Sprache der Welt. Für uns gibt es so was wie Sprachen nicht mehr.“

„Natürlich“, antwortete ich und griff nach meiner Tasse. Während ich an dem Kaffee nippte, sah ich über den Rand des Bechers zu ihm. Diese Ähnlichkeit war aber auch erstaunlich, die strahlend blauen Augen, das Lächeln, die silbrigen Haare … und da war auch noch etwas anderes. Dieses Gefühl, das er in mir auslöste. Ich verdrängte es sofort und schloss die Augen. Denk nach, denk nach, denk nach, befahl ich mir. Was weißt du über Frank Sinatra? Was kannst du sagen, um aus der Sache rauszukommen, ohne ihn wütend zu machen? Ha! Mir kam eine Idee und ich deutete auf seinen Kopf.

„Und das? Ist das ein Haarteil?"

Erwartungsvoll sah ich ihn an und beschloss der Millionenshow einen Dankesbrief für ihre Frage zu schreiben: Welcher Star war bekannt als Toupetträger? James Cagney– Clark Gable – Yul Brynner – Frank Sinatra. Eine Fangfrage, weil man natürlich sofort an Yul Brynner dachte. War aber falsch! Damit hatte ich ihn.

„Ein schlecht gehütetes Geheimnis", sagte er und lächelte. Dann griff er sich an die Stirn und hob die kurzen Haare hoch. Das Haarteil löste sich ein paar Zentimeter und er presste es rasch wieder auf seinen Kopf.

„Ich hab mich so daran gewöhnt", sagte er und hob die Schultern.

„Aha", entgegnete ich völlig perplex, nahm einen großen Schluck Kaffee und hoffte, er möge meinen Kreislauf wiedererwecken. Doch er tat es nicht und ich stellte sicherheitshalber die Tasse auf den Tisch.

„Angie, wie es aussieht glaubst du mir nicht. Und das ist okay. Würde es dir helfen, wenn ich dir etwas vorsinge?"

„Oh ja, das wäre sehr hilfreich", sagte ich und vergrub mein Gesicht in den Händen und sah ihn durch den Spalt zwischen meinen Fingern an. Er atmete kurz tief ein, hielt inne und sah sich um. Und ich legte mir die Hand auf die Stirn und fühlte, ob ich Fieber hatte.

Er öffnete seine Lippen. Doch bevor noch ein Ton herausgekommen war, klatschte eine Hand mit dunkelrot lackierten Fingernägeln aus dem Nichts auf seinen Mund.

Die schwarzhaarige Frau, die mich in die *Kaffeetasse* geführt hatte und mir im Traum erschienen war, stand plötzlich neben dem Tisch. Ihr Gesichtsausdruck war so wütend, dass ihre Augen noch größer erschienen.

„Francis Albert Sinatra, du Mistkerl, wag es ja nicht, auch

nur eine Silbe zu singen. Verdammte Scheiße, weißt du nicht, was auf dem Spiel steht?“

„Ava, Angel, sie glaubt mir einfach nicht und ich dachte ...“

„Hör auf zu denken und gib dir Mühe, heilige Scheiße noch mal!“

Mit weit aufgerissenen Augen fing sie an auf ihn einzuschimpfen, während ihre Schemen immer blasser wurden und sie sich langsam in Luft auflöste. Und in diesem Moment dröhnte ein Klingeln in meinen Ohren, alles um mich herum wurde dunkel und das Letzte was ich spürte war, wie ich vom Sessel rutschte.

Als ich aufwachte, wusste ich nicht, wo ich war. Ich blinzelte und während die Dunkelheit langsam Konturen annahm, erkannte ich, dass ich in meinem Bett lag. Die Vorhänge des Schlafzimmers waren zugezogen, aber durch einen kleinen Spalt auf der Seite sah ich, dass es draußen dunkel war. Ich drehte mich zu meinem Radiowecker. Drei Uhr dreißig.

Wie war ich hierher gekommen? Ich knipste die Nachttischlampe an und richtete mich auf. Mein Kopf brummte. Und irgendwas fühlte sich anders an. Ich griff unter die Decke und tastete meinen Körper ab. Kein Pyjama, nicht einmal Unterwäsche. Mit einem Sprung war ich aus dem Bett und schlüpfte in den rosa Bademantel, der am Kleiderständer hing.

Ich trippelte auf Zehenspitzen zur Tür. Wo war bloß mein Handy?

„Hallo, ist da jemand?“, rief ich ins dunkle Vorzimmer. Keine Antwort. Ich tastete die Wand entlang, bis ich den Lichtschalter erreicht hatte.

„Hallo?“, fragte ich erneut.

Stille.

Ich flüsterte: „Das war alles nicht echt ... alles nur geträumt ... ich werde mich jetzt anziehen und ...“

Mein Selbstgespräch wurde von einem Geräusch unterbrochen. Es kam aus der Toilette. Da zog jemand an der Spülung. Ich hielt den Atem an und erstarrte. Mein Herz raste, ich wollte weglaufen und um Hilfe rufen, aber mein Körper war wie versteinert und meine Stimme war in ihm eingemauert. Die Klotür öffnete sich und ein nacktes Männerbein trat heraus. Ich sah daran hoch. Vor mir stand Ali aus der Bäckerei!

Ein erleichtertes Aufstöhnen kam tief aus meinem Körper. Und erst da bemerkte ich, dass sein Bein nicht das Einzige an ihm war, das nackt war.

„Oh, noch eine Runde?", fragte er und grinste.

„Äh, was ... wie … also, was … äh?", stammelte ich, schüttelte heftig den Kopf und drehte ihm den Rücken zu, „entschuldige, ähm, es … es tut mir leid, ich wusste nicht, dass du da, also, ähm, dass du, also, haha, nichts … äh, also, wie sind wir überhaupt hierher gekommen … was ... was ist denn passiert?"

Ali trat hinter mich, legte eine Hand auf meine Schulter und berührte mit seinen Lippen mein Ohr, während er hauchte: „Na, das spricht ja nicht gerade für mich."

Und dann spürte ich seinen Körper durch den Frotteestoff des Bademantels – seinen ganzen Körper.

„Ach du Scheiße", fuhr es mir durch den Kopf, während ich und ein Teil von ihm stocksteif da standen.

## 7 Something

Ali hatte es zum Glück eilig, er musste um vier Uhr in der Bäckerei sein.

„Ich werde dir was zum Frühstück auf deinen Schreibtisch stellen", sagte er, während er in seine Jeans schlüpfte. Zum Abschied gab er mir einen raschen Kuss, und als er weg war, setzte ich mich völlig verwirrt an meinen Küchentisch und versuchte mich zu erinnern: Zuerst war da der verrückte Mann in dem Café gewesen, dann war die Frau aus meinem Traum aufgetaucht und … oder hatte ich das alles nur geträumt? Und wieso war Ali da? Und vor allem: Was hatten wir beide gemacht?

„Das ist doch eindeutig, was wir gemacht haben", flüsterte ich panisch, „wieso war er wohl nackt? Und es ist auch eindeutig, dass ich verrückt geworden bin ..."

„Sprichst du mit dir selber Angie, oder meinst du mich?", sagte eine Stimme hinter mir und ich fuhr herum. Da in der Küche, mit einer Schulter lässig an meinen silbernen Kühlschrank gelehnt, stand der Mann, der sagte, er sei Frank Sinatra und grinste mich an. Und da fiel ich wieder in Ohnmacht.

Als ich aufwachte, lag ich in meinem Bett. Ich blinzelte. Der schwache Schein der Nachttischlampe tauchte den grauhaarigen Mann, der vor meinem Bett stand, in dämmriges Licht.

„Na, dir scheint das ja Spaß zu machen, diese Umkipperei", sagte er, setzte sich auf die Bettkante und verschränkte die Arme. Ich rückte von ihm weg und zog mir die Decke hoch bis über das Kinn.

„Ich kann nichts dafür, ich habe einen schwachen Kreislauf", murmelte ich und drückte mich an die Lehne am Kopfende des Bettes.

„Angie, versuch dich mal ein bisschen locker zu machen, ein bisschen Ring-a-ding-ding, verstehst du? Wenn du ständig umkippst, wird das nichts."

Bei Ring-a-ding-ding hatte er seinen Oberkörper hin und her geschwungen, ich schloss die Augen und zog mir die Decke über den Kopf, wie ein kleines Kind, das Verstecken spielt.

„Ring-a-ding, was? Das ist doch …", jammerte ich unter der Decke. Als ich keine Antwort hörte, lugte ich aus meinem Versteck hervor. Er saß noch immer da, hatte lässig ein Bein über das andere gelegt und stützte sich mit einem Ellbogen am Bettpfosten ab, als wären wir auf einer Cocktailparty und nicht in meinem Schlafzimmer.

Mit allem Mut, den ich in diesem Moment zusammenkratzen konnte, sagte ich: „Entschuldigung, ich will nicht unhöflich sein, es ist nur, also – wurde es Ihnen sehr viel ausmachen … könnten Sie vielleicht … gehen? Bitte!"

Der Mann öffnete den Mund, als wollte er etwas sagen, doch dann machte er ihn wieder zu und schüttelte den Kopf. Sein Blick wanderte durch das Zimmer. Schließlich stand er vom Bett auf und nahm die Kleidung von dem roten Kindersessel, den ich aus meinem alten Kinderzimmer mitgenommen hatte. Er stellte ihn neben das Kopfende des Betts, zog sich mit einer schnellen Bewegung seine schwarzen Hosenbeine hoch, setzte sich und faltete die Hände ineinander.

„Angie, ich werde dir jetzt eine Geschichte erzählen und nachher kannst du dich noch immer entscheiden, ob du das hier willst oder nicht, okay?"

Als ich nichts erwiderte, hob er die Augenbrauen: „Okay?"

Ich nickte zögerlich und er fuhr fort: „Also, stell dir vor, ein Mädchen, sie ist gerade ein Teenager geworden und was für ein Zufall, sie heißt so wie du: Angelika. Sie ist nicht besonders glücklich, sie hat das Gefühl, sie gehört nirgends wirklich dazu, na ja, nicht in der Schule, nicht zu Hause … und dann hat sie da etwas, das sie stört und das Ganze nicht gerade leichter macht, kannst du mir folgen?"

Ich nickte wieder, das kam mir nur allzu bekannt vor.

„Aber dann passiert etwas mit diesem Mädchen. Sie verliebt sich. Zum allerersten Mal in ihrem Leben. In einen hübschen Jungen aus der Schule mit blonden Locken. Er ist ein, zwei Jahre älter als sie, er ist zu laut, zu wild und das genaue Gegenteil von ihr. Jedes Mal wenn sie ihn sieht, wünscht sie sich, dass er erkennt, wie sehr sie ihn mag. Du weißt, wen ich meine?"

Ich tat ahnungslos, machte „mmmh" und zuckte mit den Schultern.

„Sagt dir der Name Lorenz etwas?", fragte er.

Als ich nichts sagte, fuhr er fort: „Dieser hübsche Kerl hat das Herz des Mädchens erobert, sie bewundert ihn dafür, dass er so anders ist als sie. Und dann, eines Tages, nimmt sie ihren ganzen Mut zusammen und steckt ihm einen Zettel zu."

Er sah hinauf zur Zimmerdecke und begann zu sprechen, als würde er einen Text ablesen: „Lieber Lorenz, ich finde dich so toll! Willst du mit mir ins Kino gehen?"

Unter den Text hatte ich zwei Kästchen gezeichnet, über einem stand ein „Ja" und über dem anderen ein „Nein". Aber woher wusste dieser Mann das alles?

„Und was hat dieser Holzkopf gemacht?", fragte er und sah wieder zu mir.

„Ich weiß, was er gemacht hat, Sie brauchen nicht weiterzuerzählen."

Der Mann, über dessen Identität ich mir nicht mehr ganz so sicher war, nickte. Vor meinem geistigen Auge tauchte die

Szene von damals so deutlich auf, dass ich mir wünschte, ich könnte augenblicklich vor Scham auf Briefmarkengröße schrumpfen.

Lorenz, der kreischend durch die Schule gerannt war, mit meinem Briefchen in der Hand. Er hatte gelacht und gerufen: „Das Knöchelmonster Angelika Neuhauser will mit mir gehen! Könnt ihr euch das vorstellen? Dieses K-N-Ö-C-H-E-L-M-O-N-S-T-E-R!"

„Bitte, ich weiß, was Sie mir sagen wollen. Ich habe es verstanden. Sie wissen das von mir, woher auch immer, und wollen jetzt, dass ich Ihnen glaube. Also gut, ich glaube Ihnen, aber können wir jetzt damit aufhören? Bitte!"

„Tut mir leid, Angie, noch nicht ganz. Die Geschichte geht noch weiter. Nach dieser Sache hat das Mädchen es nicht leicht, alle lachen sie aus, zeigen auf sie, und das ändert sich auch nicht in den nächsten zwei Jahren. Man ruft ihr noch viel schlimmere Namen zu, der Erfinder dieser Namen ist dieser junge Kerl. Sie sagt es niemandem, nicht einmal ihren Eltern, weil sie Angst hat, die würden ihr die Schuld für all das geben.

Und schließlich fängt sie an sich selber zu hassen, weil sie diesen Zettel geschrieben hat. Die schrecklichen Namen bleiben ihr, obwohl sie so tut, als würde sie gar nicht zuhören. Aber in Wahrheit merkt sie sich jeden einzelnen. Und manchmal fängt sie sogar an, sie zu glauben.

Dann, sie denkt es war Zufall, entdeckt sie die Annabelle-Romane und fängt an sie zu lesen. Mit jeder Seite, die sie liest, geschieht etwas mit ihr. Und sie beschließt, wie Annabelle zu sein. Sich nicht unterkriegen zu lassen, zu kämpfen und ..."

„... dem Schicksal die Stirn zu bieten", unterbrach ich ihn mit zitternder Stimme. Das war damals mein geflügeltes Wort. Es kam unzählige Male in den Büchern vor. Ich hatte es mir immer vorgebetet wie ein Mantra, wenn mir wieder etwas nachgerufen wurde. Ich war damals die Annabelle des Schulhofs. Innerlich. Sehr, sehr innerlich.

Er nickte und fuhr fort: „Eines Tages, als es ihr so schlecht geht, dass sie nicht mehr weiter weiß, schreibt sie einen Brief. Einen Brief an Annabelle, in dem sie ihr alles erzählt, was sie sich sonst niemandem zu sagen traut."

Was er dann aus der Innentasche seines Sakkos holte, raubte mir den Atem.

„Es ist der erste von einer ganzen Reihe von Briefen, die du ihr geschrieben hast", sagte er und hielt mir ein rosa Kuvert hin, mit meiner Schrift darauf: „Für Annabelle".

Er griff in die andere Innentasche seines Sakkos und holte einen ganzen Packen bunter Briefe heraus, die mit einem roten Seidenband zusammengehalten waren.

„Aber ich hab sie doch alle verbrannt", sagte ich, lehnte mich aus dem Bett und streckte meine Finger sehnsüchtig nach dem rosa Päckchen aus. Er reichte sie mir und ich nahm ein paar Briefe aus den Kuverts. Jeder einzelne von meinem vierzehnjährigen Ich geschrieben. Sogar die verwischten Tintenkleckse, die ich damals durch die Tränen beim Schreiben gemacht hatte, waren noch darauf. Und gerade kamen neue dazu.

Ich spürte, wie er sich wieder neben mich aufs Bett setzte.

„Woher haben ...?", begann ich und beendete die Frage mit einem unverständlichen Quieken.

Er beugte sich zu mir und wischte mir die Tränen von den Wangen.

„Glaubst du mir jetzt, Angie?", fragte er so sanft, dass es sich anfühlte, als würde ich in einen Watteberg fallen. Ich sah in seine blauen Augen und hatte keinen Zweifel mehr daran, dass er die Wahrheit sagte: Neben mir saß der tote Frank Sinatra.

## 8 Fly Me To The Moon

„Wieso sind Sie jetzt noch mal hier?“, rief ich und steckte mir mit zittrigen Fingern eine weitere Rippe Vollmilch-Haselnuss-Schokolade in den Mund. Statt einer Antwort hörte ich ein neuerliches Fluchen aus der Küche, gefolgt von lautem Geschirrgeklapper.

Ich leckte die geschmolzene Schokolade von meinen Fingern, brach eine weitere Rippe ab und stand mit sehr wackeligen Beinen vom Bett auf.

„Kann ich helfen?“, rief ich und stützte mich mit der schokoladefreien Hand an der Wand ab.

„Nein“, bekam ich zur Antwort, gefolgt von erneutem Fluchen.

„Einmal kauen, ein Schritt“, sagte ich zu mir und biss eine Nuss aus der Schokolade heraus, während ich mich langsam an der Wand entlang vorwärts schob.

Nach einer gefühlten Ewigkeit kam ich endlich in der Küche an, wo Frank Sinatra mit einer rosa Tasse vor meiner kleinen Espressomaschine stand und sie skeptisch betrachtete.

„Geh zurück ins Bett, Angie, ich will nicht, dass du wieder umkippst “, sagte er, als er mich in der Küchentür bemerkte. „Ich bringe dir einen Espresso.“

Er drückte nacheinander auf die vier kleinen Knöpfe an den Seiten der silbernen Maschine, drehte die Dampfdüse auf und wieder zu und nahm den Siebträger herunter, um ihn gleich wieder einzusetzen. Er sah dabei so elegant aus, als wäre es eine Szene in einem Musical. Ich wartete nur darauf, dass er anfangen würde zu singen und dabei den Siebträger als Mikrofon benutzte.

Stattdessen streckte er den Kopf zur Zimmerdecke und schimpfte: „Ich kriege dieses verfluchte Ding einfach nicht an! He, ihr da oben, macht mal, das dieses Scheißding hier funktioniert!“

Doch kein Musical!

Wir schauten beide auf die Kaffeemaschine, aber nichts passierte.

„Das war ja zu erwarten, dass die mir nicht helfen. Das letzte Mal, dass ich selber einen Espresso gemacht habe, war 1958.“

Und dann begann er wieder zu fluchen. Rasch nahm ich ihm die Tasse aus der Hand und drückte auf den Knopf für den Dampf. Als die Druckanzeige grün aufleuchtete, stellte ich die Tasse unter den Auslauf und schob den Hebel zur Seite.

„Es tut mir leid, wegen vorhin“, sagte ich, während der Kaffee dampfend in die Tasse floss, und schob leise „Herr Sinatra“ nach. Es klang mehr wie eine Frage, als wie ein Name.

„Du kannst Francis sagen“, antwortete er, „und dir braucht überhaupt nichts leidzutun. Baby, ich weiß ehrlich gesagt gar nicht, was dir leidtun sollte!“

Ich spürte, wie meine Knie nachgaben, griff rasch nach dem weißen Küchenstuhl neben mir und ließ mich darauf fallen. Sinatra drehte den Hebel der Espressomaschine zurück, schüttete ein bisschen Zucker in den Kaffee und reichte mir die Tasse.

„Hier – trink das, Angie.“

Ich nahm einen Schluck und kaum hatte ich die Flüssigkeit im Mund, krümmte ich mich zusammen. Das war der stärkste Kaffee, den ich je getrunken hatte. Er streckte mir den Kopf entgegen, nickte und ich schluckte widerwillig runter.

Kaum floss der Kaffee meine Kehle hinunter, konnte ich förmlich spüren, wie ich kräftiger wurde und das schwindlige Gefühl in mir nachließ.

„Ich versteh das alles nicht“, sagte ich, nachdem ich ausgetrunken hatte und stellte die leere Tasse auf den Tisch, „um ehrlich zu sein, ich glaube immer noch, ich bin nicht ganz dicht.“

Er lachte auf, und es sah so als, als strahlten seine blitzblauen Augen dadurch noch stärker.

„Nimm meine Hand“, sagte er und streckte sie mir entgegen. Mir fiel der kühle goldene Ring an seinem kleinen Finger auf, als ich seine warme Hand berührte. Und plötzlich fühlte es sich an, als hätte jemand in mir eine warme Dusche aufgedreht, die alle Ängste und Aufregungen wegspülte.

„Ich bin hier wegen dir“, sagte er wieder so sanft wie vorher, und drückte leicht meine Hand, „weil du mein Auftrag bist, Angie.“

„Ich verstehe das immer noch nicht. Was denn für ein Auftrag? Von wem und wieso?“

„Es ist so“, erklärte er, „es gibt eine Himmelsbrigade. Das ist, na ja, eine Art … Organisation, im Himmel. Sagen wir, du hast ein zwar nicht schlechtes, aber nicht ganz so redliches Leben geführt. Und wenn es dann so weit ist, hält dich etwas ab, durch das Tor aus Licht zu gehen. Und da kommt die Himmelsbrigade ins Spiel – sie wählen für dich Aufträge aus, damit du das, was dich abhält, wiedergutmachen, oder für dich klären kannst, verstehst du?“

Ich verstand nicht und fragte noch mal: „Was für ein Auftrag?“

„Oh, da gibt's verschiedene, überall auf der Welt. Manchmal große, manchmal kleine. Jedenfalls, wenn du dann so weit bist, oder deine Aufträge erfüllt hast – oder eben nicht erfüllt hast, dann geht es weiter.“

„Wohin denn?“

Er lächelte, so sehr, dass seine Zähne hervorblitzten. „Angie, belassen wir es dabei.“

„Nein, bitte, wie wählt diese Himmelsbrigade denn den Auftrag aus? Ich meine, wieso ich? Wieso Sie? Wieso ... wir?“

Sinatra zuckte mich den Schultern. „Puh, keine Ahnung, Angie. Anweisung von oben.“

„Und Ihr wievielter Auftrag bin ich?“, fragte ich, ohne seine Hand loszulassen. Sinatra schürzte seine schmalen Lippen, bevor er sagte: „Du bist nicht mein erster. Aber du bist mein letzter.“

„Oh“, war alles, was ich herausbrachte.

Wir sagten eine Weile beide nichts.

„Und was passiert, wenn dieser Auftrag vorbei ist?“, fragte ich schließlich.

Doch statt einer Antwort legte er nur seinen Zeigefinger auf die Lippen und zwinkerte mir zu.

„Okay, ich verstehe schon, das heißt, ich soll nicht fragen. Kann ich eine andere Frage stellen?“

„Sicher.“

„Darf ich jemandem davon erzählen, also ich meine, von Ihnen?“

„Natürlich darfst du. Nur erwarte nicht, dass dir geglaubt wird“, sagte er und lächelte amüsiert, „meistens muss man damit rechnen, zu einem Psychiater geschleift zu werden, glaub mir, das war nicht nur einmal der Fall.“

„Oh, okay. Darf ich noch was fragen?“

„Ich bin für dich da, also los, Angie, frag mich. Was willst du wissen?“

„Äh, also, was ich fragen wollte ...“, druckste ich herum, „ … was war das vorhin? Mit Ali? Waren Sie das?“

„Wir können keine Gefühle manipulieren, wenn du das meinst. Aber was wir können ist, dich zur richtigen Zeit an den richtigen Ort zu bringen.“

„Ich verstehe nicht ...“

„Es ist, wie soll ich es nennen? Ich glaube, dem Schicksal auf die Sprünge helfen, trifft es am ehesten."

„War Ali deshalb da?"

„Ali war da, weil ihr beide es wolltet."

„Und wieso kann ich mich dann nicht daran erinnern?"

„Wie, du weißt nicht, was passiert ist?"

Ich schüttelte den Kopf. Das Letzte, woran ich mich erinnern konnte, war diese schimpfende Frau aus meinem Traum, die sich in der *Kaffeetasse* in Luft aufgelöst hatte.

„Das hat wahrscheinlich was mit der Umkipperei zu tun. Moment."

Er streckte wieder den Kopf zur Zimmerdecke und sagte: „He, ihr da oben, macht mal, dass sie sich wieder erinnern kann."

Im selben Augenblick spürte ich einen heftigen Knacks in meinem Kopf – als hätte jemand alle Muskeln und Bänder in meinem Genick zusammengezogen und wie ein Gummiband wieder losgelassen. Das Ganze dauerte kaum eine Sekunde – und auf einmal fiel mir wieder ein, was passiert war, nachdem ich aus meiner Ohnmacht aufgewacht war und die *Kaffeetasse* verlassen hatte.

## 9 Bewitched, Bothered And Bewildered

Die Erinnerung lief wie ein Film vor mir ab:

Zuerst war es schwarz. Dann ein leichtes Ziehen in meinem Gesicht – jemand kniff mich in die Wange, und als ich die Augen öffnete, sah ich in drei Gesichter, die mich anstarrten.

Erschrocken fuhr ich hoch: „Wo ist er hin?"

„Wer? Wen suchen Sie denn?", fragte das Mädchen vor mir, das am Nebentisch gesessen hatte.

„Na, der Mann, bei mir am Tisch, wo ist der hin? Und die Frau?"

„Welcher Mann?" Sie sah mich verständnislos an. „Da war niemand, Sie haben doch alleine gesessen. Hier, neben meinem Freund und mir."

Mit der Hand deutete sie zu dem jungen Mann, mit dem sie sich vorhin das grüne Getränk geteilt hatte.

„Wie ...", fragte ich, und sah an ihr vorbei in das Lokal, „... ich habe alleine gesessen?"

Das Mädchen, ihr Freund und der junge Mann, der vorhin hinter der Theke gestanden hatte, nickten synchron.

„Soll ich die Rettung rufen?", fragte das Mädchen die beiden Männer und nahm ihr Handy vom Tisch.

Wenn ich einem Arzt sagen würde, was ich erlebt hatte, dann würde ich entweder in die Psychiatrie eingeliefert, oder in die Obhut meiner Eltern gestellt werden.

Meine Aussichten waren also entweder eine weiße Zwangsjacke oder mein ehemaliges Kinderzimmer. Oder *in* einer weißen Zwangsjacke *in* meinem ehemaligen Kinderzimmer.

„Danke, das ist nicht notwendig, es geht schon wieder", sagte ich rasch und rappelte mich hoch.

Mit einem schnellen Griff schnappte ich meine Handtasche. Das Mädchen wollte noch etwas sagen, aber ich hatte mich schon umgedreht und war zur Tür hinausgeeilt.

Kaum war ich alleine auf der Straße, war ich mir schon nicht mehr sicher, ob es eine gute Idee war, so schnell aufzustehen. Die graue Häuserzeile neben mir fing an sich zu drehen und der asphaltierte Gehweg schien unter mir wegzurutschen.

„Emilia, natürlich", flüsterte ich, nahm einen tiefen Atemzug und schlug den Weg zur Bäckerei ein.

Das Glöckchen über der Tür klingelte, als ich die Bäckerei betrat. Emilia stand hinter der Theke und drapierte weiße, mit Kokosnuss bestreute Halbkugeln in der Vitrine. Als sie mich bemerkte, erkannte ich an ihrem Gesichtsausdruck, dass ich wohl schon einmal besser ausgesehen hatte.

„Was ist passiert?", fragte sie und kam so schnell zu mir herüber, dass sich einer der kleinen Kochlöffel aus ihrem aufgesteckten Haar löste und zu Boden fiel. Mit einer Hand fühlte sie meine Stirn, während sie mir mit der anderen zu dem Sessel in der Ecke half.

„Nichts … ich weiß nicht … es ist ...", ich stockte kurz und sah zu Emilia hoch. In diesem Augenblick wünschte ich mir nichts sehnlicher, als ihr die Wahrheit zu sagen. Trotzdem kam die Antwort „Der Kreislauf, glaub ich ... es geht mir sicher gleich wieder besser" wie von selber über meine Lippen.

Emilia drehte sich um und rief zu dem Vorhang aus weißen und goldenen Perlen hinter der Theke:

„Ali, kannst du bitte nach vorne kommen, ich muss weg. Und bring eine Flasche Wasser mit."

„Was hast du gesagt, ich habe gerade den Mixer an", brüllte Ali von hinten.

„Angelika geht es nicht gut, ich bringe sie nach Hause", brüllte Emilia zurück.

Ali war so schnell, dass ich die Perlen des Vorhangs erst aneinanderstoßen hörte, als er schon vor mir stand.

„Was ist los?", fragte er besorgt und kniete sich neben mich.

„Der ... Kreislauf", stammelte ich und lief rot an, mir war das alles auf einmal sehr unangenehm. Zum Glück bimmelte in dem Moment das Glöckchen über der Eingangstür und ein Mann betrat die Bäckerei.

„Ich bringe dich nach Hause", sagte Ali, „ich hole nur meine Jacke."

Emilia nickte ihm zu und streichelte mir über den Kopf, bevor sie wieder hinter den Tresen ging.

Es begann leicht zu regnen, als wir aus dem Geschäft traten.

Ali legte zögernd seinen Arm um mich, es war nicht unangenehm, aber irgendwie merkwürdig, ihn plötzlich so nah zu spüren.

„Mir geht's schon besser. War nur der Kreislauf, das kenne ich schon", sagte ich und er ließ mich sofort los, als hätte ich ihm damit zu verstehen geben wollen, dass er mich nicht zu stützen brauchte.

Aber das war gar nicht meine Absicht gewesen, denn obwohl ich mir nichts anmerken lassen wollte, fühlten sich meine Knie noch immer an wie Gummi und mein Herzschlag stolperte vor sich hin.

Ich blieb stehen und nahm ein paar Schlucke aus der Wasserflasche, die er mitgenommen hatte.

Ali sah mich an, und obwohl ich selber gar nicht verstand warum, machte mich sein Blick nervös. „Sollen wir ein Taxi nehmen?", fragte Ali. Ich nickte erleichtert und er winkte ein vorbeifahrendes weißes Mercedes-Taxi heran.

Als das Taxi rasant um die erste Ecke fuhr, kippte ich mit dem Oberkörper zur Seite und landete auf seiner Schulter. Dieses Mal fühlte es sich schon nicht mehr so fremd an, ihn zu spüren, ich schloss die Augen und wollte nur einen kurzen Moment an ihn angelehnt bleiben, als ich spürte, wie er seinen Arm wieder um mich legte. Dieses Mal sagte ich nichts.

Als wir bei meiner Wohnung angekommen waren, nickte ich Ali zu und sagte zu dem Taxifahrer: „Bitte, wie viel macht das, wenn Sie gleich wieder zu der Adresse fahren, wo wir eingestiegen sind?"

„Das ist nicht notwendig", unterbrach Ali, „ich bringe dich noch rauf."

Wir stiegen schweigend das Treppenhaus hinauf, ich sperrte meine Wohnungstüre auf, trat ins Vorzimmer und sagte: „Danke, dass du mich heimgebracht hast."

Ali lächelte, strich sich über seine glatte Backe und ich fragte mich, ob er überhaupt schon einen Bart hatte. Na ja, anzunehmen, er war ja zwanzig und nicht zwölf. Keiner von uns sagte ein Wort, mehr aus Verlegenheit streckte ich ihm meine Hand entgegen, um mich zu verabschieden. Er nahm sie, und während er sie schüttelte, fragte er: „Wie geht es dir jetzt?"

„Danke, alles wieder okay, wirklich." Das stimmte zwar nicht, aber es würde auch nichts ändern, wenn ich ihm die Wahrheit sagte. Die Wahrheit, dieses Wort war wie ein Stich: Was war die Wahrheit? Dass ich verrückt wurde? Oder es schon längst war? Dass es nur eine Frage der Zeit gewesen war, dass ich irgendwann einmal überschnappen würde? Weil ich nie „normal" gewesen war, aber was war schon normal? Ali kam mir ziemlich normal vor, wie er da vor mir stand und noch immer meine Hand schüttelte. Meine Hand schüttelte?

Ich war so von meinen Gedanken abgelenkt, dass ich gar nicht bemerkt hatte, dass er sie nicht losgelassen hatte. Oder hatte ich seine Hand nicht losgelassen? Rasch zog ich meine Hand weg und lächelte verlegen.

„Kann ich noch einen Moment reinkommen?", fragte Ali.

„Natürlich“, sagte ich, trat zur Seite und bedeutete ihm hereinzukommen. Und da fiel es mir ein, ich schämte mich, dass ich nicht schon vorher daran gedacht hatte: Er wollte mich nach einer Versicherung fragen! Deshalb war er doch gestern schon bei mir im Büro gewesen! Und das war wahrscheinlich auch der Grund, weswegen er mich nach Hause begleitet hatte.

Ali schloss die Tür hinter sich und steckte die Hände in seine weißen Bäckerhosentaschen.

„Das ist jetzt vielleicht ein schlechter Zeitpunkt ...“, begann er und sah zu Boden.

Ich lachte auf und versuchte so zu wirken, als wäre es mir sowieso schon die ganze Zeit klar gewesen: „Aber nein, gar nicht, ich kann dir auch hier alles wegen einer Versicherung sagen. Wofür soll sie denn sein?“

Er zog die Augenbrauen hoch, doch noch, bevor ich eine Antwort bekam, hatte ich mich umgedreht und ging in die Küche. Ich brauchte jetzt dringend irgendetwas, um meinen Blutzuckerspiegel wenigstens einigermaßen hochzuhalten.

„Möchtest du vielleicht etwas trinken? Ich habe alten Orangensaft und neuen Apfelsaft“, fragte ich über meine Schulter und öffnete den Eiskasten.

Rasch griff ich nach einer angebrochenen Colaflasche, die sicher schon über einen Monat da stand, und nahm ein paar Schlucke. Es schmeckte nach Staub und Zucker.

„Entschuldige, die Cola wollte ich dir nicht anbieten, die ist schon steinalt“, sagte ich und drehte mich um.

Ali stand in der Küchentür und sah mich an. Ich wollte weiterreden, aber die Worte blieben in meinem Hals stecken. Denn Ali sah mich mit einem Blick an, den ich bis dahin nur aus Filmen kannte. Oder aus Tierdokumentationen.

So sah niemand drein, der eine Versicherung abschließen wollte. Und plötzlich kam ich mir vor, wie bei einem Agatha

Christie Krimi, wenn man am Ende bei der Auflösung versteht, wie die Ereignisse zusammenhängen:

All die Blicke, mit denen Ali mich in den letzten Tagen angesehen hatte, sein Besuch bei mir im Büro, die Schweigerei, und wie er so schnell weggesehen hatte, als Emilia von Manfred Bergers Torte erzählt hatte – alles das ergab plötzlich einen Sinn. Einen unglaublichen, umwerfenden, gar nicht möglich sein könnenden Sinn!

Ali sah mich weiter an, als wäre ich eine weiße Trüffel und er ein Haubenkoch.

„Ich bin jedes Mal nervös, wenn du ins Geschäft kommst", sagte er, ohne seinen Blick abzuwenden, „und ich suche mir immer einen Grund nach vorne zu gehen, damit ich dich sehe."

Am liebsten hätte ich laut rausgebrüllt: „WAS? WIRKLICH?", aber ich war viel zu aufgeregt, um irgendwas zu sagen.

„Und ich war so eifersüchtig auf diesen Berger, der da war wegen der Torte. Ich habe gesehen, wie du ihn angeschaut hast ..."

Langsam kam er auf mich zu und ich musste laut so schlucken, dass es klang, als hätte ich wie ein Frosch gequakt.

„Und dann habe ich mir gedacht", fuhr er fort, „wenn ein Moment kommt, in dem wir alleine sind, dann sage ich dir das."

Er nahm seine Brille ab, sein Gesicht war nur noch ein paar Zentimeter von meinem entfernt.

„Ich habe den ganzen Weg zu deiner Wohnung darüber nachgedacht, ob ich das wirklich tun soll."

Sein Gesicht war nun so nah vor meinem, dass ich seinen Atem spüren konnte. Er roch nach frischgebackenem Brot, Zucker und Schokolade. Der ganze Raum fing an sich zu drehen und ich fühlte mich, wie in der Mitte einer Schokoladentorte. Das konnte doch alles nicht wahr sein!

„Vielleicht mache ich mich hier zum totalen Idioten, aber wenn ich diese Chance nicht nütze ...", begann er, doch weiter kam er nicht.

Alles passierte ganz automatisch, als würde mein Körper die Regie übernehmen. Ich konnte mich gar nicht mehr daran erinnern, wann ich das letzte Mal mit einem Mann geschlafen hatte. Und wie könnte ich verrückt sein, wenn Ali alles das in mir sah? Und selbst, wenn ich verrückt wäre, wäre es mir in diesem Moment egal. Ich wollte Ali und ich wollte es, wie er mich wollte. Denn es machte mich normal.

Mein Mund begann ganz sanft seinen zu berühren. Und mit jedem Aufeinandertreffen der Lippen steigerten sich diese Berührungen zu einem wilden und leidenschaftlichen Kuss. Er drückte mich gegen den Wandschrank hinter mir und ich zog ihn gierig an mich.

Als ich seine Zunge an meinem Hals spürte und wie sie weiter in Richtung Dekolletee wanderte, fiel es mir ein: „Ich habe meine Minnie Maus Unterhose an! Und ich hab keine Ahnung, was er machen wird, wenn er meine Knöchel sieht!"

Ali presste sich stärker an mich und ich spürte, wie Minni Maus einen erwachsenen Freund bekam.

Ein klingelndes Geräusch riss mich aus der Erinnerung an die letzte Nacht. Ich sah auf.

Sinatra hielt mir mein blinkendes Handy entgegen und er lächelte auf eine Art, die man nur als verwegen bezeichnen konnte.

Was wusste er von letzter Nacht? Hatte er es gesehen? War er vielleicht sogar da gewesen?

„Nein, war ich nicht, Angie", antwortete er auf meine Gedanken und grinste noch mehr. „Und selbst wenn, es gibt wohl kaum etwas, das ich nicht schon einmal gesehen hätte. Außerdem war es mal wieder Zeit, dass dein Vogel Ausgang gekriegt hat.“

Er zwinkerte mir zu, während das Handy weiter vor sich hin klingelte.

„Mein … was?“, fragte ich und japste nach Luft.

Er stieß einen Pfiff aus. „Dein Vogel!“

„Was … wie ... Vogel … ich verstehe nicht ...“

„Angie“, sagte er mit raunender Stimme und beugte sich zu mir, „wir wissen doch beide, was ich meine.“

Ich versuchte so zu tun, als müsste ich über seine Bemerkung lachen, aber es kam nur ein jammernder Laut heraus. Rasch nahm ich ihm das Handy ab und war mehr als dankbar, dass meine Mutter mich immer wieder anrief.

Diese Dankbarkeit hielt genau zehn Sekunden an.

„Hallo Mama, wie geht es dir?“

„Endlich hebst du ab“, sagte sie, völlig außer Atem, „wo warst du? Wir haben uns solche Sorgen um dich gemacht! Ich dachte schon, es ist dir etwas passiert. Mein Gott, weißt du, wer gestorben ist?“

„Was, wer?“, rief ich panisch.

„Die Frau Hütter!“

Frau Hütter war die Nachbarin meiner Eltern und hatte gerade ihren siebenundneunzigsten Geburtstag gefeiert, als ich sie zum letzten Mal gesehen hatte. Meine Eltern hatten Frau Hütter nie gemocht. Zumindest hatte ich das angenommen, weil sie sich ständig über sie aufgeregt hatten, wenn ich zu Besuch war. Weil die Batterien für Frau Hütters Hörgerät nämlich oft leer waren und sie immer wieder vergessen hatte, neue nachzukaufen. Dann hatte sie den Fernseher so laut aufgedreht, dass man es in der ganzen Straße hören konnte. Ich hatte einmal den Vorschlag gemacht, mein Vater sollte ihr doch einfach die Batterien besorgen. Meine Eltern hatten mich daraufhin angesehen, als hätte ich ihnen geraten, einen Swingerklub zu besuchen.

„Ach so, die Frau Hütter", sagte ich erleichtert, „bitte Mama, erschreck mich nicht so, damit war doch zu rechnen."

„Ach so, aha, findest du?", äffte sie mich nach, „na bitte, ich muss dir auch gar nichts mehr erzählen."

Im Hintergrund war nun auch die Stimme meines Vaters zu hören: „Na bitte, dann erzählen wir ihr eben nichts mehr."

„Jetzt hört doch auf, so war das ja nicht gemeint …"

„Nein, ist schon in Ordnung, ist schon gut, schon gut", unterbrach mich meine Mutter beleidigt.

Und dann war nichts mehr zu hören. Sie hatte aufgelegt.

Wie auf Kommando packte mich das schlechte Gewissen.

Wie immer würde ich mir vornehmen nicht zurückzurufen. Und wie immer würde ich es doch tun. Ich drückte auf die Schnellwahltaste. Mein Handy leuchtete auf und am Display erschien „Verbindungsfehler". Ich versuchte es noch einmal. Und dann noch einmal. Ohne Erfolg, statt eines Läutens war ein Dreiklang zu hören.

„Wieso geht das nicht?", fragte ich und sah Sinatra an.

Doch er schüttelte nur den Kopf und hob die Hände. „Ich habe damit nichts zu tun."

„Bitte, tun Sie das nicht, Sie kennen sie nicht."

„Angie, ich kenne alle, die du kennst. Außerdem kann ich so etwas gar nicht, das bin ich wirklich nicht."

Ich starrte auf mein Handy. Wahrscheinlich hatte meine Mutter gerade einen Herzinfarkt und mein Vater konnte ihr nicht helfen, weil er sofort nach dem Telefonat verstorben war. Und es war alles meine Schuld!

„Weißt du, dass mein Sohn einmal gekidnappt wurde?", fragte Sinatra und setzte sich auf den Küchentisch und verschränkte die Arme.

„Nein, weiß ich nicht", sagte ich, ohne richtig zugehört zu haben und drückte auf meinem Handy herum, das nun gar kein Lebenszeichen mehr von sich gab. Ich legte es seufzend auf den Tisch und fragte: „Entschuldigung, was war mit Ihrem Sohn?"

Sinatra hatte die Augenbrauen hochgezogen und sah nachdenklich aus dem Fenster. Draußen war es bereits hell geworden, der Himmel war mit einem zarten Hellblau überzogen und ein paar Sonnenstrahlen brachen durch die Wolken.

„Mein Sohn ist Musiker, er war damals neunzehn Jahre alt und wollte ein Konzert geben. Es waren ein paar Männer – sie haben ihn überfallen und verschleppt. Und dann haben sie sich bei mir gemeldet. Die Entführer haben mich durch die ganze Stadt gejagt, von einer Telefonzelle zur nächsten, und von jeder musste ich anrufen, um neue Anweisungen zu bekommen. Es war das Schlimmste, was ich je erlebt habe. Und ich hatte nicht genug Kleingeld bei mir, zum Telefonieren, verstehst du? Ich wusste doch nicht, dass ich von so vielen verschiedenen öffentlichen Telefonen anrufen musste."

Ein Schatten hatte sich auf sein Gesicht gelegt, der etwas zeigte, was ich noch nicht bei ihm gesehen hatte.

„Es ging alles gut aus", fuhr er fort, „mein Sohn kam gesund zurück und die Entführer wurden geschnappt. Aber seit der Zeit, ganz egal wo ich hingegangen bin, habe ich immer eine ganze Rolle Münzen bei mir gehabt. Damit ich im Notfall telefonieren kann."

„Wirklich?", fragte ich und kam mir im nächsten Moment wegen dieser Frage unglaublich blöd vor.

Nach einem tiefen Atemzug sah Sinatra zu mir und nickte: „Weißt du Angie, ich glaube, es ist gut, da zu sein, mit allem, was man hat und kann, wenn es ein Notfall ist. Aber dann – und nur dann – soll man das Geld auch in den Telefonapparat reinwerfen. Sonst ist man irgendwann pleite. Verstehst du?"

„Ich glaube schon."

Er griff nach meiner Hand und da war plötzlich wieder dieses Warme-Dusche-Gefühl.

„Sag mal", sagte er und sah an mir vorbei, „musst du nicht zu deinem Job?"

Er ließ meine Hand los und deutete zur Wanduhr hinter mir. Halb Neun. Einen Augenblick überlegte ich, anzurufen und mich krankzumelden.

Ich drehte mich wieder zu ihm zurück und wollte etwas sagen, aber er war schon nicht mehr da.

Als ich mein Büro betrat, fiel mein Blick sofort auf meinen Schreibtisch. Da lag, wie Ali es gesagt hatte, ein weißes Päckchen mit goldener Schleife, an der eine Grußkarte angebracht war. Ich setzte mich und stützte den Kopf in beide Hände. Was hatte diese ganze Sache mit Ali und der letzten Nacht zu bedeuten? War Ali in mich verliebt? War ich in ihn verliebt? Je länger ich darüber nachdachte, stieg eine Frage in mir hoch, die ich gar nicht wahr haben wollte: Wollte ich überhaupt, dass die letzte Nacht etwas bedeutete?

Sofort schob ich den Gedanken beiseite, griff nach der Karte und fuhr hoch. Denn diese Karte war nicht von Ali. Ich las sie noch einmal:

„Liebe Angelika, ich denke noch gerne an unser Mittagessen. Hast du Lust mich wiederzusehen? Liebe Grüße, Fredi."

Daneben stand seine Handynummer. Mein Herz machte einen Hüpfer, für den ich mich im nächsten Augenblick schämte. Durfte ich mich überhaupt darüber freuen? Sollte ich die Karte einfach wegwerfen? Oder sollte ich ihn anrufen und so etwas sagen wie: „Vielen Dank, aber da sind Sie jetzt zu spät." Aber würde ich mir das selber glauben?

Ich sah mich im Büro um und flüsterte: „Herr Sinatra, sind

Sie vielleicht da? Herr Sinatra? Hallo? Herr Sinatra?“ In der Hoffnung auf eine Antwort stand ich auf und flüsterte in jede Ecke meines Büros: „Herr Sinatra? Hallo?“

Es gab schon genug Zeiten in meinem Leben, da hatte ich den Eindruck, ich verliere die Kontrolle und alles läuft verrückt ab. Und ich hätte es nie gedacht – aber in diesem Moment sehnte ich mich nach diesen Zeiten zurück.

„Wenn ich bald in einer Gummizelle aufwache, werde ich mich nicht wundern“, sagte ich leise, setzte mich wieder an meinen Schreibtisch und griff nach dem Handy.

****

***Fegefeuer, zur gleichen Zeit***

„Und, hast du verstanden, was wir von dir wollen?“

Der korpulente Mann, der zitternd auf dem schwarzen Holzsessel saß, zuckte zusammen. Seine dunklen Knopfaugen wanderten zwischen dem Mann mit der unglaublich großen Hakennase und dem Leiter des Fegefeuers vor ihm hin und her. Er öffnete den Mund und versuchte einen Laut von sich zu geben – aber alles, was herauskam, war ein klägliches Fiepen.

„Ob du uns verstanden hast?“, wiederholte Urian Hämmerlein in scharfem Ton.

Wieder öffnete der Mann am Sessel seinen Mund und streckte den Kopf vor. So sehr er sich auch anstrengte – es wollte kein Wort herauskommen. Sein Kinn begann zu beben und Tränen stiegen ihm vor lauter Anstrengung in die Augen. Schließlich gab er es auf und schüttelte den Kopf. Ohne seinen Blick abzuwenden, nahm er seine Hände hoch vor das Gesicht und begann, sich über seinen linken Handrücken zu lecken. In menschlicher Gestalt war das viel angenehmer, stellte er fest – man bekam nicht ständig Haare in den Mund.

Der Mann mit der Hakennase hob die Augenbrauen und stieß einen gequälten Seufzer aus.

„Er ist nicht der Richtige dafür", sagte er und zog Urian Hämmerlein an dessen kurzem braunem Pullunder zur Seite. „Sieh ihn dir doch an! Was für ein lächerlicher Anblick!"

Gerade als sich der dicke Mann am Tisch seinem rechten Handrücken zuwenden wollte, bemerkte er die schwarze Katze mit den großen mandelförmigen Augen, die müde aus einem der dunklen Gänge tappte. Mit einem lauten Kreischen und einem gezielten Sprung stürzte der dicke Mann auf das kleine Tier und begrub es unter sich. Erst, als er das Krachen der Katzenknochen hörte, erhob er sich zufrieden.

Dieses kleine Ungeheuer würde es nicht so schnell wieder wagen, ihn zu verraten! So gut hatte er sich bis heute in den Gängen des Fegefeuers vor Urian Hämmerlein versteckt gehabt. Diese Angst, von dem Leiter des Fegefeuers immer wieder aufs Neue umgebracht zu werden, war unerträglich für ihn geworden. Schon beim Gedanken daran durchfuhr es ihn. Was für eine grausame Prozedur.

Wäre dieses verflixte Aas nicht gewesen … dachte er und begann, den eben verstorbenen Tierkörper mit seiner Zunge abzulecken. Wenn Mao Tse Tung in ein paar Minuten wieder zum Leben erwachte, sollte sein menschlicher Geruch an ihm kleben. Eine Warnung, so etwas nie wieder zu tun!

„Igitt!" Der Mann mit der Hakennase würgte und wendete sich ab. „Das ist wirklich Capone? Al Capone?"

„Alphonse."

„Was?"

„Alphonse, das ist sein richtiger Name. Al ist nur die Abkürzung."

„Oh, na das erklärt natürlich manches."

„Ja, nicht wahr?" Urian Hämmerlein nickte und kratzte sich an seinem Stück Bauch, das über dem Hosenbund herausschaute. „Man erkennt ihn außerdem erst, wenn er seinen Hut aufhat."

Al Capone hatte sich wieder auf den Sessel gesetzt und nickte dem toten Tier zufrieden zu. Vielleicht war es doch nicht so schlecht, von Urian Hämmerlein wieder zu einem Menschen gemacht worden zu sein.

„Bist du sicher, dass er eine gute Wahl ist?", fragte der Mann mit der Hakennase.

„Was soll ich sagen – er ist eben schon lange hier. Aber er ist der Beste, den ich habe. Und Sina..., pardon, der Himmelsbote, hatte doch schon immer eine Schwäche für Leute seiner … na ja, sagen wir, seiner Sorte."

Al Capone hatte begonnen, merkwürdige Quietschlaute von sich zu geben.

„Keine Angst", beruhigte Urian Hämmerlein, „er findet gerade seine menschliche Stimme wieder, das dauert nur ein paar Minuten."

Der Mann mit der Hakennase runzelte die Stirn: „Und wann schicken wir ihn auf die Erde?"

„Sofort. Wir haben keine Zeit zu verlieren."

„Gut, ich werde mich darum kümmern. Gibt es sonst noch etwas?"

Der Leiter des Fegefeuers nickte. „Wenn die Sache glatt läuft – ein Terra-Okular für das Fegefeuer zusätzlich zum Abstimmungsrecht. Ich möchte auch einen Blick auf die Erde und ihre Bewohner werfen können."

„Bist du verrückt?", japste der Mann mit der Hakennase.

„Also, was ist noch mal genau meine Aufgabe?", fragte eine knarrende Männerstimme hinter ihnen und fügte ein leises „Miau" hinzu.

## 10 Night And Day

Ich tippte gerade die erste Ziffer in das Handy, als ich die Schritte am Gang hörte. Ich horchte. Die Schritte kamen näher. Sofort ließ ich das Handy in die erste Schreibtisch-Schublade fallen und nahm mit der anderen Hand eine Aktenmappe heraus. Moni erschien in der Tür. Ein schwarzes Tuch mit weißen Punkten war um ihren Kopf zu einem kunstvollen Turban gewickelt und sie trug eine große Sonnenbrille auf der Nase. Wie Gloria Swanson in *Sunset Boulevard*, nur noch um einiges dramatischer. ‚Ich bin bereit für die Aufnahme, Mr. De Mille', dachte ich und versuchte nicht zu grinsen.

Sie schniefte und nahm langsam ihre Sonnenbrille herunter. Ein „Oh" entfuhr mir, als ich ihre verweinten, verschwollenen Augen sah. „Was ist denn passiert?"

Moni sah hinaus auf den Gang, kam wieder herein und schloss leise die Tür. Kaum hatte sie die Brosche vom Turban gelöst, bahnten sich die krausesten und verfilztesten Locken, die ich je gesehen hatte, ihren Weg ins Freie – als hätte sie zehn Vogelnester auf ihrem Kopf.

„Ich weiß nicht, was das ist – gestern, plötzlich, hat es begonnen. Ganz ohne Grund! Ich war in der Nacht sogar im Krankenhaus." Sie tippte sich an die Stirn. „Die haben alle nur gelacht, haben gesagt, so was haben sie noch nie gesehen. Den Oberarzt haben sie gerufen, der hat gemeint, ist vielleicht eine allergische Reaktion und hat mir Tabletten gegeben. Aber die helfen nicht! Ich kann machen was ich will, durchbürsten, waschen, Glätteisen – es geht einfach nicht weg. Was mach ich denn, wenn das so bleibt?" Tränen stiegen ihr in die Augen.

War das ich? Was hatte ich ihr gestern zugeflüstert, es war

doch so was wie: „Deine Haare sollen sich kräuseln wie eine Drahtbürste."

Ich sah Moni an, wie sie da mit hängenden Schultern heulend vor mir stand. Und ich wartete auf mein Gefühl des Triumphs und der Schadenfreude. Aber es kam nicht. Nicht das kleinste Fünkchen Genugtuung wollte sich einstellen. Am Fenster zog bauschiger weißer Nebel vorbei und tauchte den Raum in ein unwirkliches, schummriges Licht. Ein Schatten huschte durch das Zimmer und ich zuckte zusammen.

„Was war das?", fragte ich Moni. Doch sie hob nur die Schultern und begann das Tuch wieder um ihren Kopf zu wickeln. Ich sah mich im Raum um. Der Nebel stand nun ganz dicht vor meinem Fenster. Und so blitzschnell, dass ich ihm mit meinen Augen gar nicht richtig folgen konnte, zischte der Schatten wieder an mir vorbei. Ich hätte schwören können, es sah aus, wie ein Mensch mit einem Katzenkopf. Im nächsten Moment lösten sich die Wolken auf und Sonnenschein durchflutete mein Büro.

„Moni", rief ich ihr nach, als sie schon am Gang war.

Sie steckte den Turban-Kopf herein. „Hm?"

„Es wird alles wieder gut. Das ist sicher nur so eine vorübergehende Sache."

„Bist du sicher?"

Ich nickte. „Ich weiß es."

Der Kopf verschwand, dann waren kurze Schritte zu hören, die zuerst weggingen und dann wieder zurückkamen. Nochmals erschien ihr Kopf in der Tür.

„Danke, Angelika", sagte sie lächelnd. Und ich stellte verwundert fest, dass es das erste Mal war, dass ich ihr das Lächeln glaubte.

Ich stand auf und schloss die Tür hinter ihr. „Bitte", flüsterte ich an die Tür gelehnt zur Zimmerdecke, „bitte Herr Sinatra, machen Sie so was nicht. Ich weiß, Moni ist nicht gerade meine Freundin, aber ich will das nicht. Also, generell nicht. Bei niemandem. Keine Tricks, keine Verwünschungen oder was auch immer. Und bitte machen Sie Monis Haare wieder normal. Dankeschön."

Ich kam mir komisch vor. Sogar für jemanden, der es gewohnt war, mit sich selber zu reden, ist es merkwürdig, mit einer Zimmerdecke zu sprechen. Und plötzlich wurde mir ganz unheimlich zumute und ich wollte nur noch raus aus diesem Zimmer und an die frische Luft.

****

***Fegefeuer, einige Zeit später***

„Wie weit sind wir, Aris...", fragte Urian Hämmerlein aufgeregt, als der Mann mit der Hakennase endlich vor ihm aufgetaucht war. Im letzten Moment stoppte er sich und schluckte den Namen seines Besuchers hinunter. Schon Stunden hatte er auf ihn gewartet und war fluchend in den Gängen des Fegefeuers umhergelaufen. Doch nun durfte er sich keinen Fehler erlauben, musste seine Gier unterdrücken.

„Wie weit?", fragte er unschuldig lächelnd, nahm eine Katze auf den Arm und legte den Kopf schief.

Der Mann mit der Hakennase schnaubte verächtlich.

„Al Capone wäre fast von ihr entdeckt worden. Und dann noch die Sache mit den Haaren ihrer Kollegin, das war wahrlich nicht klug von mir ..."

„Was für Haare?", fragte der kleine dicke Mann mit hoher Stimme und drückte dabei das Kätzchen so fest an sich, dass es röchelte. Dieser hagere Mann machte ihn nervös – wenn er die Sache nur alleine in der Hand hätte!

„Es spielt keine Rolle mehr, jetzt wo wir Capone haben. Außerdem hat sie den Wunsch ohnehin rückgängig gemacht!"

Urian Hämmerlein nickte freundlich und säuselte: „Ahaaaa, na dann ist es ja gut", während er gerade den letzten Atemzug aus der Katze presste. Hakennase und Capone, gleich zwei Idioten, mit denen er sich herumschlagen musste. ‚Aber das Abstimmungsrecht, das Abstimmungsrecht, ich tue es nur dafür', wiederholte er in Gedanken.

„Und – was haben Sie gesehen", fragte er so beiläufig wie möglich.

Der Mann mit der Hakennase sah ihn lange an, bevor er schließlich sagte: „Lass es mich als Deduktion ausdrücken: Dieser Himmelsbote ist ein Gauner. Alle Gauner gehen auf Geschäfte zu ihrem Vorteil ein. Also?"

Urian Hämmerlein zitterte innerlich, am liebsten hätte er dem Mann mit der Hakennase ebendiese eingeschlagen.

„Also?", ahmte der kleine Mann seinen Besucher nach und beugte sich vor.

Der Mann mit der Hakennase seufzte und verdrehte die Augen. „Es bedeutet, dass der Himmelsbote auf das Geschäft eingegangen ist."

****

***In der Zwischenzeit, auf der Erde***

Kaum trat ich aus dem Bürogebäude, machte ich einen weiten Bogen um *Emilias Diwan* und schlenderte die breite Straße entlang. Die Sonne hatte sich endgültig ihren Weg durch die Wolken gebahnt, und in der Luft hing dieser Geruch, der verkündete, dass es bald wieder regnen würde. Ich atmete ein paar

Mal tief ein und beschloss, eine Runde um den nächsten Häuserblock zu gehen, bevor ich wieder in mein Büro zurückkehren würde. Als ich in einiger Entfernung die Leuchtbuchstaben der *Kaffeetasse* sah, überkam mich ein drängendes Gefühl. Ich wollte umdrehen, aber irgendetwas veranlasste mich, weiter und schließlich in das Café zu gehen.

Ich öffnete die Tür und musste ein paarmal blinzeln, bis sich meine Augen an das Licht gewöhnt hatten. Drinnen war es schummrig, eine junge Frau stand hinter dem Tresen und zählte das Geld in der Kasse. Außer zwei Geschäftsmännern, die sich an der Bar bei einem Stehkaffee unterhielten, war niemand in dem Lokal. Leise Jazzmusik klang wie schon beim letzten Besuch durch den Raum. Ich drehte mich um, um wieder zu gehen – aber dieses Gefühl, hier sein zu müssen, packte mich erneut, wie eine Hand, die mich festhielt.

Also bestellte ich einen Cappuccino und setzte mich an einen kleinen Tisch am anderen Ende des Lokals. Ein paar Kunden kamen herein, doch keiner blieb, alle verließen mit einem gefülltem Pappbecher in der Hand wieder das Café. Ich rutschte tiefer in den weichen Polstersessel, lehnte meinen Kopf an die hohe Lehne und sah aus dem Fenster.

Ein neues Lied erklang aus den Lautsprechern. Ich sprang vom Couchsessel, denn schon nach den ersten zwei Worten hatte ich den Sänger erkannt: Es war Frank Sinatra! Diese Stimme, die ich seit gestern so oft gehört hatte – wenn auch nur sprechend. Goldbarren und Weichspüler!

*„I've been a puppet, a pauper, a pirate, a poet, a pawn and a king. I've been up and down and over and out. And I know one thing. Each time I find myself, flat on my face, I pick myself up and get back in the race. That's life!"*

Es fühlte sich so verwirrend an, als würde jemand in meinem Kopf Zuckerwatte zubereiten.

Um Himmels Willen, das war Frank Sinatra, der da sang! Der gestern bei mir gewesen war! Der gesagt hatte, er ist mein Himmelsbote!

Wieso um alles in der Welt sollte jemand wie er, jemandem wie mir helfen? Das musste alles ein Fehler sein! Ein Irrtum bei der Einteilung. Wer war ich denn schon? Ein Niemand, der vor allem und jedem Angst hatte, der sich entschuldigte, wenn er angerempelt wurde, der „Auf Wiedersehen" sagte, obwohl der Gruß beim „Guten Tag" schon nicht erwidert wurde. Ich war groß im Jammern, aber klein, wenn es darum ging, in meinem Leben etwas auf die Reihe zu kriegen. Ich ließ mich wieder in den Sessel fallen und flüsterte genervt: „Meine Güte, jetzt tust du dir auch noch leid, wie armselig ist das denn? Hör sofort damit auf, wenn das jemand mitbekommt ..."

„Angie, sprichst du mit dir oder mit mir?", fragte die Goldbarren-Weichspüler-Stimme. Aber das kam nicht über die Lautsprecher. Ich drehte mich um. Am Nebentisch saß er in einem grünen Polstersessel, die Beine lässig übereinandergeschlagen, und lächelte.

Ich lief rot an. Manchmal bin ich mir selbst so peinlich, dass ich mir dafür am liebsten kondolieren möchte. Ich wollte etwas sagen, aber ich wusste nicht was, also deutete ich auf mich und presste den Mund zusammen.

„Weißt du, ich habe darüber nachgedacht. Ich meine, was es bedeutet, wenn man mit sich selber spricht." Er beugte sich vor und sah mir tief in die Augen. „Ich glaube, es heißt, dass man so versucht, etwas zu verändern. Aber das passiert dadurch nicht, und dann kommt die Enttäuschung."

Es war, als würde ich in seinen freundlichen blauen Augen meine Stimme wiederfinden und ich sagte: „Ihnen haben wahrscheinlich immer alle zugehört. Aber bei mir ..."

Ich fixierte mit meinem Blick die dunkelbraunen Bodenfliesen und murmelte leise: „Ist ja auch egal."

„Nein, das ist es nicht. Es ist nicht egal. Ich verstehe das."

Verblüfft hob ich den Kopf. „Wirklich?"

„Glaube es mir, ich habe in meinem Leben genug Fehler gemacht. Ich meine, sieh mich an. Man wird nicht ohne Grund Himmelsbote." Er grinste mit einem amüsierten Ausdruck und nickte mir zu. Und trotzdem bemerkte ich jetzt etwas dahinter, ohne es wirklich zu verstehen. War es Trauer? Bedauern?

Er runzelte kurz die Stirn, senkte rasch den Blick und war plötzlich sehr damit beschäftigt, Falten aus seinem Pullover zu streichen, die gar nicht da waren.

„Ich werde dir jetzt etwas erzählen", sagte er, ohne den Blick zu heben, „und ohne hier zu sentimental werden zu wollen: Ich habe wirklich viel Erfolg gehabt, mehr als ich mir wünschen konnte. Aber ich habe genauso, wie jeder andere auch, genug Enttäuschungen erlebt. Und ich habe sie nie gemocht. Natürlich nicht! Ich kenne das alles, die Entmutigung, die Verzweiflung, weiß Gott! Aber vermutlich habe ich immer gewusst, dass früher oder später alles gut wird – wenn man nicht aufgibt und … und es schafft, durch die Nächte zu kommen."

Ich schaute ihn verwundert an, aber er stand auf, setzte sich auf die Armlehne meines Sessels und strich mir über die Wange: „Und das weiß ich auch bei dir, Angie. Sie werden dir zuhören. Ganz sicher. Und es ist kein Missverständnis oder Fehler, dass ich dein Himmelsbote bin."

Ich schluckte schwer, aber der Kloß in meinem Hals wurde immer größer. Rasch griff ich nach meinem Kaffee, als könnte ich ihn mit der heißen Flüssigkeit hinunterschlucken.

Sinatra beugte sich zu mir herunter und ich hörte seine warme Stimme, wie sie leise in mein Ohr flüsterte: „Angie, versteck deine Narben nicht – wo immer du sie auch trägst. Sie machen dich zu dem, was du bist."

„Ich habe Angst", flüsterte ich zurück, mein Kinn hatte zu zittern begonnen.

„Ich weiß", sagte er mitfühlend, „aber ich glaube, es ist jetzt an der Zeit, dass wir dir neue Schuhe kaufen."

Ich sah zu meinen Füßen, die in ein Paar besonders hässlichen brauen Halbstiefeln mit dicker Profilsohle steckten.

„Okay", sagte ich, „gehen wir Schuhe kaufen."

## 11 One For My Baby

Kaum hatten wir das *Shoegasm*, das kleine edle Schuhgeschäft in der nächsten Seitenstraße, betreten, hatte Sinatra ein Paar flache smaragdgrüne Ballerinas mit einer hübschen Lederblüte an der Spitze von dem Regal genommen, und sie mir hingehalten. Ich kannte den Laden – vom Vorbeigehen. Nie hätte ich mich da hineingetraut, obwohl ich oft sehnsüchtig in die Auslagen gelinst hatte.

Beim Anblick der grünen Schuhe schnappte ich nach Luft und schüttelte energisch den Kopf.

„Ich … kann … nicht“, stotterte ich – es fühlte sich an, als wäre ein sehr schwerer Stein um meinen Brustkorb gebunden und würde mich runterziehen.

Eine junge Frau kam aus dem hinteren Raum und ihr falsches Lächeln erstarb, als sie von Sinatra zu mir sah. Ihre vollen langen schwarzen Haaren ergänzten sich perfekt mit dem engen schwarzen Kostüm und den glitzernden schwarzen Pumps. Während sie die Perlen ihrer Kette durch ihre dunkelrot lackierten Finger gleiten ließ, sagte sie zu mir: „Guten Tag. Suchen Sie was Bestimmtes?“

Ich tat so, als würde ich die Schuhregale betrachten und versuchte ihrem abschätzigen Blick auszuweichen. Dieses gewohnte Gefühl stieg in mir hoch und hüllte mich ein, wie eine vertraute Decke. Neben jemandem wie ihr, hatte jemand wie ich keine Chance. Sie war nicht nur hübsch, sie wirkte auch so selbstsicher, wie ein Schwan in einer Herde Schweine. Und ich wurde mit jedem Moment häßlicher, kleiner und mickriger.

Ich schüttelte den Kopf und schaute zu Sinatra. Würde er

es auch erkennen? Würde ihm jetzt ein Licht aufgehen und es würde passieren? Er würde dasselbe in mir sehen, was ich in mir sah!

Und jetzt und hier sollte ich auch noch meine Knöchel herzeigen? Nie im Leben!

„Knöchelmonster", brüllte es in meinem Kopf, während mir Sinatra weiterhin ungerührt die Schuhe entgegenstreckte.

„Knöchelmonster, Knöchelmonster, Knöchelmonster."

Stereo. Mit Hall.

„Knöchelmonster."

Immer lauter.

„Knöööööcheelmonsteeeer".

Dolby Surround.

Ich drehte mich weg und atmete heftig. "Neeeeeein", schrie alles in mir, „nein, nein, nein, nein, nein! Ich bin kein Knöchelmonster!"

Die Wut bohrte sich so schmerzhaft in mein Herz, wie eine Scherbe in ein Stück Fleisch. Ich hasste das. Ich hasste dieses Gefühl, ich hasste meine Knöchel, und ich hasste mich, weil ich nicht anders konnte. Bis jetzt hatte ich Schuhe immer entweder einfach so gekauft, ohne sie zu probieren, oder aus dem Internet bestellt. Und kein einziges Paar war darunter gewesen, das freien Blick auf meine Knöchel gewehrt hätte.

„Es geht nicht", zischte ich panisch, „ich kann das nicht."

Sinatra sah mich nur an und hielt die Schuhe weiter hoch, ohne ein Wort zu sagen.

Ich hatte zu zittern begonnen. Die Verkäuferin räusperte sich und sagte: „Wir hätten da auch noch sehr schöne ..."

„Nein", unterbrach ich sie ein wenig zu barsch, „danke, wir kommen schon alleine zurecht."

Das smaragdgrüne Leder der Schuhe spiegelte sich im Licht der Sonne, das durch die Glastüre hereinschien.

„Angie, vertrau mir“, sagte Sinatra leise, „probier sie an.“

Im hinteren Raum war ein Krachen zu hören, als wäre etwas heruntergefallen und ich hörte die Verkäuferin auf ihren Absätzen wegtrippeln.

Ganz langsam nahm ich Sinatra die Schuhe ab. Und noch langsamer zog ich meine Schnürstiefel aus. Ich stellte die Schuhe vor mich und wagte nicht an mir hinunterzuschauen. Mit den Zehenspitzen ertastete ich sie und schlüpfte hinein.

Sinatra deutete zu dem großen Spiegel hinter dem Schuhregal.

„Muss ich“, fragte ich, „reicht es nicht, dass ich sie anhabe?“

„Reicht es nicht, dass ich aus dem Himmel für dich hergeschickt wurde?“, fragte er und grinste. Darauf konnte ich nichts erwidern. Also hielt ich den Atem an und – trat vor den Spiegel.

Meine Füße in Ballerinas. Im ersten Moment kam mir das, was ich da sah, einfach nur unwirklich vor. Wie ein Traum, kurz nach dem Erwachen, wenn man nicht sicher wahr, ob das Geträumte echt war oder nicht. Das da waren meine Füße! In Ballerinas!

Da waren die Babybeißringe, natürlich. Unverändert. Zwei Wülste über dem Knöchel. Aber da war noch etwas anderes, das mich so überraschte, dass ich es gar nicht glauben konnte: Es sah nicht hässlich aus.

Sicher, es waren keine hübschen schlanken Fesseln, aber sie sahen in diesen Schuhen bei Weitem nicht so aus, wie ich mir das immer vorgestellt hatte.

„Kein Knöchelmonster“, kam es fast lautlos über meine Lippen. Ich sah zu Sinatra. Er hatte den Kopf schief gelegt und sah mich nachdenklich an.

„Nein, Angie. Kein Knöchelmonster“, sagte er sanft.

Die schwarzhaarige Frau kam wieder aus dem hinteren Raum und es folgten weitere Schuhe. Klassische schwarze

Pumps, deren Absatz gerade so hoch war, dass ich damit normal gehen konnte und nicht wankte, wie ein Schiff bei Wellengang.

Römersandalen mit Riemchen, die mit roten und gelben Steinchen besetzt waren. Coole schwarze Sneakers mit rosa Loch-Muster. Und das erste Paar Flip-Flops meines Lebens. Die Verkäuferin stellte sich als Besitzerin des Ladens heraus. Und sie stellte sich auch als gar nicht so unfreundlich und hochnäsig heraus, wie es mir vorgekommen war. War ich hier vielleicht diejenige gewesen, die etwas gesehen hatte, was gar nicht da gewesen war?

„Hier, ich glaube, die Farbe wird Ihnen gefallen", sagte sie und reichte mir eine Schuhschachtel, „sind gestern erst reingekommen." Sie lächelte und ging ans Telefon, das in dem hinteren Raum zu läuten begonnen hatte.

Ich hob die Augenbrauen und sah zu Sinatra. Für einen kurzen Moment sah es aus, als würde ein Stern in seinen Augen aufblitzen. Ich nahm den Deckel von der Schachtel und schaute auf ein paar leuchtend blaue Stiefletten mit geschwungenen Zweizentimeterabsätzen und kleinen Strassknöpfen auf der Seite. So schöne Schuhe hatte ich noch nie in meinem Leben gesehen.

„Fantastisch", stöhnte ich auf, schlüpfte vorsichtig hinein, machte ein paar Schritte und blieb unsicher stehen.

„Nicht zu extravagant?", fragte ich Sinatra.

„Nein! Diese Schuhe sind wie für dich gemacht!", antwortete er.

Mit einem Juchzen warf ich die Arme in die Luft. Ohne darüber nachzudenken, was ich tat, blieben sie auch dort und ich begann, voller Freude durch das Schuhgeschäft zu tanzen. Sinatra klatschte in die Hände und rief: „Angie – weißt du, dass du wirklich zauberhaft bist?"

Ich blieb abrupt stehen.

„Findest du das wirklich?“, fragte ich und spürte, wie mir Tränen in die Augen schossen. Mit einem Lächeln, das mich noch mehr zum Weinen brachte, stand er auf und öffnete seine Arme.

„Ja“, sagte er, und obwohl es nur so ein kurzes Wort war, fühlte es sich an, als hätte er damit eine lange verschlossene Tür geöffnet. Er legte seinen Arm um mich und ich vergrub mein Gesicht in seiner Schulter und schluchzte hemmungslos hinein.

Als ich wieder aufsah, bemerkte ich erst, dass die Ladenbesitzerin wieder nach vorne gekommen war. „Ich zahle“, sagte Sinatra ohne mich loszulassen und zückte mit der anderen Hand eine goldleuchtende Kreditkarte aus seiner Brusttasche.

****

### *Himmelsgewölbe, in der Zwischenzeit*

„Bald! Bald wird sie mir gehören, bald, bald“, flüstere der Mann mit der Hakennase, kaum hörbar neben den dramatischen Klängen von Puccinis *Sinfonie Nr. 3*, die er in dem Gewölbe erklingen ließ.

Seufzend schloss er die Augen und lehnte sich zufrieden zurück in dem grünen samtenen Schaukelstuhl, mit der süßen Gewissheit, dass er den Himmelsboten geschlagen hatte. Er!

Ein Gefühl durchflutete ihn, als würde er von einer Welle aus Stolz davongetragen werden. Er musste sich zusammenreißen – wie oft waren schon große Vorhaben an Unbedachtheit gescheitert.

„Zwischen dem Rand der Lippe und dem Becher kann sich noch viel ereignen“, flüsterte er und fasste sich an die Nase.

Aber doch – es war seine Idee gewesen! Sein Plan!

Er war darauf gekommen, als er ins Archiv gegangen war, um sich die Szenen von Sinatras bisherigen Aufträgen zeigen zu lassen, in der Hoffnung, doch etwas zu finden, weswegen der Himmelsbote sofort, ohne Urian Hämmerleins Hilfe, abgezogen werden musste.

Doch stattdessen sah er folgende Szene:

Ein kleiner schmächtiger Junge mit lockigen roten Haaren wurde immer wieder von einer Kinderbande angegriffen und hatte blaue und grüne Flecken von den Prügel, die er jedes Mal einstecken musste. Wie ein Häufchen Elend saß der Kleine auf der Treppe der Schule, mit zerrissenen Hosen und einer großen Schramme über dem rechten Auge.

„Weißt du, mein Junge", hatte Sinatra zu dem weinenden Kind gesagt und ihm auf die Schulter geklopft, „ich sage dir jetzt etwas. Weißt du, was die zwei großen Aufgaben im Leben sind?"

„Gute Noten und sein Zimmer aufräumen?", schluchzte der Kleine und verzog die Mundwinkel nach unten.

Über das Grinsen in Sinatras Gesicht wurde der Mann mit der Hakennase noch ärgerlicher, wie hatte man ihm nur Kinder zuteilen können? Wahrscheinlich hatte er dem Jungen auch noch Pokerspielen und fluchen beigebracht!

„Nein, die großen Aufgaben im Leben sind, nie aufzugeben und sich vor nichts und niemandem zu fürchten."

Der Junge sah Sinatra skeptisch an. „Wirklich?"

„Yep, du kannst mir glauben, Schatz, ich weiß, wovon ich spreche", antwortete Sinatra und nickte, „es gibt da bei mir so jemanden im Himmel. Wir prügeln uns zwar nicht, aber er ist mindestens genauso schlimm wie die Kerle, die es auf dich abgesehen haben. Ich darf seinen Namen nicht sagen, aber ich kann dir verraten, der Kerl hat eine so große Hakennase, ich bin mir sicher, er riecht vom Himmel aus den Kaffee, wenn er in Kolumbien gepflückt wird."

Der kleine Junge lachte. „Was tut er denn?“

„Na ja, das größte Problem ist, dass er meine Exfrau liebt. Ich bin ihm im Weg und er versucht mich vor der Himmelsbri – also vor jedem da oben schlecht zu machen, weil er will, dass ich keinen weiteren Auftrag bekomme. Am liebsten wäre es diesem verknöcherten Arsch, ich würde verschwinden, und zwar nicht ins Paradies – entschuldige, vergiss das ganz schnell wieder.“

„Was, verknöcherter Arsch?“

„Genau.“

„Klingt aber gut.“

„Ja, und es passt auch. Jedenfalls, wenn ich einmal die Chance bekomme, dass ich ihm eins auswische, werde ich sie mir nicht entgehen lassen. Also mein Junge: Wenn's nicht anders geht, dann schlag du sie, bevor sie dich schlagen. Lass dich bloß von niemandem ausnutzen!“

Die Szene war auf dem großen Bildschirm des Archivs verblasst und der Mann mit der Hakennase war irritiert ein paar Schritte zurückgewichen.

Natürlich hatte er vom ersten Moment an kein Geheimnis aus seiner Verachtung Sinatra gegenüber gemacht. Und es stimmte auch, er war dafür verantwortlich, dass Sinatra es immer besonders schwer gehabt hatte, seit er als Himmelsbote tätig war.

Aber Sinatra hatte mit seiner lockeren Art nie den geringsten Zweifel aufkommen lassen, dass ihm das egal wäre. Und der Mann mit der Hakennase wäre auch nie auf die Idee gekommen, dass Sinatra von seiner tiefen Zuneigung zu Ava Gardner wusste. Dass er sich an ihm rächen wollte! Oder ihm eines auswischen, wie er es ausgedrückt hatte.

Natürlich, das war es! Er musste nur jemanden finden, der Sinatra einen Vorschlag machte, den der nicht abschlagen konnte:

Nämlich den Vorschlag, ihm, dem Mann mit der Hakennase, so zu schaden, dass er alle Macht in der Himmelsbrigade verlieren würde!

Und so war er doch wieder zu Urian Hämmerlein zurückgekehrt, denn so eine Person war nur im Fegefeuer zu finden.

Es war Al Capone, der Sinatra gesagt hatte, er hätte Informationen über den Mann mit der Hakennase, die dafür sorgen würden, dass der nie wieder Probleme machen könnte.

Natürlich war das erfunden, aber woher sollte Sinatra das wissen?

Hatte er sich nicht schon immer daran gehalten, dass man die Mafia nicht infrage stellte? Und als Gegenleistung sollte Sinatra sich erkenntlich zeigen, wenn es einmal eine Gelegenheit dazu gab.

Der Mann mit der Hakennase krümmte sich vor Vergnügen und biss sich in seine geballte Faust – so sehr erfasste ihn das Gefühl, triumphiert zu haben. Der Plan war perfekt: Einfach und genial!

Zufrieden lehnte er sich in dem Schaukelstuhl zurück und summte leise zu Puccinis Melodie.

Endlich würde alles so kommen, wie er es sich seit dem ersten Moment, als Sinatra aufgetaucht war, gewünscht hatte!

Und nun steuerte sein Plan dem großen Finale zu: Bei der Versammlung, die er einberufen würde, konnte er allen vorführen, auf welchen Handel sich Sinatra mit Capone eingelassen hatte!

****

„Ich hab noch was zu erledigen. Es wird dir gefallen", sagte Sinatra, als wir aus dem *Shoegasm* wieder auf die Straße getreten waren.

Er drehte sich um und löste sich, vor meinen Augen, in Luft auf.

Ich stand da und atmete tief durch. Die Luft kam mir auf einmal klarer und der Himmel blauer vor.

Mit einem Lächeln flüsterte ich zu dem Platz, wo er eben noch gestanden hatte: „Danke, Herr Sina… Francis", und schlug den Weg in Richtung Versicherung ein.

Wie ferngesteuert folgte ich dem gelben Kopfsteinpflaster zur Eingangstür von *Emilias Diwan* – und registrierte erst, wo ich war, als ich schon die Türklinke in der Hand hatte.

Ali! Ich hatte doch tatsächlich die Sache mit Ali völlig vergessen.

Noch bevor ich überlegen konnte, was ich tun sollte, winkte mir Emilia, die gerade ein altes Ehepaar bediente, aus dem Geschäft zu. Mit Schwung drückte ich die Tür auf.

„Hoppala", sagte Emilia, als das Glas in der Tür schepperte.

„Entschuldige", antwortete ich und stellte meine Taschen mit den Schuhen ab.

„Also, Fräulein, was haben Sie da in diesem Brot noch mal alles drinnen?", fragte die alte Dame vor dem Tresen so laut, dass ihr Mann daneben zusammenzuckte. Emilia lächelte und sagte genauso laut zurück: „Ich erkläre es ihnen gerne noch einmal, nur einen Moment bitte."

Dann deutete sie mir mit einer Kopfbewegung zur Backstube: „Geh mal nach hinten, da wartet eine Überraschung für dich." Sie grinste und fuhr fort: „Das hier ist ein Roggenbrot, mit Natursauerteig und …"

Ich hörte Stimmen, die aus dem rückwärtigen Teil der Backstube kamen, konnte aber weder erkennen, wer es war, noch verstehen, was sie sagten. Vorsichtig schob ich den dichten Perlenvorhang zur Seite, ging hinein und wäre fast gestolpert.

Da standen Ali und – Manfred Berger! Sie verstummen sofort, als sie mich sahen.

„Äh ... hallo", stammelte ich und starrte beide abwechselnd an. Mein Hirn gab den Befehl „Weglaufen", aber meine Beine rührten sich nicht.

Ali brach die Szene als Erster. Er kam auf mich zu und küsste mich sehr zart und etwas zu lange auf die Wange. Dann verschränkte er die Arme und stellte sich zwischen Manfred Berger und mich.

Manfred Berger schaute verdattert. Man konnte zusehen, wie ihm die Erkenntnis langsam wie eine Energiesparlampe beim Aufdrehen einleuchtete. Er ging einen Schritt auf uns zu, zögerte einen Moment und sah Ali an. Dann schob er ihn mit einer leichten Handbewegung zur Seite, berührte mich am Arm, küsste mich auf die andere Wange und sagte mit tiefer, rollender Stimme: „Schön dich wiederzusehen, Angelika. Hast du mein Päckchen bekommen?"

Ich sah ihn perplex an und kam mir plötzlich vor, wie Annabelle in einem Roman, wo gleich zwei Helden um das edle Mädchen warben. Mit dem Unterschied, dass ich nicht edel und auch schon länger kein Mädchen mehr war. Das konnte nur Sinatras Werk sein, was hatte er gesagt, war es nicht so etwas wie „Wir sorgen dafür, dass du zur richtigen Zeit am richtigen Ort bist"? Also, da hatte er sich aber ordentlich geirrt, denn ich wollte nichts wie weg hier.

Die beiden Männer sagten nichts und sahen mich an. Manfred Berger hatte den Kopf schief gelegt und lächelte verführerisch. Ali dagegen sah aus, als würde er gleich explodieren.

Er war der Erste, der die Stille brach, indem er zu Manfred Berger sagte: „Ach übrigens, Sie können Ihre Torte gleich mitnehmen. Das ‚In Liebe, Dein Fredi' steht schon darauf."

Ali hatte versucht, es so gelassen wie möglich zu sagen, aber seine hervorgetretenen Halsmuskeln straften ihn Lügen.

„Oh danke", antwortete Manfred und grinste noch mehr. Mir immer noch zugewandt, sagte er: „Die Torte ist für meine Tante, sie hat mir sehr geholfen. Ich hatte da so eine schwierige Sache mit meinem Mietvertrag und will mich mit der Torte bei ihr bedanken. Und da unser Freund hier so ein ausgezeichneter Konditor ist ..." Dabei tätschelte er Alis Schulter, der daraufhin auch gleich auf Manfred Bergers Schulter klopfte und bemüht lachte: „Jaha, Ihre Tante."

Ich fühlte mich wie ein Schaf zwischen zwei Rammböcken. Und ich hatte nicht das Gefühl, dass meine Wolle ausreichte, um den Stoß der Hörner abzufedern.

„Gut, ja, also, ich muss jetzt wieder in mein Büro", sagte ich, ohne die beiden anzusehen und war auch schon wieder draußen im Verkaufsraum.

Emilia war inzwischen alleine und sah mich neugierig an.

„Und? Was ist?", fragte sie. Ich legte den Finger auf die Lippen und deutete zur Backstube. „Ich glaub, da muss ein Irrtum vorliegen", flüsterte ich ihr zu, schnappte meine Einkaufstaschen, und verließ eilig das Geschäft.

Kaum hatte ich mein Büro betreten, läutete im nächsten Moment schon das Telefon. Ich ließ die Einkaufstaschen fallen und fischte über den Tisch nach dem Hörer.

„Schwarz-Versicherung, Schadensstelle, Angelika Neuhauser."

Eine mürrische männliche Stimme am anderen Ende der Leitung sagte genervt: „Hallo."

„Ja, bitteschön?", fragte ich.

„Ich hab Ihre Nummer von einem", er zögerte kurz, räusperte sich und sagte, „Freund."

Es klang merkwürdig. Die Art, wie er das Wort „Freund" ausgesprochen hatte, machte mich stutzig und ich antwortete zögerlich: „Aha."

„Mein Name ist Herbert Müller, vom Tonstudio Müller."

„Aha."

„Sie haben meinen Anruf nicht erwartet?"

„Nein, habe ich nicht."

„Wie war Ihr Name noch mal?"

„Angelika Neuhauser. Oder wollen Sie vielleicht mit jemandem anderen ..."

„Nein, nein", unterbrach er mich ein wenig freundlicher, „ich möchte mit Ihnen sprechen, Frau Neuhauser. Können Sie heute am späten Nachmittag bei mir im Tonstudio vorbeikommen?"

„Ja, schon, aber ..."

„Geht 18 Uhr?"

„Ja, 18 Uhr wäre ..."

„Ausgezeichnet."

„Aber worum geht es denn?"

„Ich erkläre Ihnen das alles, wenn Sie hier sind."

Ich wiederholte die Adresse, die er mir nannte, und schrieb sie auf ein neonrosa Post-it. Weihburggasse 20, im ersten Bezirk.

Dann sagte er: „Bis später, Frau Neuhauser. Und nehmen Sie bitte ein paar Ihrer Aufnahmen mit", und legte auf.

## 12 Let's Face The Music And Dance

Langsam legte ich den Hörer auf die Gabel und setzte mich in den Sessel hinter dem Schreibtisch. Ein Tonstudio? Was war das jetzt? Und was hatte der Mann gemeint, ich solle Aufnahmen mitnehmen?

„Hallo, bist du zufällig da? Warst du das eben mit dem Tonstudio? Und die Sache eben in der Backstube? Hallo?", fragte ich meine Zimmerdecke. Es kam keine Antwort.

„Wenn du mich hören kannst, ich glaube, das alles ist ein Irrtum!"

Nichts rührte sich.

„Ich verstehe schon, ich soll mich wahrscheinlich darüber freuen und ich finde das auch sehr nett, dass du mir helfen willst, das mit den Schuhen war ja auch richtig toll! Aber ich meine, das jetzt alles, ich bin für solche Sachen einfach nicht die Richtige, hörst du?"

Weiter Stille.

„Bitte", sagte ich mit einem Anflug von Panik, „bitte, ich will das wirklich nicht. Ich will nicht in dieses Tonstudio! Hallo? Bist du da?"

Eine Kälte kroch meinen Rücken hoch, dass ich zu frösteln begann.

„Bitte, nicht. Ich … ich weiß ja nicht mal, was ich dort soll ..."

Ein bekanntes Rauschen setzte in meinen Ohren ein. Einatmen, ausatmen, Luft anhalten, bis sechs zählen, wieder einatmen, ausatmen …

„Hi, Angie", sagte Frank Sinatra hinter mir und ich drehte mich um. Er stand lässig an den Schrank gelehnt und schwang an einer Schnur eine kleine Taschenlampe.

Das Blut schoss zurück in meinen Kopf und ich keuchte: „Du warst das mit diesem Tonstudio!"

„Mmhm." Er zwinkerte mir zu.

„Was soll ich dort?"

„Du sollst Probeaufnahmen machen. Sie suchen eine Sprecherin und deshalb gehst du hin, ganz einfach."

„Was? Ich? Als Sprecherin? Das geht doch nicht … ich kann da nicht hin."

„Wieso?"

„Ich werde bestimmt versagen."

„Und?"

„Wie, und?", fragte ich und starrte ihn an.

„Na ja, dann klappt es halt dieses eine Mal nicht. Was ist dabei? Jeder kann mal einen Fehler machen. Es wird ein nächstes Mal kommen."

Ohne dass ich es wollte, wurde ich plötzlich wütend.

„Natürlich, für so Leute wie dich hat es ja immer ein nächstes Mal gegeben. Aber für jemanden wie mich gibt es kein nächstes Mal. Ich kann nicht mit solchen Enttäuschungen umgehen, ich habe sowieso immer das Gefühl, ich mache alles falsch ... Nein, ich werde da sicher nicht hingehen", ich verschränkte die Arme und funkelte ihn böse an, „außerdem ist das ja sowieso alles nicht echt."

„Was meinst du, was ist nicht echt?"

„Na – einfach alles! Zum Beispiel Ali, dass der so verliebt tut, ganz von selber, aus freien Stücken. Also bitte, wer soll denn das glauben? Oder dann dieses Päckchen von Manfred Berger, er will mich wiedersehen! Ha!"

Ich stieß laut die Luft aus, stand auf und begann im Zimmer auf und ab zu laufen.

„Ich meine, die hätten mich doch beide nie im Leben gewollt, wenn du da nicht deine Finger im Spiel gehabt hättest.

Und weißt du was? Es ist echt ziemlich demütigend, dass sie es *jetzt* tun. Und das nur, weil sie wahrscheinlich von dir so manipuliert wurden. Ich begreife gar nicht, dass ich da nicht gleich draufgekommen bin." Ich tippte mir gegen die Stirn. „Da siehst du mal, wie dumm ich bin! Hirnverbrannt!"

Frank Sinatra kam langsam auf mich zu und schüttelte den Kopf. „Du sagst das nur, weil du nicht glauben kannst, dass jemand mehr von dir hält, als du selber. Und das tut mir leid."

„Ich will dir aber nicht leidtun", zischte ich ihn an.

„So hab ich das auch nicht gemeint. Können wir uns setzen?"

Er stellte die beiden Chromstühle, die für Besucher gedacht waren, einander gegenüber und nahm Platz.

„Also, zuerst einmal", begann er und räusperte sich, „weder ich noch jemand anderer da oben kann Gefühle beeinflussen. Das geht bei niemandem. Was ich aber kann ist, dass jemand das da drinnen sehen kann." Er tippte sich mit drei Fingern auf die linke Brust, auf die Stelle, wo sein Herz war. „Und zwar so wie es ist, ohne all den Zweifel, die Angst und die Wut – sie sehen dich, wie du wirklich bist."

„Ach bitte, und das soll ich dir glauben?"

„Ja, das sollst du. Weil es nämlich die Wahrheit ist, Angie."

Ich setzte mich auf den zweiten kalten Chromstuhl und blickte stur vor mich hin.

„Was gibt es da schon zu sehen? Und ich werde nicht in dieses Tonstudio gehen. Auf gar keinen Fall."

Als keine Antwort kam, drehte ich mich zu ihm, doch Frank Sinatra war nicht mehr da.

Ich saß den ganzen Nachmittag hinter meinem Schreibtisch und sah dem Uhrzeiger zu, wie er jede Minute ein Stückchen weiter rückte.

Um 17 Uhr stand ich auf und ging auf die Damentoilette und betrachtete mich im Spiegel über dem Waschbecken.

„Was hast du zu verlieren?“, fragte ich mein Spiegelbild.

Statt einer Antwort, ging ich zurück in mein Büro, schnappte meinen Mantel und verließ das Versicherungsgebäude in Richtung Tonstudio. Die Schuhe ließ ich unberührt in ihren Taschen.

## 13 High Hopes

Der Anblick der massiven, spiegelnden Eingangstüre aus schwarzem Glas beschleunigte meinen Herzschlag auf doppeltes Tempo. Ich stand vor dem Tonstudio Müller in der Weihburggasse im ersten Bezirk. Und diese teure, edle, unbezahlbare Luxustür, bewegte sich keinen Millimeter, als ich dagegen drückte. Dabei war nirgends eine Klingel zu entdecken!

Ich drückte noch einmal so fest ich konnte gegen die Türschnalle, die aussah wie ein großer silberner Mund, aber nichts passierte. Wenn ich nicht mal imstande war diese blöde Tür zu öffnen, was wollte ich dann überhaupt hier? Das musste ein Zeichen sein!

Gerade als der Gedanke wieder zu gehen in mir aufkeimte, sah ich in dem spiegelnden Glas, wie hinter mir eine Gestalt auftauchte.

„Hallo", sagte ich kleinlaut zu Frank Sinatras Spiegelbild und drehte mich langsam um. Er nickte mir zu und zog einen Mundwinkel zu einem leichten Lächeln hoch.

„Ich komme nicht hinein", erklärte ich und verdrehte die Augen, „und außerdem, also die Sache von vorhin, das tut mir leid. Wirklich."

„Das ist schon okay, Angie. Was raus muss, muss raus. Ich kann davon ein Lied singen", antwortete er und hob entschuldigend die Schultern. Sein Blick war dabei so liebevoll, dass mein Herz aufhörte gegen meinen Brustkorb zu hämmern.

„Ich bin furchtbar nervös", flüsterte ich.

„Wäre ich nie nervös gewesen, wäre aus mir ein selbstzufriedener Typ geworden und kein Mensch hätte sich für meine Musik interessiert."

Er gab mir einen Kuss auf die Wange, dann drückte er auf eine silberne Klingel neben der Tür, die ich einfach übersehen hatte. In dem Moment, wo die Tür aufging, war er verschwunden.

Ich sah in zwei ernste dunkelgrüne Augen. Der Mann, der in der Tür stand, war Mitte dreißig, seine gewellten, dunkelbraunen Haare waren leicht zerzaust, und obwohl er so mürrisch dreinsah, wirkte sein jungenhaftes Gesicht auf den zweiten Blick eher nachdenklich.

„Ja, bitte?", fragte er kühl.

Mein Blick fiel auf das schwarze T-Shirt, das er unter seinem dunkelgrauen Sakko trug.

Darauf war ein großer Charlie Brown abgebildet, unter dem in dicken weißen Buchstaben stand:

*I think, life is quiet difficult.*

Ich bemühte mich, souverän zu wirken, während ich erfolglos versuchte, meine zitternden Mundwinkel unter Kontrolle zu bringen.

„Hallo, äh, mein Name ist Angelika Neuhauser, ich habe einen Termin bei Herrn Müller."

Der Mann hob die Stirn. „Sie sind Angie?"

„Oh, also … ja. Das bin ich. Angie."

Ein kurzes Lächeln huschte über sein Gesicht, wobei leichte Lachfältchen seine Augen umrahmten, dann sah er wieder so ernst drein wie vorher, trat zurück und bat mich herein.

Die Empfangshalle, in die er mich führte, war genauso beeindruckend wie die Eingangstür. Ich fiel fast über die schwarze, riesengroßen Ledersofa-Landschaft in der Mitte des Raums, so gebannt hatte ich auf die mit üppigem Stuck gemusterte Decke geschaut.

Rasch tat ich so, als hätte ich mich zu dem Couchtisch hinunter gebeugt, auf dem aus schwarzen und weißen Mosaiksteinchen der Name *Müller* stand, und rieb mir unauffällig das Schienbein.

„Warten Sie bitte einen Moment, ich melde Sie an", sagte der Charlie-Brown-Mann und verschwand hinter einer dunkelblauen Glastür.

Ich sah mich um. Eine Landschaft aus üppigen Grünpflanzen stand in der Ecke. Neben dem Fenster hing ein riesiges Pop-Art Bild, auf dem in bunten Farben eine halb ausgedrückte Zahnpastatube abgebildet war. Anscheinend war in diesem Raum alles überdimensional groß.

Die Glastüre öffnete sich wieder und der Charlie-Brown-Mann machte eine einladende Geste. „Bitte, hier entlang."

Ich trat in einen langen schmalen Gang, beleuchtet von in der Decke eingelassenen bunten Spots, die ein prächtiges Farbenspiel an die Wände warfen.

Der Gang führte direkt zu einem Zimmer am anderen Ende. *Herbert Müller* stand in kleinen weißen Buchstaben auf der schwarzen Tür, die genauso aussah wie die auf halbe Größe geschrumpfte Eingangstüre. Der Charlie-Brown-Mann drückte sich an mir vorbei und hielt sie mir auf.

Das kleine Büro dahinter hätte mich nicht mehr überraschen können. Es war vollkommen unspektakulär, hell und freundlich. Eine einfache sandfarbene Couch mit rotem Rosenmuster stand unter der Fensterbank, daneben ein Gummibaum mit großen Blättern. In der Mitte des Zimmers dominierte ein alter, dunkelbrauner Schreibtisch aus Vollholz, der an den Ecken stark abgeschlagen war. Dahinter saß ein Mann von ungefähr sechzig Jahren, der mich mit seinen wachen Augen neugierig betrachtete. Er war ein bisschen untersetzt, seine dichten grauen Haare hatten dieselbe borstige Struktur wie sein schneeweißer Schnurrbart, der an den Enden zu Sechsern hochgezwirbelt war. Die hellgraue Anzughose und das blaue Hemd waren zerknittert, als er aufstand und auf mich zukam. Ich mochte ihn auf Anhieb.

„Aha, also hier haben wir unsere mysteriöse Angie. Wir haben heute schon telefoniert", sagte er und schüttelte meine Hand. Dann wandte er sich dem Charlie-Brown-Mann zu und sagte: „Toni, bitte bleib da, ich hätte dich gerne dabei. Schließlich wirst du dich um alles Weitere kümmern."

Toni nickte und bot mir mit regungslosem Gesicht einen Sitzplatz gegenüber dem Schreibtisch an.

„Sie wissen, worum es geht?", fragte Herbert Müller.

„Nein, um ehrlich zu sein."

„Oha, die Sache wird ja immer interessanter. Haben Sie denn Aufnahmen mit?"

Ich rutschte unruhig am Sessel herum und schüttelte den Kopf. „Ich hab gar keine Aufnahmen, ich war doch noch nie in einem Tonstudio."

Herbert Müller kommentierte meine Aussage nur mit einem „Hm" und sah nachdenklich zu Charlie-Brown-Toni.

„Soll ich schon mal alles vorbereiten?", fragte der, doch Herbert Müller schüttelte den Kopf.

„Was ich jetzt gleich erzählen werde", begann Herbert Müller, lehnte sich in seinen Bürosessel zurück und faltete die Hände ineinander, „bleibt bitte in diesem Zimmer."

Ohne auf eine Reaktion von uns zu warten, fuhr er fort: „Frau Neuhauser, sie müssen vorher etwas wissen: Dieses Tonstudio ist eines der erfolgreichsten im deutschsprachigen Raum. Wir machen hier Werbungen, Hörspiele, Synchronisationen, und normalerweise haben wir unsere eigenen Leute für diese Tonaufnahmen. Professionelle Sprecher und Schauspieler. Und normalerweise kommt es auch nicht vor, dass ich eine mir unbekannte Frau ohne Berufserfahrung bitte herzukommen, um Probeaufnahmen zu machen. Aber heute Morgen war jemand bei mir im Büro. Wegen Ihnen."

Herbert Müller sah mich an und strich sich über den Bart.

„Ich weiß nicht, ob er verrückt ist oder nicht. Er kam hier herein und hat mir gesagt, meiner Mutter geht es sehr gut und sie lässt mich schön grüßen und ist sehr stolz auf mich. Und dann gab er mir Ihre Telefonnummer. Weil ich Sie unbedingt für dieses neue Projekt engagieren soll. Wissen Sie, wen ich meine?"

Er sah mich erwartungsvoll an. Ich warf einen raschen Blick zum Charlie-Brown-Toni-Mann neben mir, der immer noch keine Miene verzog, und nickte vorsichtig.

„Ich glaube schon", sagte ich leise.

„Das Besondere daran ist", er machte eine kurze Pause und beugte sich vor, „meine Mutter ist seit fast fünfzig Jahren tot. Ich dachte, er würde sich einen schlechten Scherz erlauben, und wollte ihn hinauswerfen. Aber dann hat er mir etwas erzählt ..."

Er überlegte und ich fragte mich, worüber er so lange nachdachte.

Schließlich sagte er: „Dieser Mann hat mir eine Geschichte über einen zehnjährigen Buben erzählt, der alleine mit seiner Mutter in einer Garçonnière im zweiten Bezirk gewohnt hat. Die Eltern waren geschieden und seinen Vater hatte er das letzte Mal gesehen, als er vier war. Die Mutter war in einer Putzerei beschäftigt und hat wenig verdient, sogar für die damaligen Verhältnisse. Es war nie genug Geld im Haus, aber irgendwie haben sie es trotzdem gemeinsam geschafft. Eines Tages, da hat dieser Bub mit aller Gewalt den letzten Rest Zahnpasta aus einer dieser metallenen Zahnpastatuben gepresst. Es war Ende des Monats und das Geld hat gerade noch dazu ausgereicht, etwas zu essen zu kaufen. Aber für eine neue Zahnpasta war kein Geld mehr da.

Als der Bub so fest darauf drückte, kam eine kleine Menge Zahnpasta herausgespritzt und traf ihn direkt in sein rechtes Auge. Er schrie, weil es so brannte und rutschte auf dem feuchten Boden im Badezimmer aus. Und bei dem Sturz schlug er sich das Kinn so schwer am Waschbeckenrand, dass seine Mutter ihn ins Krankenhaus bringen musste. Die Wunde wurde mit neun Stichen genäht.

Am nächsten Tag, als dieser Bub mit verbundenem Kinn und dem von der Zahnpasta geschwollenen rechten Auge in die Schule kam, verbreitete er die Geschichte, er hätte eine wilde Schlägerei gehabt. Und seine Wunden seien gar nichts dagegen, was er seinem Gegnern angetan hatte. Ein Lehrer hatte die ganze Geschichte mit angehört. Er stellte den Zehnjährigen zur Rede, aber der konnte natürlich jetzt nicht mehr die Wahrheit sagen – wie hätte er dann vor seinen Mitschülern dagestanden? Da der Lehrer so einen Schüler nicht in seiner Klasse dulden wollte, bestellte er die Mutter des Jungen noch am selben Tag in die Schule. Und wissen Sie, was seine Mutter getan hat?

Sie hat die Geschichte mit der Schlägerei bestätigt. Sie hat ihren Sohn nicht verraten, mit keinem Wort!“

Herbert Müller beugte seinen Kopf in den Nacken und deutete mit dem Zeigefinger unter das Kinn:

„Sehen Sie diese Narbe?“

Ich nickte, obwohl es eine rein rhetorische Frage war, denn da war ein dicker Narbenstrich, der fast das ganze Kinn bedeckte. Er fuhr sich mit der Hand wieder über seinen Bart, stützte dann seinen Kopf ab und sagte: „Dieser Bub war ich. Und ich weiß, dass außer meiner Mutter und mir niemand die wahre Geschichte kennt. Bis heute. Denn meine Mutter hatte am nächsten Morgen einen Unfall. Sie war zu spät, um in die Putzerei zu kommen und hat die Straßenbahn nicht kommen sehen. Sie war sofort tot.“

Charlie-Brown-Toni räusperte sich kurz, rührte sich sonst aber nicht.

„Ich frage mich die ganze Zeit, woher dieser Mann, der heute in meinem Büro war, das alles gewusst hat? War er damals vielleicht ein Arzt in dem Krankenhaus? Aber wieso wusste er dann die Sache mit der Schule? Und weswegen hätte es ihm dann so wichtig sein sollen, dass ich Sie anrufe, Frau Neuhauser?"

Ich zuckte hilflos mit den Schultern, mehr aus Verlegenheit, als aus Unwissenheit.

„Ich nehme nicht an, dass Sie mir das erklären können?", fragte Herbert Müller.

„Nein, tut mir leid."

Mit einem Ruck streckte er die Arme in die Höhe und verschränkte sie hinter dem Kopf. „Glauben Sie mir, ich bin ein nüchternen Geschäftsmann, aber all das, Frau Neuhauser, ist der Grund, warum ich Sie angerufen und eingeladen habe. Also, Toni wird jetzt gleich mit Ihnen ein paar Probeaufnahmen machen. Wenn alles passt, wovon ich ausgehe, werden wir Sie morgen wegen der Aufträge kontaktieren. Es handelt sich fürs Erste um eine fünfteilige Kinderbuchreihe, die Sie lesen werden. Danach schauen wir weiter."

Mit diesen Worten stand er auf und wir mit ihm. Ich war so perplex, dass ich nichts sagen konnte, während er nach meiner Hand griff und sie schüttelte.

Charlie-Brown-Toni ging voraus, den Gang entlang zur Empfangshalle und ich folgte ihm wie ferngesteuert. Nach ein paar Schritten blieb ich stehen und drehte mich um. Die Türe zu Herbert Müllers Büro war noch offen, er stand mit dem Rücken zur Tür gewandt und schaute aus dem Fenster. Die Straße lag bereits im Dämmerlicht.

Langsam ging ich zurück, klopfte an den Türstock und wartete, ob er sich zu mir umdrehen würde. Als er es nicht tat, sagte ich leise: „Danke."

Er nickte, wischte sich mit dem Handrücken über das Gesicht und schaute weiter aus dem Fenster. Schnell drehte ich mich um und ging in die Empfangshalle zu Charlie-Brown-Toni.

Nach den ersten zehn Minuten bei den Probeaufnahmen war ich mir sicher, dass ich das niemals im Leben können würde. Zuerst war ich zu leise. Dann war ich zu laut. Beim dritten Versuch hatte ich genuschelt. Und schließlich hatte ich zu heftig ins Mikrofon geatmet und die Aufnahme dadurch wieder unbrauchbar gemacht.

Charlie-Brown-Toni saß hinter dem Glasfenster vor seinem Tonpult und ich hörte durch die Kopfhörer, die ich trug, nicht nur meine eigene Stimme, sondern auch seine Anweisungen. Ich war so angespannt und verkrampft – hätte ich ein Stück Kohle in meinem Hintern gehabt, ich hätte einen Diamanten daraus gemacht.

Charlie-Brown-Toni verzog keine Miene. Als ich bei der zwölften Aufnahme wieder versagt hatte, sagte ich frustriert: „Ich glaube nicht, dass ich das kann! Ich mache alles falsch, ich bin einfach nicht gut genug."

Enttäuscht zog ich die Kopfhörer von den Ohren. Frank Sinatra hatte sich in mir geirrt und ich musste das jetzt eingestehen.

Charlie-Brown-Toni fuchtelte mit den Händen, ich solle die Kopfhörer wieder aufsetzen. Er beugte sich über das Mikrofon und sagte: „Sie haben eine der besten Stimmen, die wir jemals in diesem Tonstudio hatten. Das ist wahrscheinlich einfach sehr ungewohnt für Sie, das ist alles. Machen wir fünf Minuten Pause, dann versuchen wir es noch einmal."

Obwohl ich am liebsten fortgelaufen wäre, murmelte ich „Okay“ und flüchtete in die Empfangshalle.

Ich hatte jegliches Zeitgefühl verloren, aber wir mussten lange in der kleinen fensterlosen Kammer gewesen sein, denn draußen war es bereits dunkel und die Lichter des Tonstudios waren bis auf das in der Halle ausgeschaltet. Ich setzte mich auf die große Ledercouch-Landschaft und fühlte mich sehr klein und armselig. Am liebsten hätte ich mich zusammengerollt, aber ich traute mich nicht und so blieb ich unbeholfen zwischen den riesigen Lederpolstern sitzen.

Wie lange der Tontechniker es wohl noch versuchen wollte, bis ihm auch klar war, dass ich es nicht konnte? Ich war so in Gedanken, dass ich Charlie-Brown-Toni erst bemerkte, als er mir einen vollen Kaffeebecher vor die Nase hielt.

„Vorsicht, heiß“, sagte er, drückte mir die Tasse in die Hand und ging in den Aufnahmeraum zurück. Ich nahm einen kleinen Schluck und folgte ihm. Er war mit seinen Knöpfen und Reglern so beschäftigt, dass ich mich mit der Tasse auf einen Sessel in der Ecke setzte.

Das kleine Abteil hinter der Glaswand, in dem ich vorhin während der Aufnahme gestanden hatte, zog meine Aufmerksamkeit auf sich. Da schien irgendwas zu blinken. Ein Licht, frei im Raum.

Ich kniff die Augen zusammen und schaute genauer. Da war es wieder! Blink – blink – blink. Was war das? Sah der Tontechniker es auch? Ich schaute zu ihm hinüber, aber er schob weiter seine Regler. Und wieder Blink – blink – blink. Hatte Frank Sinatra vorhin nicht eine kleine Taschenlampe in der Hand gehalten? Wie als Antwort folgte sofort wieder: blink – blink – blink.

„Können wir?“, fragte mich Charlie-Brown-Toni, ohne aufzublicken.

„Ja, ja natürlich“, stammelte ich und ging in das kleine Zimmer. Das Blinken hatte aufgehört, kaum hatte ich mich hinter das Mikrofon gestellt. Ich musste lächeln, so erleichtert war ich. Ich war nicht allein. Da war jemand, der an mich glaubte! Sogar jetzt, in diesem Moment, nachdem ich schon zwölf Mal alles falsch gemacht hatte.

Charlie-Brown-Toni schaute mich durch die Glasscheibe an, und gab mir das Zeichen anzufangen.

Nach einer halben Stunde drückte er auf den Knopf, damit ich ihn hören konnte und sagte:

„Danke, Angie – das war perfekt!“ Ich strahlte ihn durch die Glasscheibe an, der Tontechniker hatte mich Angie genannt. Und dann noch dieses Wort in einem Satz mit meinem Namen: Perfekt! Ohne ein „nicht“ dazwischen!

„Bist du da?“, fragte ich, als ich sah, dass der Charlie-Brown-Mann die Kopfhörer abgenommen hatte und mich nicht mehr hören konnte. „Francis, bist du da?“

Statt einer Antwort lächelte mich der Charlie-Brown-Mann an und streckte seinen Daumen hoch.

## 14 Swinging On A Star

„Oh, na ... da hat wohl jemand im Lotto gewonnen?"

Moni stand am nächsten Morgen in der Tür zu meinem Büro und kaute auf einem Kaugummi, als hätte sie eine Sprungfeder in ihrem Mund. Ich sah hoch, mit den neuen blauen Schuhen in der Hand, die ich gerade anprobieren wollte. Schon seit einer halben Stunde war ich im Büro, doch vor lauter Schuhe an- und wieder ausziehen war ich noch nicht einmal dazu gekommen, den Computer aufzudrehen.

„Deine Haare sind wieder in Ordnung", stellte ich fest.

„Ja, wie du siehst. Also, was willst du mit all den Schuhen?"

„Nichts … ich meine, also ... ich war gestern nur einkaufen. Mit einem Freund."

„Mit einem Freund?"

„Ja." Ich zögerte, bevor ich, mehr für mich als für Moni, nachschob: „Mit einem wirklich guten Freund."

„Aha, na …", ein aufgesetztes Lächeln breitete sich auf ihrem Gesicht aus, „das freut mich wirklich sehr für dich. Ich bin auch nur vorbeigekommen, um dir zu sagen, dass ich dir später alle Akten vorbeibringen werde. Das ist ja so lieb von dir, dass du mir hilfst, wirklich Angelika, du machst das sicher ganz toll!"

Sie sah mich gütig an, als wäre ich schwachsinnig und klapperte mit ihren High Heels aus meinem Büro.

Das Telefon klingelte, ich war noch in Gedanken bei dem, was ich gerade über Frank Sinatra gesagt hatte, als ich abhob: „Schwarz-Versicherungen, Angelika Neuhauser, guten Tag."

„Dein Handy ist kaputt", stellte meine Mutter statt einer Begrüßung fest. Sofort war alles, was eben noch gut und schön war, fortgewischt.

„Nein, Mama, ist es nicht, ich hatte nur sehr viel zu tun."

„Aha. Möchtest du heute Abend zum Essen zu uns kommen?"

Ich krampfte mich zusammen, und während mein Hirn „eine Ausrede, eine Ausrede" dachte, sagte mein Mund: „Ja, gerne."

„Fein Kätzchen, also um neunzehn Uhr bei uns. Küsschen!"

Kaum lag der Hörer auf der Gabel, läutete es wieder.

Ich hob ab und bellte ins Telefon: „Versicherung! Neuhauser! Schwarz! Angelika! WAS?"

„Na, wer ist Ihnen denn auf den Schlips getreten?", fragte Herbert Müller am anderen Ende.

„Oh, Entschuldigung, es ist … tut mir leid, es ist gar nichts, ich dachte ..."

„Frau Neuhauser, ich rufe an, weil ich es Ihnen persönlich sagen wollte. Mir haben Ihre Probeaufnahmen von gestern wirklich sehr gut gefallen. Ab wann haben Sie Zeit, dass wir loslegen können?"

„Heute", sagte ich und meinte damit den Abend nach Büroschluss.

Doch Herbert Müller hatte es falsch verstanden: „Sehr gut, ich möchte, dass Sie morgen früh um 9 Uhr nach Berlin fliegen. Toni wird Sie begleiten. Er bringt Ihnen den Vertrag mit, Sie brauchen dann nur noch zu unterschreiben."

„Aber ...", stammelte ich, „ich kann nicht nach Berlin!"

„Es tut mir leid, wenn das für Sie ungelegen kommt, aber es wird eine wichtige Werbekampagne in Berlin aufgenommen und für die Auftraggeber ist es einfacher die Sprecherin einfliegen zu lassen, als die Aufnahmen hier machen zu lassen. Ich will Sie für den Auftrag, Frau Neuhauser. Oder gibt es da ein Problem?"

Ich schnappte nach Luft. So sehr ich das auch wollte, aber

es ging nicht. Und das nicht nur wegen meinem Job in der Versicherung. Wie sollte ich Herbert Müller klar machen, dass ich nicht fliegen konnte? Dass ich panische Angst bekam, sobald ich ein Flugzeug auch nur ansah?

Er deutete mein Zögern anders und sagte: „Ich nehme an, Sie wollen wissen, wie viel Sie für die Aufnahme bekommen? Natürlich werden alle Spesen übernommen. Sie bleiben drei Nächte in Berlin und kommen am Sonntag in der Früh wieder zurück. Es handelt sich um einen Text für eine Fernsehwerbung, wir sprechen hier von 30 Sekunden Sendezeit. Und die reine Gage wird 6.000 Euro betragen. Dann kommen natürlich noch zwei Jahre Buy-out und die Zusatzkosten, das heißt, insgesamt sind es 9.000 Euro. Es ist eine große Firma, eine Shampoowerbung. Sie bekommen heute noch eine Mail mit dem Text, da steht auch alles Weitere. Ich weiß, das ist kurzfristig, aber keine Angst, es wird ihnen gefallen. Wir werden sie in einem schönen Hotel unterbringen. Die Proben sind am ersten Tag, die Aufnahme wird am zweiten gemacht. Und der dritte Tag ist nur zur Sicherheit, falls irgendetwas nicht geklappt hat. Also, was sagen Sie?"

Ja, was sagte ich? Ich fühlte mich wie ein Artist im Zirkus, hoch in der Luft auf seiner Schaukel. Sollte ich springen und versuchen, die andere Schaukel zu erreichen?

Ich sprang. „Wann soll ich morgen am Flughafen sein?"

Herbert Müller gab mir alle nötigen Einzelheiten, wir verabschiedeten uns, und als ich gerade auflegen wollte, hörte ich ihn noch im letzten Moment fragen: „Sind Sie noch da?"

Ich hielt den Hörer wieder an mein Ohr.

„Ja, ich bin noch da."

„Dieser Mann, der gestern bei mir im Büro war ... werden Sie ihn wiedersehen?"

„Ja."

„Gut. Würden Sie ihm etwas ausrichten?"

„Sicher."

„Sagen Sie ihm von mir, dass ich ihm sehr dankbar bin für seinen Besuch."

Dann legte er auf.

Ich stellte den einen der blauen Schuhe, den ich die ganze Zeit in meiner Hand gehalten hatte, auf den Schreibtisch und ließ mich so heftig in den Schreibtischsessel fallen, dass ich mit ihm wegrollte. Ich würde morgen nach Berlin fliegen. Ich würde für dreißig Sekunden mehr Geld bekommen, als hier in ein paar Monaten.

Keuchend zog ich meine Knie unter das Kinn und betrachtete die Reihe neuer Schuhe, die ich am Morgen auf dem grauen Spannteppichboden aufgestellt hatte. Dann holte ich einen blauen Ikeasack aus einer Lade, packte die Schuhe und das Nötigste vom Schreibtisch hinein, griff nach Mantel und Handtasche und verließ mein kleines Büro.

„Klopf – Klopf – Klopf", sagte ich und schaute auf Moni, die hinter ihrem Schreibtisch saß und mit einem Holzstäbchen die Nagelhaut von ihren Fingernägeln zurückschob.

Sie schaute kurz auf und wandte sich dann wieder ihren Fingern zu.

„Kann ich zu ihm hineingehen?", fragte ich und deutete auf die Bürotür des stolzen Pfaus.

„Nein, natürlich nicht", antwortete sie lächelnd und hielt mir das Holzstäbchen entgegen, als wäre es eine Waffe. „Was willst du bei ihm?"

„Kündigen", sagte ich rasch im Vorbeigehen und öffnete die Tür zum Büro des Abteilungsleiters.

Der stolze Pfau sah überrascht auf. „Frau Neuhauser, was wollen Sie? Haben Sie einen Termin? Moni, hat die Frau Neuhauser einen Termin?", rief er über meine Schulter.

Moni kam angetrippelt und baute sich in der Tür auf.

„Ich habe keine Ahnung, was das soll“, sagte sie, legte die Hände auf ihr Herz und glotzte ihn mit Rehaugen an.

Ich kratzte meinen ganzen Mut zusammen.

„Ich brauche nicht lange, es ist, also, warum ich hier bin ...“

„Ja, also was denn?“

„Ich kündige.“

Der stolze Pfau schaute verdattert. Nach einer Weile veränderte sich sein Gesichtsausdruck, seine Augen wurden zu kleinen Schlitzen, als er sagte er: „Kein Problem. Und wann werden Sie uns verlassen?“

„Sofort.“

Ohne eine Antwort abzuwarten drehte ich mich um, um zu gehen. Doch Moni versperrte mir den Weg und baute sich vor mir auf.

„Sag mal, geht es dir nicht gut? Wir sollen doch zusammenarbeiten, ich meine, mein neuer ...“

„Weißt du noch, Moni, der Zettel?“, sagte ich und blieb vor ihr stehen. „Den du damals durch die Klasse geschickt hast? Wir waren acht Jahre alt in der Volksschule, weißt du es noch?“

Sie sah mich an, als wäre ich verrückt geworden und als ob sie sehr viel Mitleid mit mir hätte. Was nur nicht ganz zu dem Bild passte, war das nervöse Zucken ihres linken Mundwinkels.

„Ich weiß bis heute nicht, wieso du das gemacht hast. Wie du so sein konntest – und wie du es im Grunde immer noch bist. Aber weißt du was?“

Moni trat einen Schritt zur Seite und deutete dem stolzen Pfau, dass ich einen Vogel hätte.

„Heute weiß ich zumindest, dass es egal ist! Weil es mehr im Leben gibt, als falsch zu grinsen und die Beine zu spreizen für den Chef.“

Ich war über mich selber überrascht und schob mich ganz

schnell an Herrn Kreuzer vorbei, der ins Vorzimmer gekommen war und mit einem Akt in der Hand und weit offen stehendem Mund die Szene beobachtet hatte.

****

***Himmelsgewölbe, zu selben Zeit***

„Verfluchte Scheiße, wieso kommst du damit erst jetzt?", fauchte Ava Gardner und raufte sich die Haare. „Du hättest mir das sofort sagen müssen, Francis! Al Capone, das kann doch nicht wahr sein!"

Frank Sinatra stand vor ihr, umrahmt vom goldenen Lichtschein, der durch die sternenverhangene Kuppel fiel und hob skeptisch eine Augenbraue: „Ach, komm schon, Angel, denkst du, ich habe das nicht sofort durchschaut, von wem er geschickt wurde? Aber ich fand es witzig, ich habe nicht einen Moment daran geglaubt, dass er damit durchkommen wird. Ich wollte es ja auch gleich melden, aber dann war ich so beschäftigt und ..."

„Beschäftigt?", zischte sie ihn an und warf ihren Kopf zurück. „Du ...! Wieso tust du das immer wieder, ich verstehe dich nicht! Ich hoffe nur, dass es nicht zu spät ist!"

„Was soll das? Was heißt hier zu spät? Dem Mädchen geht es gut, die Sache läuft besser, als alle anderen bisher. Und weißt du was? Ich mag sie. Ich mag sie wirklich."

„Verflucht", fuhr Ava Gardner ihn an, „ist dir denn nicht klar, was hier auf dem Spiel steht? Du magst sie, ach wie schön. Aber wenn die Himmelsbrigade den Eindruck hat, du hast dich nicht an die Regeln gehalten, dann kannst du schon mal anfangen auf allen Vieren zu gehen, heilige Scheiße. Es wäre deine Pflicht gewesen, sofort nach dem Gespräch mit Capone zu mir zu kommen."

„Verdammt, Ava, hör auf mich zu behandeln wie …"

Sie sah ihm an, wie sehr er sich zurückhalten musste, um nicht loszubrüllen, aber es war ihr egal. „Du hättest es sofort melden müssen! Verdammt, wieso musst du immer alles so verflucht locker nehmen? Es ist dein letzter Fall, verstehst du nicht? Dein letzter!"

„Das weiß ich auch! Aber sei endlich ehrlich und sag mir, was das ganze Drama soll, das du hier ablieferst? Und sei nicht so verdammt selbstgerecht!", entgegnete Sinatra wütend.

„Ich bin selbstgerecht? Ich? Ha, Mister ich-wickle-alle-um-den-kleinen-Finger!"

„Ja, das bist du und das warst du schon immer! Du bist eine ..."

„Und du bist ein ..."

Sie sahen sich wütend an, ohne ein weiteres Wort zu sagen. Und dann, ganz allmählich, ebbte der Zorn in ihren Blicken ab.

„Wir können es noch immer, hm?", fragte Sinatra, die Trauer in seiner Stimme war nicht zu überhören.

Tränen stiegen in Ava Gardners dunkle Augen, aber sie blinzelte sie weg.

Sinatra kam einen Schritt auf sie zu. Sofort schnellte ihre Hand in die Höhe und stoppte ihn, noch bevor er sich ihr nähern konnte. Er hielt seinen Blick auf sie gerichtet, wie ein nicht eingelöstes Versprechen, während er sich langsam vor ihr in Luft auflöste.

Kaum war sein Platz leer, schluchzte Ava auf und fiel auf die Knie. Die Lawine der unterdrückten Gefühle brach über sie herein, und sie hatte keinen Funken Kraft mehr, um sie aufzuhalten.

Vor zwei Tagen war das zum ersten Mal passiert. Als sie noch nichts von der Sache mit Capone wusste und dachte, diesmal würde alles gut ausgehen. Sie hatte einen heimlichen

Blick durch das Terra-Okular riskiert. Und als die Tausenden von Rädchen in ihre Ausgangsposition zurückfuhren, traf es sie, als wäre sie aus einem Traum erwacht:

Er wird gehen! Er wird nicht mehr da sein! Und dafür spielte es gar keine Rolle, ob der Fall gut ausging oder nicht. Die ganze Zeit war sie so mit dem Gedanken beschäftigt gewesen, ihn vor dem Fegefeuer zu bewahren, dass sie nicht gedacht hatte! Seine Zeit als Himmelsbote wäre endgültig beendet, so hatte es die Himmelbrigade vor langer Zeit beschlossen – ganz egal ob sein Ziel das Licht oder die Finsternis wäre.

Der Mann, der sie schon immer wütend machen konnte, wie kein anderer und ihr im selben Moment das Gefühl gab, vor lauter Liebe zu ihm verloren zu sein, wäre fort.

Und es gäbe kein Wiedersehen, denn sie war ein Mitglied der Himmelsbrigade – zum Unterschied zu den Himmelsboten, die eine Anzahl von Aufträgen und eine Zeitspanne bekamen, war man für immer und ewig bei der Himmelsbrigade, hatte man sich einmal dafür entschieden.

Es war die reinste Ironie, denn der Grund, warum sie überhaupt hier war, war er.

Francis Albert Sinatra, ihr Exehemann, wegen dem sie an ihrem Todestag, dem 25. Jänner 1990, nicht in dieses Licht am Ende des Tunnels hatte gehen können. Er, wegen dem sie das Angebot der Himmelsbrigade angenommen hatte, um da zu sein, wenn er käme. Doch davon wusste er nichts – sie hatte es fest in ihrem Herzen verschlossen und es ihm nie gesagt.

Die Erinnerung an ihre gemeinsame Nacht, als er gerade Himmelsbote geworden war, stieg in ihr auf. Das Hotelzimmer in London. Der Blick auf den Hyde Park. Seine vertrauten Hände auf ihrem Körper. Sie hatten sich die ganze Nacht geliebt, als wären sie nie getrennt gewesen.

Es war bei dieser einen Nacht geblieben. Weil sie es so gewollt hatte. Sie hatte es sich untersagt, alles unterdrückt, es hatte sie zu sehr überrollt. Weil es mit ihm noch immer so war, wie mit keinem anderen. Und weil seit dieser Nacht kein Tag verging, an dem sie nicht daran denken musste.

„Ist alles in Ordnung?"

Ava Gardner schreckte hoch und sah in das junge sommersprossige Gesicht einer erst kürzlich beschäftigten Himmelsbotin. Ihre karottenroten langen Haare waren zu einem Zopf geflochten und die grauen Augen blickten ängstlich zu Boden.

„Verdammt, natürlich ist alles in Ordnung. Was willst du?", fragte sie scharf, stand auf und strich sich energisch die Falten aus dem schwarzen Kleid.

Die junge Himmelsbotin zuckte zusammen und antwortete stotternd: „Ei – Eine dringende S – S – S – Sonderversammlung. Wenn die Uhr zum achten Mal schlä...ägt ... we – wegen Francis A – Albert Si – Sinatra."

## 15 Young At Heart

So leise und behutsam wie möglich öffnete ich die Eingangstüre von *Emilias Diwan* und drückte mich durch, noch ehe die Glöckchen über der Tür den Türrahmen berühren konnten. Ich lehnte die Tür vorsichtig an und schlich auf Zehenspitzen in die Bäckerei. Emilia stand über den Tresen gebeugt und las in einer vor sich ausgebreiteten Zeitung.

Ich wollte mich durch ein leises Wispern bemerkbar machen, also spitzte ich meine Lippen und stieß Luft aus, gerade so wenig, dass kein Pfeifen zustande kam. Emilia fuhr mit einem Schrei hoch. Entgeistert sah sie mich an, während Ali wie auf Kommando aus der Backstube geschossen kam.

„Angelika, Himmel, ich habe dich gar nicht bemerkt", sagte Emilia erschrocken.

„Es tut mir leid … ich war wohl etwas … leise." Mein Herz klopfte bis zum Hals und ich betete, Ali möge nicht erkennen, dass ich eben versucht hatte, wegen ihm so leise zu sein.

„Ratten", sagte Emilia und hielt die Zeitung hoch, „ich hab gerade einen Bericht über Ratten gelesen, im Kanal soll es mehr geben als Einwohner in der ganzen Stadt! Und auf einmal zischelt es da so." Sie lachte auf, aber ihr Lachen verstummte sofort wieder, als sie Ali und mich ansah.

„Na, so was", sagte sie leicht irritiert, „wahrscheinlich war ich so in den Artikel versunken, dass ich dich einfach nicht bemerkt habe."

Aus den Augenwinkeln linste ich zu Ali hinüber. Seine Augenringe waren fast so schwarz wie der Rand seiner Hornbrille, er lachte Emilia an und würdigte mich keines Blickes.

Plötzlich wieherte er auf: „Nein, so was, Ratten, wirklich?

Na, das ist ja echt lustig!", und klopfte sich dabei auf die Oberschenkel, als hätte er eben den Witz des Jahrhunderts gehört. „Wenn hier sonst alles in Ordnung ist, gehe ich wieder nach hinten", sagte er ungerührt.

„Was war das denn eben?", fragte Emilia leise, als Ali hinter sich die Schiebetür, die sich seitlich vom Perlenvorhang befand, aber nie benutzt wurde, mit Schwung zugedonnert hatte.

Ich senkte den Kopf und schaute beschämt zu Boden.

„Ali war vorgestern Nacht bei mir und da ..."

Emilia stützte sich am Tresen ab und flüsterte: „Na endlich, er hat mir schon die ganze Zeit in den Ohren gelegen, wie verknallt er in dich ist!"

„Oh", seufzte ich und runzelte bekümmert die Stirn.

„Oh", wiederholte Emilia überrascht, und sah zur Schiebetür.

„Ja, ich weiß auch nicht, es ist nur", fing ich an, doch gerade in diesem Moment ging die Tür zur Bäckerei auf und eine Horde Zweitklässler auf Wandertag stürmte zur Glasvitrine. Mit ihren kleinen Händen hinterließen sie Tapser auf dem sauberen Glas und riefen aufgeregt durcheinander, was sie alles haben wollten. Ich winkte Emilia zum Abschied zu und verließ ohne Erklärung die Bäckerei.

Vor der Tür stand die andere Hälfte der Schulklasse, sie kreischten, lachten und riefen laut durcheinander. Ich überlegte kurz. Mir war eine Idee gekommen, nachdem ich mit Herbert Müller telefoniert hatte und so fischte ich einen Zettel aus meiner Handtasche und schrieb darauf:

*Liebe Emilia,*

*ich komme die nächsten Tage nicht, ich habe gekündigt und fliege für eine Werbeansage nach Berlin. Wenn alles klappt – vielleicht gibt es eine Möglichkeit, mit dem Tonstudio eine Radiower-*

*bung für dich zu machen ... Drück mir die Daumen, ich melde mich, wenn ich wieder da bin.*

*Alles Liebe, Angelika*

*P.S.: Bitte sei mir nicht böse wegen Ali. Ich kläre das, wenn ich zurück bin.*

Ich faltete den Zettel zusammen und warf ihn in den kleinen weißen Postkasten neben der Tür. Vielleicht könnte ich für Herbert Müller etwas ohne Honorar sprechen und dafür würde er mir mit *Emilias Diwan* helfen?

Ich zwängte mich durch die Kindermenge, die sich bereits verdoppelt hatte, und durchquerte den Innenhof. Mein Handy vibrierte in der Manteltasche, ich kannte die Nummer am Display nicht.

„Hallo", raunte eine tiefe Männerstimme, als ich abgehoben hatte, „na, kennst du mich noch?"

Ich hatte keine Ahnung, wer dran war: „Sicher, natürlich, wie geht es dir?"

„Sehr gut, um ehrlich zu sein, ich stehe auf der anderen Straßenseite. Ich war gerade in der Versicherung – deine Kollegin hat mir gesagt, du hast eben gekündigt?"

Ich schaute hinüber, da stand Manfred Berger mit dem Handy in der Hand. Zum Glück war die Straße zwischen uns so stark befahren, dass er nicht herüberkommen konnte.

Panisch drehte ich mich zum Innenhof von *Emilias Diwan*, konnte aber vor lauter herausstürmender Kinder nicht viel sehen. Bitte, Ali, komm mir nicht nach, flehte ich und ging reflexartig in die entgegengesetzte Richtung, weg von Manfred Berger.

Ali durfte uns auf keinen Fall zusammen sehen, ich wollte ihn nicht noch mehr verletzen.

„Es tut mir leid, ich muss jetzt schnell gehen", sagte ich ins Handy, „aber willst du vielleicht heute Abend zu mir kommen?"

Erst nachdem ich es ausgesprochen hatte, wurde mir bewusst, was ich da gerade gesagt hatte und ich biss die Zähne zusammen. Wieso hatte ich ihn eingeladen? War ich innerhalb von 48 Stunden von einem Mauerblümchen zu einer Femme Fatale geworden?

„Oh danke, gerne", antwortete Manfred Berger überrascht. Wir verabredeten uns für neun Uhr in meiner Wohnung.

Kaum hatte ich das Handy eingesteckt, hörte ich, wie hinter mir laut mein Name gerufen wurde.

Ich wusste, dass es Ali war, noch bevor ich mich umgedreht hatte. Er kam in seiner weißen Hose und dem mit Schokolade- und roten Marmeladeflecken gemusterten T-Shirt angelaufen, blieb vor mir stehen und hielt mir eine von Emilias Schachteln mit Goldbändchen entgegen.

„Die habe ich für dich gemacht. Ein eigenes Rezept – es sind Zimtschnecken mit Pfirsichstücken und weißer Schokolade. Ich wollte sie dir eigentlich vorgestern in dein Büro bringen."

Er versuchte zu lächeln, aber es erreichte seine Augen nicht.

„Danke", antwortete ich und hasste mich abgrundtief dafür, dass ich es nicht über mich brachte, netter zu ihm zu sein. Ich vergrub die Hände in den Manteltaschen und trat von einem Bein aufs andere.

„Wegen vorgestern", sagte er und räusperte sich, „also, nach der Nacht ... ich war in deinem Büro, um dir etwas vorbeizubringen. Du warst noch nicht da, aber auf deinem Schreibtisch stand das Päckchen von diesem Typen. Bilde ich mir das ein, oder gehst du mir aus dem Weg und tust so, als wäre nichts gewesen?"

Als ich nicht antwortete, fügte er hinzu: „Ich glaube nämlich, ich habe mich in dich verliebt, Angelika."

Ich hob den Kopf und zwang mich ihn anzusehen. „Nein, hast du nicht, das ist sicher nur, weil ich einen Himmelsboten habe“, wollte ich am liebsten sagen, aber stattdessen stammelte ich: „Ali ... ich weiß nicht ...“

Alis schnaufte laut auf, sein Kopf wurde krebsrot und ich dachte, er würde vor Zorn sicher gleich losbrüllen. Aber stattdessen sagte er ganz leise, fast ohne den Mund zu öffnen: „Ich muss zurück.“

Dann drehte er sich um und lief zur Bäckerei. Mir war plötzlich so schlecht, als hätte mir jemand meine Eingeweide herumgedreht. War es denn möglich, dass er wirklich in mich verliebt war?

„Na Angie, dem Kleinen hast du einen ganz schönen Knacks versetzt“, flüsterte Frank Sinatra hinter mir.

Ich war so froh, seine Stimme zu hören, trotzdem presste ich ein leises „Hilfe“ hervor und ließ den Kopf hängen: „Kannst du das bitte wieder rückgängig machen?“

„Schatz, ich kann nichts rückgängig machen, wofür ich nicht verantwortlich bin. Aber ich würde vorschlagen, wir machen etwas, das ich besonders gut kann: Wir gehen was trinken. Und zwar einen richtig großen Jack“, sagte er und hakte mich unter.

Ich hatte zwar keine Ahnung, was ein „richtig großer Jack“ war, aber ich nahm an, es würde irgendein Alkohol sein und stimmte zu. Alis Ausdruck, wie er mich eben angesehen hatte, ging mir nicht aus dem Kopf, während ich schweigend neben Frank Sinatra ging.

Das war alles zu viel!

Die gemeinsame Nacht mit Ali, meine Einladung an Manfred Berger, die Tonaufnahmen, der Flug nach Berlin – das war doch nicht ich! Als würde er meine Gedanken lesen, sagte Sinatra: „Nimm die Dinge einfach mal, wie sie kommen, Angie. Eines nach dem anderen.“

Er drückte meinen Unterarm und nickte mir zu. „Glaub mir, alles wird gut. Es ist schon alles gut."

Ich seufzte. „Okay, ich werde es versuchen. Und danke ..."

„Gern geschehen."

Ich blieb stehen. „Nein, wirklich, ich meine, danke für die Sache mit dem Tonstudio, was du da für mich gemacht hast ..."

Er zwinkerte mir zu und wiederholte nur: „Gern geschehen."

Je länger wir unterwegs waren, desto mehr fiel mir auf, dass die Leute, die uns entgegenkamen, zweimal zu ihm hinsahen.

„Erkennt dich eigentlich niemand?", fragte ich schließlich, als ein Mann stehen geblieben war und uns nachschaute.

Frank Sinatra schüttelte den Kopf: „Wenn du wüsstest, wer hier sonst noch herumläuft! Aber niemand erkennt uns, manche sehen vielleicht eine gewisse Ähnlichkeit, aber das ist es auch schon. Das ist die Agnosco-Sperre, ab dem Moment, wo du als Himmelsbote auf die Erde zurückkommst, hast du sie. Und kriegst sie nicht mehr los." Er lachte auf. „Du hast ja selber gesehen, was es alles gebraucht hat, bis du mir geglaubt hast."

Wir waren stehen geblieben und Sinatra deutete auf eine hellgrüne abgestoßene Holztüre, über der ein altmodisches *Brandweinstube* - Schild hing. Ich trat hinter ihm in das leere Lokal, das eindeutig seine Glanzzeiten schon hinter sich hatte. Der bissige Geruch von chlorhaltigem Putzmittel vermischte sich mit dem Aroma von Frittiertem und hochprozentigem Alkohol.

Ich wählte eine Eckbank unter einem Regal, das mit alten Plastikblumen in staubigen Vasen vollgeräumt war, während Sinatra zu der kleinen dunkelhaarigen Kellnerin ging. Sie musste einmal sehr hübsch gewesen sein, aber die tiefen Falten legten sich jetzt wie eine Schablone über ihr erschöpftes Gesicht. Ihr Blick war so verschleiert, dass kein Zweifel daran bestand, dass sie selber ihre beste Kundin war.

Sinatra kam mit zwei halb gefüllten Wassergläsern an den Tisch.

„Ich fürchte, das ist das Beste, was sie haben. Auf dich Angie."

Wir stießen an und ich nahm einen Schluck, der mir so heftig in der Kehle brannte, dass ich dachte, ich würde ersticken.

Frank Sinatra setzte an und leerte das Glas mit einem Zug. Er verzog das Gesicht und beutelte sich.

„Staaark?", hustete ich.

„Nein, das ist es nicht. Das Zeug wirkt nicht mehr, wenn du mal tot bist. Aber das ist warmer Wodka – es gibt nichts Schlimmeres."

Ich nahm einen weiteren Schluck, bei mir wirkte er doppelt so gut. Frank Sinatras Konturen wurden vor meinen Augen unscharf.

„Nicht auflösen", flehte ich, während ich förmlich nachverfolgen konnte, wie sich der Alkohol durch meine Blutbahn arbeitete.

„Angie, ich löse mich nicht auf. Das ist der Wodka."

„Enschulgung", sagte ich, stellte das Glas ab und vergrub mein Gesicht in den Händen. „Aber sas ist alles so verrückt. Du has gesagt, alles is gut, aba isch hab trozdem Angst. Isch kann das alles nischt ... isch bin eine gans schöne Sumutung."

„Also erstens, bist du das nicht und zweitens: Ein Freund ist niemals eine Zumutung."

Ich saß nur mehr mit halber Pobacke auf dem Sessel und hielt mich an der Tischplatte fest.

„Aber isch bin doch kein Freund … isch bin dosch nur dein Auftrag", heulte ich.

Sein Lächeln war so ergreifend, hätte der Alkohol nicht schon große Teile meines Gehirns lahmgelegt, wäre mir mein Verhalten spätestens jetzt peinlich gewesen.

„Angie, was liegt dir auf dem Herzen?“

„Isch mag Ali wirglisch, aba isch bin einfach nisch in ihn verliebt.“

Ich seufzte auf, es war, als würde sich eine innere Klammer lösen, so gut war es, das auszusprechen. „Und das is furschtbar, weil isch kenne es so gut, wie er sisch jez fühlt. So oft bin isch an seiner Stelle gewesen … und dann isch da diesa Manfreeed Berga. Isch weiß auch nisch, isch bin einfach nicht gut in so was ...“

„Das ist niemand, Angie.“

Die Kellnerin seufzte laut auf, murmelte irgendwas Unverständliches und prostete uns mit einem halb vollen Cognacglas zu, das sie auf einen Zug leerte.

„Ja, aba mir mascht das Angscht“, sagte ich, „ isch hab imma Angscht. Und isch will keine Angscht mehr aben.“ Mein Kopf legte sich wie von selber auf den Tisch und ich brabbelte: „Nein, nein, nein, nein … keine Anschgt mehr aben.“

Sinatras Hand streichelte über meinen Kopf, während ich versuchte, nicht auf die Tischplatte zu sabbern.

„Angie, ich weiß, das sagt sich so leicht, aber auch wenn du Angst hast, lass dich nicht von ihr treiben. Die Furcht ist der Feind der Logik.“

Ich hob den Kopf und tippte mir an die Stirn. „Aba Frek Sintara ... isch bin dosch nich logisch. Das war isch nosch nie.“

Meine zweite Pobacke rutsche vom Sessel und noch, ehe ich wusste, was geschah, saß ich unter dem Tisch und schaute verwundert durch die Tischbeine.

„Oh Angie, ich wusste, du verträgst nicht viel, aber das habe ich nicht geahnt“, sagte Sinatra und griff nach meinen Armen, um mich hochzuziehen.

„Isch will Ali nisch wehtun“, jammerte ich und hielt mich an ihm fest.

„Du kannst ihm ja auf jeden Fall ein paar meiner Platten

schenken. Meine Lieder sollen ja bei Liebeskummer ganz gut helfen."

„Isch geh bessa ma aufs Klo", sagte ich, ließ Sinatra los und stützte mich torkelnd an den umstehenden Tischen und Sesseln ab. Der Kellnerin deutete wortlos zu einer Tür links neben dem Eingang zur Küche und ich fiel fast hin, als ich versuchte eine Türschnalle runterzudrücken, die gar nicht da war.

Nach ein paar Minuten kam ich zurück und ging mit gesenktem Kopf sehr rasch zu unserem Tisch.

Ohne aufzublicken sagte ich: „Es tut mir leid, das mit vorhin. Ich bin wieder nüchtern. Können wir schnell gehen, bitte?"

Frank Sinatra schaute mich von oben bis unten an und schüttelte erstaunt den Kopf: „Ich fasse es nicht."

„Aber … was …", rief die kleine Kellnerin und stolperte zu unserem Tisch. Sie hob ihre Hände und beugte sich so nah zu mir, dass mir ihre Fahne entgegenströmte.

Sinatras Mundwinkel zuckten. Die Kellnerin ruckte zur Seite und sah ihn an. Dann ruckte sie wieder und sah zu mir. Ich schob die Unterlippe vor und hob entschuldigend die Schultern. „Es ist, weil ich ein fehlendes Enzym habe", erklärte ich.

Die kleine Kellnerin reckte ihren kleinen Kopf vor, während sie in so kurzen Abständen ein tiefes rollendes Grunzen ausstieß, dass es klang, als würde eine Maschinenpistole abgefeuert werden.

Und dann, als hätte uns jemand ein Signal gegeben, fingen wir an zu lachen.

Wir lachten so sehr, dass die Tränen, die uns über die Wangen liefen, nasse Flecken auf unserer Kleidung hinterließen und konnten nicht aufhören, bis mir einfiel, dass ich gar nicht wusste, wie spät es schon war. Erschrocken sah ich auf die Uhr hinter der Theke.

„Verdammt, schon halb sieben! Ich muss zu meinen Eltern!"

## 16 Old Devil Moon

Kurz nach sieben Uhr stand ich vor dem kleinen Einfamilienhaus meiner Eltern.

„Ich bringe es jetzt hinter mich“, flüsterte ich, „und egal was auch passiert: Ich werde nichts von Berlin oder dem Tonstudio erzählen.“ Ich griff in meine Handtasche, um das Handy auf leise zu stellen, aber ich konnte es nicht finden.

Die Tür schwang auf und meine Mutter erschien strahlend, mit einer Frisur, als hätte jemand aus ihren blonden langen Haaren einen Helm geformt.

„Alfreeed“, schrie sie, „sie ist da!“

Dann riss sie mich an sich und es folgte eine Begrüßung die einer verlorenen Tochter, die nach drei Jahren verschollenen Aufenthalts wieder heimgekehrt war, gebührt hätte.

Ihre Perlenkette drückte schmerzhaft in mein Schlüsselbein.

„Unser Kätzchen ist da“, gluckste sie und immer wieder „Kätzchen, Kätzchen, Kätzchen“, während mein Vater mein Gesicht, das über der Schulter meiner Mutter hing, tätschelte. Ich verlor mich in einem Zustand zwischen Verwirrung, Geborgenheit und dem Gefühl weglaufen zu wollen. Also alles so wie immer.

Vier Hände in meinem Rücken schoben mich ins Wohnzimmer und drückten mich auf einen mit sechziger Jahre Blümchenmuster überzogenen Sessel vor dem Esstisch.

Meine Mutter schob sich die Ärmel ihrer pastellgrünen Strickjacke hoch und deutete auf die Teekanne am Tisch. „Den hab ich extra für dich gemacht, Kätzchen, das ist ein Mate Tee. Der soll beim Abnehmen helfen.“

Mein Vater goss ein und reichte mir die volle Tasse.

„Was gibt's Neues Kätzchen", fragte er und lächelte meine Mutter an, als wären sie Herr und Frau Weihnachtsmann und ich eine Dreijährige.

Skeptisch sah ich zu ihnen und bemühte mich auch zu lächeln. Waren sie heute wirklich so milde aufgelegt, oder war das wiedermal einer der berüchtigten *Ruhe-vor-dem-Sturm* -Momente?

Jedes Mal, wenn ich bei ihnen war, kam ich mir vor, wie bei einem Gang über ein Minenfeld. Man wusste nie, was einen beim nächsten Schritt erwartete. Wenn man Glück hatte, kam man heil auf der anderes Seite an – oder man trat auf eine Mine und alles war vorbei.

„Hm?", forderte mein Vater mich auf, und sah an mir vorbei. Er hatte schon immer Probleme gehabt, mir in die Augen zu sehen.

Es dauerte bis zu meinem siebenten Lebensjahr, als ich begriff, dass das nicht der Normalfall war. In der zweiten Volksschul-Klasse, als wir für eine Woche einen männlichen Aushilfslehrer statt unserer Lehrerin hatten, schickte der Lehrer meinen Eltern einen Brief, weil er dachte, ich wäre unkonzentriert und hätte Probleme, dem Unterricht zu folgen. Dabei war ich nur komplett überfordert mit der Tatsache, dass mir ein erwachsener Mann länger als zwanzig Sekunden direkt in die Augen sah.

„Also, was gibt's Neues Kätzchen. Wie geht's dir denn?", wiederholte er, als ich nicht antwortete. Mein ganzes Gehirn war auf das Vorhaben fokussiert, ihnen nichts von Berlin und dem Tonstudio zu sagen und war damit so beschäftigt, dass keine Gehirnwindung frei blieb, um eine adäquate Antwort zu bilden. Also brachte ich nur „Ich kann nicht lange bleiben, ich habe heute noch eine Verabredung" heraus.

Schweigen.

Und dann, so plötzlich wie ein Donnern bei Sonnenschein, von rechts ein Aufheulen meiner Mutter. Die Mine war hochgegangen. Ich war auf die falsche Stelle getreten.

Meine Mutter sprang auf, lief schluchzend Richtung Wohnzimmertür und rammte dabei mit dem Fuß die ein Meter große weiße Porzellan-Vase am Boden, die mit lachsfarbenen Gladiolen gefüllt war.

Sie jaulte auf und hüpfte aus dem Zimmer, während die Vase wackelte, sich erfing, noch einmal wackelte und dann wie im Zeitlupentempo mit einem lauten Krachen umfiel und auf dem Parkettboden in zwei große und hunderte kleine Scherben zerbrach.

Das Wasser ergoss sich über das helle Holz und mein Vater schrie auf: „Tücher, wir brauchen sofort Tücher, der teure Boden geht kaputt!"

Ich saß mit der Teetasse in der Hand da und starrte regungslos auf die Scherben.

„Jetzt geh und hol Tücher, Herrgott, schnell, das wird ja alles ruiniert", rief er panisch und versuchte mit den Händen das Wasser in Zaum zu halten.

„Was? Äh, ja … sofort!"

Ich lief ins Vorzimmer und stoppte. Meine Mutter war nicht zu sehen, also musste sie im Schlafzimmer sein. Und im Schlafzimmer waren auch die Handtücher. Ich lief zurück ins Wohnzimmer, griff in die unterste Schublade der Eichenholz-Kommode, nahm einen großen Packen Tischtücher heraus und reichte sie meinem Vater.

Er sagte immer wieder „Jössas", „Mein Gott" und „Um Himmels Willen", während er nacheinander die großen, weißen, mit gesticktem glänzendem Muster verzierten Tischtücher ausbreitete. Das durchweichte Eichenholz hatte bereits dunkelbraune Flecken.

Ich klaubte währenddessen die Porzellanscherben auf und legte sie auf den Tisch. Bis auf seine Verzweiflungsrufe herrschte schneidende Stille.

Nach kaum einer Minute erschien meine Mutter in der Tür. Mit einem kurzen Blick sah sie auf meinen Vater, der jetzt am Boden lag und die Tischtücher unter sich auf das Parkett presste.

Ohne die Miene zu verziehen, sah sie mich an und sagte bedrohlich ruhig: „Ich habe mir wahrscheinlich die Zehe gebrochen. Und das sind die Tischtücher meiner Urgroßmutter. Das Wertvollste, was ich besitze."

Dann schloss sie die Augen. Ihre Unterlippe begann zu beben und sie presste heraus: „Da du ja sowieso keine Zeit hast, gehst du jetzt besser."

„Es tut mir leid", flüsterte ich. Obwohl ich es nicht wollte, spürte ich, wie sich Tränen ihren Weg bahnten. Mit einem kurzen Nicken zu meinem Vater stand ich auf und verließ die Wohnung. Er hatte mich nicht angesehen.

## 17 If

### *Himmelsgewölbe, eine Stunde später*

„... und nachdem ich euch gleich erzählen werde, was sich zugetragen hat, werdet ihr sicher meinem Vorschlag, ihn sofort von dem Auftrag abzuziehen und in das Fegefeuer zu schicken, zustimmen", sagte der Mann mit der Hakennase und nickte der Menge von dem gläsernen Podest aus zu.

Zum ersten Mal fiel es ihm schwer, sich ruhig und gelassen zu geben. Zu überwältigend fühlte sich dieser Triumph an. Er war wütend auf Sinatra gewesen, seit dem ersten Moment, als der vor der Himmelsbrigade aufgetaucht war. Aber im richtigen Maße, zur richtigen Zeit, zum richtigen Zweck und auf die richtige Art auf ihn wütend zu sein, das war schwer gewesen. Doch seine Geduld hatte sich ausgezahlt. Der Plan war aufgegangen.

Er spürte ihren Atem an seiner Wange, bevor er ihre Stimme hörte. Der plötzliche Duft von Veilchen und Lavendel machte ihn so benommen, dass er das Gefühl hatte, das Gleichgewicht zu verlieren. Sie flüsterte in sein Ohr: „Eigentlich hätte ich mir denken können, dass du hinter dieser Sache steckst."

Ava Gardner, die hinter ihm auf das gläserne Podest getreten war, legte ihre Hände auf seine Schultern, eine Berührung, die ihn noch mehr verwirrte, und fuhr fort: „Ich muss dich enttäuschen, Aristoteles! Ich weiß alles."

Vor Schreck wollte er sich umdrehen, doch sie hielt dagegen: „Frank hat es gemeldet. Hast du wirklich gedacht, gerade er fällt auf so etwas Lächerliches herein? Al Capone, ich bitte dich! Schade, ich hätte dich wirklich für klüger gehalten – einen der größten Philosophen aller Zeiten ...“, sie lachte hell auf, „... lässt sich mit dem größten Idioten Urian Hämmerlein ein.“

„Woher ...?“, stieß Aristoteles, der Mann mit der Hakennase, atemlos hervor und zuckte zusammen.

„Gleich als ich von der Versammlung erfahren habe, war ich bei ihm unten. Du glaubst ja nicht, wie gesprächig er war. Und das für ein paar Minuten Vergnügen. Immer nur Katzen – das macht sogar einen Bandwurm wie ihn schwach und anfällig!“

Die Menge war durch ihr Geflüster unruhig geworden, aber das spielte keine Rolle mehr.

Aristoteles riss den Mund zu einem stummen Schrei auf und fasste sich an die Brust.

„Was hast du getan?“, flüsterte er.

„Was denkst du wohl? Und es war nicht einmal schlimm – um ehrlich zu sein, war es ganz das Gegenteil. Und apropos Bandwurm: Nicht alles an dem Leiter des Fegefeuers ist klein“, stöhnte sie in sein Ohr.

„Nein“, schrie er und wandte sich um. Alle seine Hoffnungen und Wünsche stürzten in diesem Moment in sich zusammen, wie ein Kartenhaus.

Ava Gardner blickte ihm fest in die Augen, während er sie fassungslos anstarrte.

„Ich habe kein Interesse daran“, erklärte sie sachlich, „dich und den Plan, den du gehabt hast, zu verraten. Alles was ich möchte, ist, dass du der Himmelsbrigade sagst, du hast falsche Informationen bekommen. Und keine Angst, jeder kann das Gespräch zwischen Francis und mir im Archiv nachprüfen. Du wunderst dich jetzt wahrscheinlich, warum ich dich nicht verrate. Lass es mich so ausdrücken: Es kann vielleicht ganz nützlich sein, dass du mir einen Gefallen schuldig bist. Also?“

Ganz langsam drehte sich Aristoteles wieder der Menge zu, die vor seinen Augen verschwamm.

„Es ist ...", begann er, als ein lautes Poltern hinter ihm ertönte.

„Entschuldigung", hallte die knarrende Stimme des alten vollbärtigen Mannes, der gerade aus dem Archiv hergelaufen war und durch die großen Flügel der goldenen Tür hereinstürzte. „Ein Fehler, ein furchtbarer Fehler, es tut mir so leid", sagte er atemlos und hievte sich auf das Podest. „Ich habe es erst jetzt entdeckt ... ich verstehe nicht ... wie mir das entgehen konnte."

„Wir wissen es schon", fuhr Aristoteles den Vollbärtigen an und bedeutete ihm mit heftiger Geste, ruhig zu sein.

„Nein, nein, Verzeihung, aber das können Sie nicht wissen", setzte sich der alte Mann dagegen, „ich habe es selber gerade erst gemerkt."

Er hielt das in Leder gebundene Buch in seiner Hand in die Höhe und deutete damit auf Ava Gardner. „Wäre sie nicht eben da gewesen, um sicherzugehen, dass dieses Gespräch zwischen dem Himmelsboten und ihr sicher im Archiv ist, ich hätte es nicht bemerkt. Der Himmelsbote", er keuchte und stützte sich an den Beinen ab, „der Himmelsbote Francis Albert Sinatra hat gegen das höchste Gesetz verstoßen! Er hat einem Menschen, dem er nicht zugeteilt war, eine Botschaft aus dem Jenseits übermittelt!"

****

### *In der Zwischenzeit, auf der Erde*

Froh, endlich zu Hause zu sein, fischte ich die Wohnungsschlüssel aus meiner Handtasche und sperrte auf.

„Angie, ich bin da", sagte Frank Sinatra, noch bevor ich die Tür hinter mir geschlossen hatte. Etwas an seiner Stimme war anders als sonst und ließ mich aufhorchen. Ich tastete nach dem Lichtschalter und fragte nervös: „Was ist los?"

Hatte er die Szene mit meinen Eltern mitbekommen und war jetzt hier, weil ich schnurstracks in die Hölle geworfen werden sollte?

Er streckte seine Hand vor und hielt mir mein Handy entgegen. „Du hast es im Lokal vergessen. Ich habe es mitgenommen und wollte es hier lassen. Aber dann ist das hier passiert. Es tut mir leid."

„Zwei neue Mitteilungen", stand auf dem Display.

Ich drückte auf die erste. Sie war von Manfred Berger.

„Angelika, tut mir leid, mir ist ein wichtiger beruflicher Termin dazwischen gekommen. Liebe Grüße, Fredi."

Verwirrt schaute ich Sinatra an. So schlimm war das nun auch wieder nicht. Dann drückte ich auf die zweite Mitteilung:

„Moni, meine Schöne, wie nett, dass du dich doch noch gemeldet hast! Freu mich, dich und deinen süßen Hintern heute Abend zu sehen. Ich habe dem ‚Knöchelmonster' abgesagt – haha, finde ich sehr witzig. Fredi."

Mir fiel die Kinnlade herunter. Es war, als wäre in diesem Moment, in dem ich dieses Wort gelesen hatte, all das Gute, was mir in den letzten Tagen passiert war, wie durch eine Explosion zersprengt worden.

Egal was mir passierte, egal was ich tat, ich war und würde immer dieselbe bleiben!

Angelika Neuhauser, das Knöchelmonster!

Sinatra war neben mich getreten. „Er ist einfach nur ein Idiot."

„Er ist hier nicht der Idiot", entgegnete ich mit bebender Stimme und ließ mein Handy los. Mit einem leisen Scheppern fiel es auf den Boden und erlosch.

„Angie, bitte! Dieser Typ ist so blöd, dass er nicht einmal sein Handy richtig bedienen kann und du hast das Gefühl, du bist hier der Idiot?"

„Was weißt denn du schon?", schrie ich heraus und Tränen schossen mir in die Augen. „Für mich wird sich nie etwas ändern! Niemals! Ich kann ja nicht einmal meine Eltern besuchen, ohne dass es in einer Katastrophe endet! Wahrscheinlich bist du auch überhaupt nicht echt! Ich halluziniere einen toten Schnulzensänger, weil ich schon so verrückt bin!"

Sinatra hatte bei dem Wort *Schulzensänger* verblüfft ausgesehen, aber es war mir egal und ich schrie weiter: „Der mit mir normale Schuhe kaufen geht, weil ich das sonst nicht zustande bringen würde! Der für mich da ist, damit ich mich ein bisschen besser fühle! Der mir einen Termin in einem Tonstudio verschafft, den ich gar nicht will! Weil ich einfach nichts, aber auch gar nichts selber auf die Reihe kriege. Scheiß darauf, dass er gesagt hat, meine Aufnahme war perfekt. Das war nichts anderes als ein Zufall. Weil du mit deinem Geblinke da warst. Aber wahrscheinlich habe ich mir das auch nur eingebildet. Weil ich so unbedingt wollte, dass endlich jemand da ist, der mich mag, obwohl er alles von mir weiß! Der mich glauben lässt, dass ich nicht völlig verkorkst bin! Der mir das Gefühl gibt, dass es egal ist, dass ich so hässliche Knöchel habe! UND DARUM HABE ICH MIR EINFACH EINEN ALTEN TROTTEL WIE DICH ZUSAMMENFANTASIERT!"

Kaum hatte ich diese Worte gesagt, schlug ich mir erschrocken die Hand vor den Mund und erstarrte.

Und im selben Moment fing Frank Sinatras Körper an zu flackern und er löste sich mit einem leisen „Plopp" in Luft auf.

****

*Himmelsgewölbe, kurz davor*

„Bist du dir ganz sicher?"

Aristoteles hatte den alten vollbärtigen Archivar, der jetzt neben ihm und Ava auf dem gläsernen Podest stand, an den Schultern gepackt und starrte ihn an.

„Natürlich bin ich das", antwortete der eifrig, „bitte, kommen Sie ins Archiv, Sie können alles überprüfen."

Das Gemurmel der Menge vor ihnen war lauter geworden, doch es verstummte sofort, als ein hysterisches Lachen aus der Tiefe von Aristoteles' Seele drang. Er klopfte dem aufgeregten Archivar auf die Schulter.

„Kannst du uns noch erklären, wie es passieren konnte?"

Der Vollbärtige blickte auf und ein tiefes Rosa legte sich auf seine Wangen.

„Es ist, also … wie soll ich sagen, äh ..."

„Ich war es!", sagte eine brüchige zarte Frauenstimme, worauf sich die Menge teilte und den Blick auf die junge Himmelsbotin freigab, die mit ihren karottenroten Haaren aus der Menge hervorleuchtete, wie eine Boje im Wasser.

Der Archivar beugte verlegen den Kopf, als die junge Frau zu ihnen trat.

„Sie ist neu", erklärte er und deutete auf das sommersprossige Gesicht der Himmelsbotin, „ich sollte sie ins Archiv einarbeiten. Und, naja, ich habe sie alleine gelassen – nicht lange ..."

„E – e – e – s tut m – m – mir leid", unterbrach die junge Himmelsbotin schluchzend und vergrub ihr Gesicht in den Händen, „e – e – e – r ist plötzlich im A – a – a – rchiv aufgetaucht und ha – ha – hat gefragt, ob ich ihm helfen kann. Sein Auftrag, di – di – diese junge Frau mit der schö – schö – schönen Stimme – e – e.

I – hi – hich habe alle Daten in das Archiv – ver – ver – verzeichnis eingegeben, um nach einer pas – pas – passenden Verbindung zu suchen. U – u – und nach ein paar Minuten, hat das Archiv Her – her – her – bert Müllers To – o – onstudio ausgespuckt."

„So etwas können wir?", fragte der Archivar überrascht.

Der rote Zopf der jungen Himmelsbotin wippte auf und ab, so heftig war ihr Nicken.

„E – e – es ist ni – ni – nicht schwer, eine klei – eine Änderung bei – hei der Ei – eingabe, wei – heiter nichts", schluchzte sie auf.

„Du kannst aufhören zu weinen, du hast nichts Unrechtes getan", sagte Aristoteles und rieb sich über die Hakennase. „Himmelsboten holen sich ständig Informationen. Dass er sie weitergegeben hat, betrifft dich nicht!"

Die Erleichterung über Sinatras Vergehen dämpfte ein wenig seine Wut auf den Leiter des Fegefeuers. Hämmerlein wird dafür büßen, was er mit Ava getan hat, dachte er und packte seine Hakennase fest zwischen Daumen und Zeigefinger!

Und in diesem Moment erschien vor ihnen ein wütender Frank Sinatra, der die Menge mit einem „Verdammte Scheiße, was soll das?" begrüßte.

## 18 Strangers In The Night

„Es tut mir so leid, so leid, so leid", flüsterte ich am nächsten Morgen durch das laute Stimmengewirr am Flughafen und wischte mir über meine roten verheulten Augen.

Bis vier Uhr in der Früh war ich in meiner Wohnung von Zimmer zu Zimmer gelaufen, hatte nach ihm gerufen, um Verzeihung gebeten, geweint und war dann schließlich am Küchentisch eingeschlafen. Frank Sinatra war nicht mehr aufgetaucht.

Jemand berührte mich an der Schulter und ich schluchzte auf: „Ich bin so froh, dass ..."

Doch ich brach den Satz gleich wieder ab, als ich mich umdrehte und in Charlie-Brown-Tonis Gesicht sah. Er hob die Augenbrauen, sagte trocken: „Oh, hallo", und überreichte mir ein ausgedrucktes Ticket.

Ich versuchte ein Lächeln, aber es blieb auf halber Höhe hängen. Kaum hatte ich ihm das Ticket abgenommen, sah er sich nervös um, als würde er jemanden suchen.

„Kommt noch wer mit?", fragte ich, doch er schüttelte nur überrascht den Kopf und bedeutete mir missmutig, ihm zum Check-In Schalter zu folgen. Er sah verschlafen aus, war unrasiert und auf seinem Leibchen war wieder ein Charlie Brown zu sehen, der genauso verdrossen dreinsah wie er. Vorgestern war er zwar auch nicht gesprächiger, aber viel freundlicher gewesen. Am liebsten wäre ich auf der Stelle umgekehrt und nach Hause gefahren. Aber was wäre dann? Damit würde ich alles, was Sinatra für mich getan hatte, zunichtemachen. Nein, wenn ich wollte, dass er zurückkommen und mir verzeihen würde, musste ich mich zusammenreißen. Und das ich das mehr als alles andere wollte, war mir klar geworden, im selben Moment, als er verschwunden war.

Als wir beim Check-In-Schalter anstanden, merkte ich, dass der Tontechniker mich von der Seite musterte. Ich drehte mich weg und tat so, als würde ich die Anzeigentafel mit den Abflügen studieren.

Es kam mir vor wie eine Ewigkeit, bis wir endlich dran kamen. Wir gingen zum Schalter und er nahm mir den Koffer ab und stellte ihn auf das kurze Förderband.

Ich legte der genervt aussehenden Stewardess mein Ticket hin und Charlie-Brown-Toni sagte: „Zweimal Businessclass, nebeneinander, bitte."

Als wäre das ein Zauberspruch gewesen, erhellte sich plötzlich ihre Miene und sie flötete: „Aber sicher, sehr gerne. Wir freuen uns, dass Sie mit uns fliegen."

Mit einem Dauergrinsen fing sie geschäftig an, in ihren Computer zu tippen und Charlie-Brown-Toni sah zu mir und verdrehte genervt die Augen.

Kaum hatten wir unsere Boarding-Karten, sagte er: „Ich habe noch etwas zu erledigen, wir treffen uns im Flugzeug", und war auch schon in der Menschenmenge verschwunden.

Langsam trottete ich durch die Kontrolle in Richtung Fluggate. Und kam mir unglaublich erbärmlich vor, als zu der Trostlosigkeit wegen Sinatra auch noch panische Flugangst dazu kam.

Ich setzte mich auf einen braunen durchgesessenen Polstersessel vor einem Café und versuchte ruhig zu bleiben, während mein Herz beim Blick aus dem großen Fenster auf eine startende Maschine wie verrückt hämmerte.

Bei der Vorstellung, ich würde gleich mein Leben in tausenden Metern Höhe in die Hände eines Piloten geben, den ich noch nicht mal kannte, und wäre dabei noch in einem engen Raum eingesperrt, ohne raus zu können, wurde mir ganz schwindlig und ich schnappte nach Luft.

Ich sah mich um, in der Hoffnung, vielleicht doch irgendwo Frank Sinatra zu entdecken, zog die Knie unter das Kinn und legte meinen Kopf ab. Schon wieder stiegen Tränen hoch, aber ich versuchte, sie runterzuschlucken. Ich hatte ihn so gekränkt. Wie konnte ich nur?

„Es tut mir so leid", flüsterte ich wieder in die Betriebsamkeit des Flughafens. Das Handyklingeln eines vorbeigehenden Fluggasts riss mich aus den Gedanken.

Mein Handy! Sofort kramte ich in meiner Handtasche danach. Das leere Display starrte mich an. Ich hatte es zwar mitgenommen, aber seit gestern Abend, nachdem ich es auf den Boden fallen hatte lassen, nicht mehr aufgedreht. „Bitte funktioniere", flehte ich, während ich den Pincode eingab. Sofort kam eine SMS, ich hatte zwei neue Nachrichten auf der Mobilbox.

Die erste war von halb zehn, gestern Abend.

„Ja hallo, hier ist Manfred, Fredi, stell dir vor, mein Termin hat sich verschoben, so ein Glück! Also, wenn du noch nichts vorhast, melde dich doch. Ciao!"

Verschoben, von wegen. Moni hatte ihre SMS nicht bekommen, weil sie auf meinem Handy gelandet war. Also hatte sie ihn wahrscheinlich versetzt, weil sie ja gar nichts von seiner Zusage gewusst hatte.

Die zweite Nachricht war ebenfalls von gestern Abend, kurz vor Mitternacht.

„Hallo, äh, Angelika, hier ist noch mal Manfred … Berger … es ist, also ... es ist was Dummes passiert. Ich glaube, du hast eine Nachricht bekommen, die für jemanden anderen gewesen wäre. Also, ich glaube es nicht, ich weiß es, ich hab's bei meinen gesendeten Nachrichten gesehen. Naja, ich hoffe, du nimmst mir das nicht übel, hahaha. War ja nur Spass! Moni hat mir gestern im Büro erzählt, von deinem … Kosenamen. Na, vielleicht können wir ja bei einem Glas Wein darüber lachen, hahaha. Ciao!"

Kosenamen! Er hatte zu „Knöchelmonster" „Kosenamen" gesagt. Und sonst keine Entschuldigung, nicht einmal eine Ausrede.

„Ich glaube, wir müssen." Gedankenverloren sah ich hoch. Charlie-Brown-Toni stand neben mir, fuhr sich durch die Haare und sah mich erschöpft an. Vielleicht hatte er auch Angst vorm Fliegen? Ohne mich weiter zu beachten, ging er durch die Sicherheitskontrolle beim Eingang des Fluggates.

Als ich meine Tasche vom Scannerband nahm, spürte ich, wie mir immer schwummriger wurde. Ich atmete tief durch. Mein Magen krampfte sich zusammen und ich hatte das Gefühl, der Boden unter mir würde sich bewegen.

Ein letztes Mal sah ich mich um. Und die Erkenntnis, die ich dann hatte, traf mich so sehr, dass mir ein „Oh nein" herausrutschte, das aber niemand gehört hatte.

Ich hatte Frank Sinatra beleidigt. Einen Himmelsboten! Vielleicht sollte ich jetzt meine Strafe dafür bekommen? Natürlich wäre es lächerlich zu denken, dass auch alle anderen Fluggäste für meinen Fehler büßen müssten. Aber es könnte sich ja zum Beispiel während des Fluges die Türe öffnen und nur mein Sitz würde mit mir darauf hinausgesaugt werden. Wahrscheinlich reichte auch schon mein Fenster. Horrorszenarien spielten sich vor meinem inneren Auge ab, ich ging atemlos vor Panik in die Knie und tat so, als müsste ich mein Schuhband neu binden.

Die blecherne Stimme der Durchsage übertönte das Motorengeräusch von draußen: „Herzlich willkommen beim Flug 121 nach Berlin. Wir bitten die Passagiere der Businessclass einzusteigen."

## 19 What Now My Love

Ich ließ mich in den breiten Sitz aus dunkelblauem Leder fallen, riss panisch am Gurt, bis er so eng war, dass ich ihn fast nicht mehr zu bekam, und klammerte mich an den Armlehnen fest. Dabei standen wir noch in Parkposition und das Flugzeug hatte sich noch keinen Millimeter bewegt.

Charlie-Brown-Toni nahm ein Buch aus seinem Rucksack und verstaute ihn, gemeinsam mit meiner Tasche, im Gepäckfach über uns. Dann setzte er sich neben mich, er hatte, ohne ein Wort zu sagen, gedeutet, dass ich den Fensterplatz nehmen könnte.

Ich starrte auf den Monitor im Sitz vor mir, der eine Werbung der Fluglinie abspielte. Elegant wie ein Vogel hob darin ein Flugzeug zu Walzerklangen in die Luft ab, und mir wurde schlecht. Charlie-Brown-Toni studierte den Klappentext seines Buchs, dann legte er es auf den Schoß und drehte sich zu mir.

Der Blick seiner dunkelgrünen Augen war so melancholisch, er schien zu überlegen, bevor er sagte: „Du fliegst nicht gerne, oder?"

Ich brachte nur ein zustimmendes „Mhm" raus und fügte nach kurzer Pause „unter anderem" hinzu.

Ein Lächeln huschte über sein Gesicht und war gleich wieder verschwunden. Ich wusste nicht, was ich sagen sollte und drehte mich zum Fenster. Kleine Regentropfen prasselten an die Scheibe, der Himmel war verdeckt von dicken, tiefgrauen Wolken. Langsam fing das Flugzeug an, aus seiner Parkposition zu rollen.

Ich sah wieder zu Charlie-Brown-Toni, aber er hatte bereits in seinem Buch zu lesen begonnen.

Ich schluckte schwer und meine Hände wurden so kalt, dass ich zu zittern begann. Plötzlich und ohne aufzusehen, streckte Charlie-Brown-Toni seine Hand zu mir herüber. Ich war irritiert und fragte: „Soll ich dir etwas reichen?" Er sah von seinem Buch auf.

„Wenn du willst, halte ich deine Hand."

Und für den Bruchteil einer Sekunde war alles vergessen, ich flüsterte „Danke" und ließ meine Hand in seine gleiten. Sein Griff war fest und es erinnerte mich schmerzhaft daran, wie Sinatra meine Hand gehalten hatte.

In den Monitoren vor uns begann der Sicherheitsfilm, während der Motor des Flugzeugs aufheulte. Ich drückte Charlie-Brown-Tonis Hand fester.

„Hast du dir den Text angesehen?", lenkte er mich ab.

„Was für einen Text?"

„Na, den für die Werbung, die Aufnahme. Du hast ihn per Mail bekommen."

Ich fuhr zusammen, das hatte ich völlig vergessen.

„Natürlich, hab ich", log ich und nickte heftig.

Das Flugzeug rollte auf die Startbahn und die Motoren wurden noch lauter.

Eine hübsche, sehr blonde Stewardess beugte sich zu uns und fragte, ob wir vor dem Start noch einen Wunsch hätten? „Ja, aussteigen", dachte ich, sagte aber nichts und schüttelte den Kopf.

„Ich werde Ihnen gleich, wenn wir unsere Flughöhe erreicht haben, Ihr Frühstück und die Getränke servieren." Damit trippelte sie davon. Es ertönte ein „Pling", die Stimme des Kapitäns sagte über Lautsprecher „Ready, to take off" und im nächsten Moment beschleunigte das Flugzeug und ich wurde in den Sessel gedrückt.

So fest ich konnte, hielt ich Charlie-Brown-Tonis Hand.

Als wir nach wenigen Minuten unsere Flughöhe erreicht hatten und das Anschnallzeichen mit einem „Pling“ ausging, wagte ich das erste Mal, wieder normal durchzuatmen.

Die blonde Stewardess kam, wie versprochen, zu unserer Reihe und fragte, was wir trinken wollen. Das also war die Business-Class.

Als Charlie-Brown-Toni seinen Orangensaft und ich meinen Kaffee hatte, ließ ich seine Hand los.

„Vielen Dank. Und entschuldige, wenn ich zu fest gedrückt hab.“

„Kein Problem“, antwortete er und nippte an seinem Saft. Blondie rauschte wieder zu uns, mit zwei Tabletts in den Händen, die mit weißen Deckchen zugedeckt waren. Sie stellte jeweils eines auf das Tischchen vor uns und lüpfte es dann schwungvoll, wie ein Zauberer.

Ein goldgelbes Omelett mit Schnittlauch und Speckstückchen, Erdbeeren und Melonenkugeln, ein warmes Schokoladen-Croissant, eine kleinen Schale Müsli mit Joghurt, Butter, Marmelade, Brie und Jourgebäck waren wie ein Stillleben angerichtet.

Ich merkte plötzlich, wie hungrig ich war. Das letzte Mal, dass ich etwas zu mir genommen hatte, war mehr als vierundzwanzig Stunden her. Charlie war mit seinem Buch beschäftigt und beachtete weder das Tablett noch mich.

Trotz Angst und Trauer hatte ich eine halbe Stunde später die Gewissheit: Essen geht auch mit großem Kummer. Auf meinem Tablett war kein Nahrungsmittel mehr zu finden.

Ich sah aus dem Fenster, die Wolken unter uns waren jetzt so dicht, dass es aussah, als würden wir über eine weiße Decke dahingleiten. Plötzlich ein Rumpeln. Ich streckte den Kopf hoch, konnte aber keine Stewardess sehen.

„Wie lange arbeitest du eigentlich schon in dem Tonstudio?“, fragte ich Charlie und versuchte mich abzulenken.

Ohne aufzublicken sagte er: „Schon eine ganze Weile."

Schweigen. Noch ein Rumpeln, so stark, dass das Besteck auf dem Teller klirrte.

„Und, macht es dir Spaß?", versuchte ich es wieder.

„Mal mehr, mal weniger."

Blondie kam mit ihrem Wagen zum Abservieren.

„Wir haben ein wenig Turbulenzen, darf ich ihnen noch schnell einen Digestive servieren? Vielleicht einen Wodka?", hauchte sie. Wir schüttelten beide den Kopf.

Ich wusste nicht, ob es das Wort Wodka oder das Wort Turbulenzen war, aber mir schnürte es die Kehle zu.

War es wirklich erst gestern gewesen, der Nachmittag in der Brandweinstube? Alles, was Frank Sinatra in den letzten Tagen zu mir gesagt hatte, ging mir durch den Kopf. Er war vom ersten Moment an für mich da gewesen. Die Briefe an Annabelle, die er mir gegeben hatte. Die grünen Ballerinas, die er mir hingehalten hatte. Und sein Geblinke im Tonstudio! Und was hatte ich getan? Mit einem Schlag hatte ich alles zunichte gemacht! Vielleicht ist es noch schlimmer, schoss es mir durch den Kopf. Der Gedanke, den ich dann hatte, war so beängstigend, dass ich vergaß zu atmen: Was, wenn mein Verhalten Konsequenzen für Frank Sinatra hätte? Schließlich hatte er gesagt, ich wäre sein letzter Fall!

Das Flugzeug rumpelte und ich wurde ein Stückchen aus dem Sitz gehoben. Charlie hob den Kopf und sah mich an. Ich drehte mich schnell zum Fenster, damit er meine Tränen nicht bemerkte.

Es war mir alles egal, sollte das Flugzeug doch wackeln, so viel es wollte!

„Es tut mir so leid, Francis!", flüsterte ich zu dem kleinen Seitenfenster, vor dem dichte schwarze Wolken herzogen.

## 20 Bad Bad Leroy Brown

Als das Flugzeug mit dem Senkflug begonnen hatte und die Anschnallzeichen aufschienen, hatte Charlie-Brown-Toni mir wortlos seine Hand hingehalten. Obwohl wir kein Wort wechselten, hatte ich sie angenommen.

Es war kurz vor Mittag, als das Taxi vor dem Hotel hielt.

Das Hotel, in der Mitte des Kurfürstendamms, war ein großes Gebäude, das neu restauriert worden war und jetzt in einer Mischung aus altem Stil und moderner Eleganz auffiel. Schon die Lobby war so beeindruckend, dass ich mich augenblicklich fehl am Platz fühlte. An der Decke hingen vier riesige glitzernde Kristalllüster, die dem hohen Raum die Wirkung eines Ballsaals gaben. Für die wartenden Gäste standen wuchtige braune Ledersessel mit Goldbeschlag bereit und an jeder Ecke stand ein goldener Blumenkorb, überladen mit gelben Baccararosen.

Charlie und ich bekamen an der Rezeption zwei Chipkarten, die als Zimmerschlüssel und für die Minibar dienten. Wir fuhren mit dem Lift hoch, er nickte mir kurz zu und ging dann wortlos auf sein Zimmer. Ich blickte ihm nach, wie er in dem langen Gang immer kleiner wurde und schließlich hinter einer Tür verschwand.

Ich steckte die Chipkarte in den Schlitz und sofort öffnete sich die Tür.

Das Hotelzimmer dahinter war kein Zimmer, sondern eine Suite. Sie war fast größer als meine Wohnung und durch die meterhohen Fenster sah ich direkt hinunter auf das geschäftige Treiben der Stadt.

Mit Schwung warf ich meinen Koffer in Richtung Bett – er segelte darüber hinweg und schlug krachend an der Wand auf.

Der ganze Inhalt kullerte heraus. Und es hätte mir nicht egaler sein können. Ich setzte mich auf die Bettkante und ließ den Kopf hängen.

Was machte ich hier überhaupt? Das war doch nicht ich, das war nicht mein Leben!

Ich öffnete automatisch den Mund, doch bevor mir noch das erste Wort über die Lippen kam, stoppte ich. Nein, keine Selbstgespräche mehr.

Ich hatte Frank Sinatra gesagt, er wäre eine Einbildung. Dabei war er sogar als Toter echter, als ich es in meiner jämmerlichen Angst jemals war. Mein Blick fiel auf die Spitze einer blitzblauen Stiefletten, die aus dem Koffer gefallen war, und jetzt unter dem Bett hervorschaute. Ich ging auf die Knie. Dahinter war die zweite. Ich zog sie zu mir heran und drückte sie an mich.

Dann setzte ich mich wieder aufs Bett, streifte meine Schuhe ab und schlüpfte in die Stiefletten. Sanft berührte ich das weiche Leder und hielt einen Moment inne. Der einzige Grund, weswegen ich jetzt hier saß, in Berlin, der war er. Und auch wenn ich einen furchtbaren Fehler begangen hatte, wollte ich nicht noch weitere machen.

Ich griff nach dem Telefon und wählte die „0“ für die Rezeption.

„Concierge, was kann ich für Sie tun, Frau Neuhauser?“, meldete sich eine nasale Männerstimme.

„Äh, ja, guten Tag, können sie mir bitte sagen, ob es hier im Hotel einen Computer gibt, ich muss dringend etwas ausdrucken.“

„Das können Sie mit ihrem Laptop gerne tun, jedes Stockwerk verfügt über vier Drucker.“

„Gut, danke, aber ich habe leider keinen Laptop mit. Gibt es sonst einen Computer?“

„Ich bedaure sehr, aber alle Computer sind aufgrund eines

Viruses im Moment nicht verfügbar. Wahrscheinlich in zwei Tagen ..."

„Oh nein, bitte", unterbrach ich ihn, „es ist wirklich dringend, wissen Sie, ich muss einen Text ausdrucken, für Probeaufnahmen ..."

Das Klopfen an meiner Tür ließ mich auffahren. Vielleicht hatte es schon gereicht, dass ich mich zusammenreißen wollte und Sinatra wäre wiedergekommen?

„Danke, ich glaub, ich brauch nichts mehr", sagte ich rasch, legte auf und eilte zu Tür. Noch bevor ich öffnete, war es mir klar: Sinatra würde nicht klopfen, er wäre einfach erschienen.

Kaum hatte ich die Klinke runtergedrückt, schwang die Tür auf.

Im ersten Moment konnte ich das, was ich sah, gar nicht einordnen, so verändert sah Charlie-Brown-Toni aus. Er war rasiert, seine wuscheligen Haare waren mit ein wenig Gel zurückgekämmt und sein Charlie-Brown-T-Shirt hatte er eingetauscht gegen ein weißes Leinenhemd, das er in eine graublaue Jeans mit schwarzen Nähten gesteckt hatte. Über seinen Schultern hing ein dunkelblaues Sakko und statt der Sportschuhe trug er jetzt schwarze Schnürschuhe mit Lochmuster.

„Hast du ... einen Laptop?", fragte ich noch immer ein bisschen verwirrt.

„Ja, ich kann ihn dir später geben. Aber jetzt haben wir keine Zeit, wir müssen ins Studio, sie warten schon auf uns."

„Was, jetzt schon?"

„Ja, hast du keine Nachricht auf deinem Zimmer gehabt?"

Ich schüttelte den Kopf und folgte Charlies Finger, der zum Flachbild-Fernseher zeigte. Darauf stand in blinkenden Buchstaben: „Dringende Nachricht für Frau Neuhauser! Bitte drücken Sie auf die Infotaste der Fernbedienung."

„Der Termin wurde vorverlegt, keine Ahnung wieso", sagte

Charlie und ging Richtung Lift. Ich erschrak. Nicht nur, dass ich nicht vorbereitet war, ich hatte mich noch nicht mal frisch gemacht, kein Make-up aufgelegt und trug noch immer die abgewetzte alte Cargohose und die selbst gestrickte rosa Weste, die ich im Flugzeug angehabt hatte. Und die blauen Stiefletten mussten dazu wirken, als hätte ich sie von der Caritas geschenkt bekommen. Aber was sollte es, schließlich wollten sie meine Stimme, nicht mein Äußeres. Ich schnappte meine Tasche und den hellen Trenchcoat und wir verließen das Hotel.

Ich hätte nicht mehr eingeschüchtert werden können von dem modernen braun-gläsernen Bürokomplex am Potsdamer Platz, in dessen Innerem mir lauter perfekte Menschen entgegen kamen. Perfekter Boss-Lagerfeld-Prada-Kleidungs-Stil, perfekte Haare, perfekter Gang, perfekte Körper. Sie alle sahen aus, als wären sie einer Parfüm-Werbung entsprungen.

Wir stiegen in den Lift und Toni drückte auf den Knopf einer Gegensprechanlage, die darin angebracht war. Eine Frauenstimme meldete sich. Er sagte unsere Namen, worauf sich der Lift sofort in Bewegung setzte. Mit jedem Meter, den der Lift zurücklegte, kehrte meine Angst zurück.

Die Lifttür öffnete sich und ich wurde geblendet von der Sonne, die durch die komplette Glasfront des Stockwerks schien. Als sich meine Augen an die Helligkeit gewöhnt hatten, bestätigte sich meine Angst und ich wäre am liebsten auf meinen blauen Schuhen umgedreht und wieder in den Lift gestiegen.

In einem futuristischen Ambiente aus Chrom und weißem Kunststoff standen um die zwanzig, wieder perfekt gestylte Menschen, mit Akten, Clipbords, Laptops, Touch-Pads und Blackberrys, und sahen uns erwartungsvoll an. Sie umringten einen Mann und eine Frau, die wie das Paten-Ehepaar auf zwei weißen Barhockern saßen. Die Frau war spindeldürr und trug ein enges silbernes Etuikleid mit hohem Kragen, der Mann neben ihr war noch dünner als sie und trug einen eng geschnittenen dunkelbraunen Nadelstreifenanzug.

Beide hatten schnittige Brillen mit schwarzem, viereckigem Rahmen auf ihren kleinen Nasen. Dadurch bekamen sie, trotz ihres perfekten Äußeren, einen Touch von überlegener Intelligenz. Die einzige Person, die aus diesem Gemälde von Perfektion herausfiel, war eine junge Frau, die an der Seite stand. Sie trug eine runde goldene Nickelbrille und hielt ein Tablett, auf dem lauter kleine hellrosa Kaffeebecher aus Porzellan standen. Ihre kurzen rosaroten Haare standen wild vom Kopf ab und in ihrer Unterlippe steckte ein Piercing.

Charlie-Brown-Toni ging zielstrebig auf das sitzende Paar zu. Er schüttelte ihre Hände und deutete dann auf mich: „Darf ich vorstellen, das ist Angelika Neuhauser. Herr Müller hat sie persönlich für diesen Spot ausgewählt."

Die dünne Frau und der dünne Mann setzten ein falsches Lächeln auf, bei dem sie ihre weißen ebenmäßigen Zähne bleckten, und begrüßten mich. Dann führten sie mich in einen großen Konferenzsaal und die Schar der perfekten Menschen folgte uns wie ein Rattenschwanz.

„Wer sind die beiden?", flüsterte ich Charlie-Brown-Toni zu, als wir uns an einen großen glänzenden runden Tisch setzten.

„Er ist der Kreativdirektor der Werbeagentur, die den Auftrag bekommen hat, und sie ist die Geschäftsführerin der deutschen Niederlassung von den *Dorothy-Michaels*-Sachen."

Ich kannte die *Dorothy-Michaels*-Produkt-Serie. Es war eine Nobelmarke von Shampoos, Conditioners, Haarpflege und Styling Produkten.

Der Raum wurde mit elektrischen Jalousien abgedunkelt und auf einer Wand begann ein Einführungsfilm über Dorothy Michaels. Sie hatte in den 30er Jahren in England begonnen, in einer kleinen Drogerie, ihre selbst gemachten Haarpflegeprodukte zu verkaufen. In den 70er Jahren war die Firma bereits so groß, dass sie dreihundert Angestellte hatte und weltweit exportierte. 1992 hatte Dorothy Michaels ihre Firma an den Roston-Konzern verkauft, der mittlerweile seinen größten Umsatz mit *Dorothy-Michaels* Produkten machte.

Mit dramatischer Musik unterlegt wurden wunderschöne, glückliche Frauen gezeigt, die ihre üppigen glänzenden Haare schüttelten und im Wind herumwarfen, während sie strahlende Kinder in den Arm nahmen oder von Model-Männern leidenschaftlich geküsst wurden. Noch während der Abspann lief, beschloss ich, von meiner Gage alle *Dorothy-Michaels*-Produkte zu kaufen.

Als der Film zu Ende war, richtete die dünne Frau im silbernen Kleid das Wort an mich: „Sie kennen sicher die *Dorothy-Michaels*-Serie. Und sie wissen natürlich auch, dass unsere Produkte im hochpreisigen Segment die Marktführer sind. Bis jetzt. Der Roston-Konzern bringt eine eigene *Dorothy-Michaels*-Linie heraus für Leute wie Sie –", sie stockte und fügte rasch hinzu, „und mich! Roston will den Markt in den Drogerien und Supermärkten erobern. Dafür haben wir eine komplett neue Werbelinie entwickelt, die wir mit einer großen Kampagne ankündigen wollen. Soweit klar?"

Ich nickte.

„Und jetzt kommen Sie ins Spiel. Wir brauchen eine sehr markante Stimme, die noch unverbraucht und neu ist. Vor allem soll es die Stimme einer Frau sein, die vom Alter der 30 näher ist als der 20, Sie verstehen? Denn da liegt unsere Zielgruppe und es ist Teil der Marketing-Strategie. Die erste Werbung, die wir heute aufnehmen, ist für die neue Shampooreihe."

Sie sah zu dem dünnen Mann, der daraufhin gleich von seinem Sitz hochsprang und mir eine Mappe reichte.

„Wie Sie lesen können, haben wir die Texte geändert, aber es wird für Sie sicher kein Problem sein."

Innerlich löste sich ein Felsbrocken und ich antwortete mit einem Lächeln: „Natürlich nicht."

„Wenn ich Sie nun alle ins Tonstudio bitten darf."

Wir gingen im Pulk in einen anderen Teil des Stockwerks. Dieses Tonstudio hatte aber auch gar nichts mit dem Tonstudio Müller gemeinsam. Es war riesig und sah aus wie die Bodenstation einer Raketenabschussrampe. Ich trat zum Sprecherpult in den Aufnahmeraum. Auf der anderen Seite der Fensterfront hatte sich die gesamte Belegschaft neben der dünnen Frau und dem dünnen Mann aufgebaut. Alle Blicke waren auf mich gerichtet. Mein Herz klopfte so laut, dass ich dachte, sie würden es durch das Mikrofon hören.

„Wir sind dann so weit Frau Neuhauser. Lesen Sie bitte alle Texte, die Sie bekommen haben. Und warten Sie immer auf mein Zeichen."

Ich schaute zur Tontechnikerpult-Abschussrampe. Dort saß ein junger Mann mit streng angeklatschten kurzen Haaren und einer nicht brennenden Zigarette im Mundwinkel.

Wo war Charlie-Brown-Toni? Voller Panik suchte ich die Menge ab, konnte ihn aber nirgends entdecken.

„Frau Neuhauser, bitte, wir sind bereit zur ersten Probe. Und los."

Ich starrte auf die Mappe vor mir. Der erste Satz verschwamm vor meinen Augen, ich blinzelte und versuchte zu entziffern, was da stand.

„Dorothy Michaels mag schöne … was?"

„Abbruch, bitte noch mal von vorn", unterbrach der Tontechniker.

Schnell las ich mir durch, was da stand.

„Dorothy Michaels mag schöne wallende Mähnen, freche

kurze Haare, glänzende Farben, üppige Locken, Pagenköpfe, Bobs, sanfte Wellen und seidig glattes Haar. Und Dorothy Michaels weiß, dass Sie alle unterschiedliche Bedürfnisse haben. Dafür gibt es nun die neue Serie von Dorothy Michaels: Dorothy Michaels for you! Ab sofort in allen Drogerie- und Supermärkten. Dorothy Michaels … the best for you. The price for you!"

„Und los bitte", sagte der Tontechniker wieder.

Ich holte leise Luft und begann mit zittriger Stimme: „Dorothy Michaels mag ... schöne wallende ... Wähnen."

„Stop", krähte der Tontechniker. Ich sah durch das Glasfenster. Die dünne Frau im silbernen Kleid sagte etwas, das ich nicht hören konnte.

Einen kurzen Moment später war die junge Frau mit dem Lippenpiercing, die beim Empfang das Tablett mit den Kaffeetassen getragen hatte, bei mir im Aufnahmeraum.

„Wir machen kurz Pause", sagte der Tontechniker durch die Kopfhörer.

Die junge Frau lächelte mich schüchtern an und sagte dann zögernd: „Ich soll Sie fragen, ob Sie vielleicht eine Stärkung möchten?"

Erleichtert sagte ich: „Oh ja, danke, das wäre sehr nett." Und gerade als ich noch „mit Milch und Zucker" zufügen wollte, war sie auch schon aus dem Raum gegangen. Ich beugte mich über die Mappe und wagte nicht, zum Glasfenster zu schauen.

„Darf ich Sie bitten mit mir mitzukommen", sagte die gepiercte Assistentin und führte mich in ein kleines Büro neben dem Aufnahmeraum.

„Hier, bitteschön, ich lasse Sie jetzt allein."

Mit diesen Worten drückte sie mir ein sehr kleines eingeschweißtes Plastiksäckchen mit weißem Pulver in die Hand.

Ich lächelte, nahm das Säckchen und fragte: „Milch hätte ich dann auch noch gern, bitte."

„Milch?" Sie sah mich mit großen Augen durch ihre Nickelbrille an.

„Ja", ich nickte, „für den Kaffee."

„Was für einen Kaffee?"

„Na, Sie haben mich doch vorhin gefragt, ob ich einen Kaffee möchte?"

„Wann hab ich das gefragt?"

„Aber, gerade, Sie haben mich doch gefragt, ob ich eine Stärkung möchte?"

„Ja, und?"

„Na, ich hab doch ja gesagt. Und dafür ist doch auch der Zucker hier, oder ..."

Ganz langsam schüttelte sie den Kopf. Während ich sie ansah, war es, als wäre mein Hirn wie ein verstopftes Rohr durchgeschossen worden.

„Oh! Sie haben gar keinen Kaffee gemeint?"

„Nein, hab ich nicht", sagte sie, „ich dachte Sie wüssten, was mit Stärkung gemeint ist."

Ich schluckte und hielt das weiße Päckchen vor ihr Gesicht. „Was … was ist das? Das ist doch nicht ..."

„Doch, natürlich", antwortete sie.

„Aber", ich zögerte, „wieso sollte ich das wollen? Und wie haben Sie das so schnell besorgen können?"

Sie lachte auf und machte dabei ein glucksendes Geräusch. „Ich bitte Sie, hier nach Koks zu fragen ist so, als würde der Papst um eine Bibel bitten."

„Oh nein, wie peinlich!" Ich verdrehte die Augen. „Ich bin wirklich viel naiver als ich dachte."

„Das war ich auch mal. Bevor ich hier angefangen habe", sagte sie, lächelte mir zu und verließ das kleine Büro.

Ich legte das Päckchen auf den Tisch. Dann stand ich auf, atmete tief ein und ging zurück in den Aufnahmeraum.

****

### *Fegefeuer, eine Stunde nach der Versammlung*

Urian Hämmerleins Hand hing wie leblos an der Seite der schwarzen Chaiselonge herab. Seine Finger mit den zurechtgefeilten spitzen Nägeln zeigten wie erschlaffte Pfeile auf den Boden und hätte sich sein nackter Bauch nicht auf und ab bewegt, hätte man denken können, er wäre tot. Was er ja auch war, genau genommen.

„Wie konntest du das tun, du Aas?", hatte der Mann mit der Hakennase gebrüllt, als er – vor etwa einer Stunde, gleich nach Ende der Versammlung wegen Frank Sinatra – im Fegefeuer erschienen war. Er kam unter dem felsigen Torbogen des Eingangs herausgestürmt wie ein wilder Tiger und hatte den Hals des kleinen Mannes gepackt.

„Was tun?", röchelte Hämmerlein und versuchte sich aus dem Griff zu befreien.

„Wage es ja nicht mich anzulügen! Sie hat mir alles erzählt!"

„Was erzählt? … Aristoteles, ich weiß nicht, wovon Sie da sprechen", quetschte er tonlos heraus und vergrub seine Fingernägel in der Hand des Angreifers, der kaum das Gesicht verzog.

„Sie war bei dir! Du widerliches Schwein!"

„Wer denn, verflucht! Ich schwöre, es war niemand hier! Niemand!!!"

„Sie – hat – es – mir – gesagt!", schrie der Mann mit der Hakennase nur noch lauter, ohne seinen Griff zu lockern.

„Aber was denn, was gesagt?"

Urian Hämmerlein bekam kaum noch Luft. So fühlten sich also immer die Katzen, wenn er ihnen den Hals zudrückte.

„Du leugnest es auch noch?"

„Ich kann nicht leugnen, was ich gar nicht weiß!", wimmerte Urian Hämmerlein.

Aristoteles bleckte seine Zähne und ließ einen Schrei los, so laut, dass die Katzen, die sich in alle Ecken drückten, im Chor aufjaulten.

„DU HATTEST INTIMEN KÖRPERKONTAKT MIT DER HIMMELSBOTIN AVA GARDNER!"

„Was?" Urian Hämmerlein riss die Augen auf und vergaß den Schmerz und die Atemnot.

„Was?", wiederholte er hysterisch und zog seine Nägel aus Aristoteles' Hand.

„Lüg mich nicht an!", setzte der Mann mit der Hakennase dagegen, doch seine Stimme hatte einen seltsam brüchigen Ton angenommen.

„Nein, nein, verflucht!" Der kleine Mann strampelte heftig und schrie: „Sie hat gelogen!"

„Für wie dumm hältst du mich?"

„Sie war nicht hier und ich hatte auch keinen Kontakt mit ihr – mit niemandem! Noch nie!"

„Natürlich", entgegnete der Mann mit der Hakennase gehässig und löste endlich seine Hand von Urian Hämmerleins Hals. Dann beugte er sich so tief über den kleinen Mann, dass sich ihre Nasenspitzen berührten, und brüllte: „Und du willst mir sicher auch erklären, dass sie von unserem Plan nur durch eine Eingebung erfahren hat? Du kannst alles vergessen! Das Abstimmungsrecht! Das Okular! Einfach alles! Du hast versagt! DU KLEINER GEILER TEUFEL!"

„ICH HABE NICHTS GETAN", kreischte Urian Hämmerlein.

„ICH GLAUBE DIR KEIN WORT!", schrie Aristoteles zurück, „ES IST DEIN GLÜCK, DASS SINATRA VON SELBER VERSAGT HAT! DIESMAL BIST DU ZU WEIT GEGANGEN UND DU WIRST DAS SO BITTER BEREUEN, WIE NOCH NIE JEMAND IRGENDETWAS BEREUT HAT."

## 21 All My Tomorrows

Das Klingeln meines Handys drang langsam zu mir durch. Ich öffnete die Augen und wusste im ersten Moment nicht, wo ich war. Der laufende Film auf dem Flachbildschirm vor dem Bett warf Licht in den Raum, die Vorhänge waren zugezogen. Ich setzte mich auf und blinzelte. Und langsam erwachte auch dieses Gefühl wieder, das ich seit drei Stunden hatte und legte sich über mich:

Ich hatte versagt.

Der Druck der Meute, die jenseits der Scheibe im Aufnahmestudio gestanden und mich beobachtet hatte, war zu groß gewesen. Nicht einen Satz hatte ich richtig herausgebracht. Meine Stimme wollte nicht zu zittern aufhören und mit jedem gescheiterten Versuch merkte ich, wie alle im Studio immer ungeduldiger wurden.

Nach eineinhalb Stunden brach die dünne Frau die Aufnahme ab. Ohne Verabschiedung ließ sie mir über Kopfhörer ausrichten, ich könne jetzt gehen und bräuchte morgen auch nicht wiederzukommen, es würde keine Aufnahmen mit mir geben.

Als ich alleine mit dem Lift ins Erdgeschoss hinunter gefahren war, dämmerte mir, was das alles zu bedeuten hatte: Frank Sinatra würde nicht zu mir zurückkommen. Alles, was er für mich getan hatte, war umsonst gewesen. Es gab keine Kinderbuchreihe, keinen Deal für *Emilias Diwan*. Ich hatte noch keinen Vertrag unterschrieben und gerade gezeigt, dass ich nicht mal fünf Sätze fehlerfrei sprechen konnte.

Das Handy klingelte auf dem Nachttisch weiter, ich wälzte mich hinüber und hob ab.

„Kätzchen, Kätzchen, Kätzchen", säuselte meine Mutter am anderen Ende ins Telefon. Hatte ich etwas verpasst, oder hatte mich meine Mutter bei meinem letzten Besuch etwa nicht aus ihrer Wohnung geworfen?

„Hallo Mama", sagte ich mit einem tiefen Seufzen.

„Mein Kätzchen, ach, wie geht's denn meinem Kätzchen?"

„Mir geht's wunderbar", sagte ich und wischte mir eine Träne von der Wange, „wie geht's denn euch?"

„Also weißt du, dein Vater ist ja wieder mal ganz schwierig. Also stell dir vor, ich wollte doch ..."

„Ring, Ring", machte es neben mir. Das Hoteltelefon klingelte und meine Mutter hielt inne.

„Was ist das Kätzchen? Was ist das für ein Telefon, das da klingelt?"

Erschrocken starrte ich auf das blinkende Gerät. Das konnte wahrscheinlich nur Charlie-Brown-Toni oder Herbert Müller sein.

„Mama, ich kann jetzt nicht, ich muss da rangehen."

„Angelika, was ist los, wo bist du? Hm? Du sagst mir jetzt sofort, was das für ein Telefon ist, Kätzchen."

Ohne zu antworten, legte ich das Handy zur Seite und hob den Telefonhörer ab.

„Hallo?"

„Guten Tag, Frau Neuhauser, hier ist der Concierge. Es tut mir leid, aber die Flüge, die Herr Taler umbuchen wollte ..."

„Bitte wer?"

„Herr Taler. Anton Taler, der Gast, mit dem sie angekommen sind. Er wollte, dass ihr Rückflug nach Wien auf morgen vorverlegt wird. Es tut mir leid, Frau Neuhauser, aber die Fluggesellschaft hat soeben ausrichten lassen, dass es leider nicht möglich ist. Sie bedauert sehr, aber da in diesen Tagen ein Kongress in Wien stattfindet, sind sämtliche Flüge ausgebucht."

„Aha, ach so." Also wusste Charlie-Brown-Toni schon alles. Und damit auch Herbert Müller. Ich wollte so schnell von hier weg wie möglich und fragte: „Sind Sie sicher, dass es nicht geht? Es ist doch Businessclass."

„Ich weiß, Frau Neuhauser. Das habe ich der Dame, mit der ich gesprochen habe, auch gesagt. Aber sie hat darauf bestanden, dass es nicht möglich ist. Es tut mir sehr leid, aber Ihr Rückflug ist wie geplant am Sonntag um neun Uhr vormittags. Kann ich sonst noch etwas für Sie tun?"

„Nein, vielen Dank." Klick.

Ich ließ mich zurück aufs Bett fallen. „Hallo, Kätzchen, bist du noch da?", hörte ich die gedämpfte Stimme meiner Mutter rufen. Ich hatte vergessen, dass sie noch am Handy war.

„Ja, Mama, ich bin noch da."

„Also Kätzchen, wo bist du? Soll ich Papi vorbeischicken?"

„Nein, das geht nicht."

„Wieso nicht, Katzilein?"

„Weil ich in Berlin bin."

Schweigen am anderen Ende. Dann ein lautes Luft-Einsaugen. „Du bist in Berlin und hast uns nichts gesagt. Was ist, wenn dir was passiert wäre?"

„Jetzt hör auf. Mir ist ja nichts passiert."

„Angelika, wie sprichst du denn?"

„Bitte, Mama, lass es gut sein."

„Ach Kätzchen, bist du wieder schwierig! Weißt du was? Ich lass dich jetzt ausreden und höre nur zu, damit du mir alles erklären kannst. Ich sag dir dann, warum du nicht irgendwohin fahren kannst, ohne es uns zu sagen. Meine Güte, weiß Gott was hätte passieren können. Meine armen Nerven!"

„Mama, weißt du was?" Die Wut bahnte sich durch meinen Körper und ich fing an zu zittern. „Ich werde dir nichts erzählen! Ich will dir nichts erzählen! Und ich will auch nicht, dass du mich immer anrufst und ausfragst. Bitte – ich meine das wirklich – bitte hör auf damit.“ Und dann legte ich auf.

Hatte ich das eben wirklich gesagt? Anscheinend nicht, denn das Handy läutete wieder und auf dem Display stand „Mama“. Ich hob ab. Es war mein Vater.

„Was hast du eben zu deiner Mutter gesagt? Sie weint und ist ganz fertig. Ich glaub, sie kriegt mir gleich einen Herzinfarkt. Du kennst sie doch!“

Meine Stimme bebte: „Papa, bitte, ich kann im Moment nicht. Bitte, lasst mich ...“

Er unterbrach mich und fuhr mich an: „Wovon redest du überhaupt?“

„Ich rede davon, dass ich Zeit für mich brauche.“

„Zeit für dich, was soll der Blödsinn?“

„Papa ...“

„Oh Gott“, unterbrach mich mein Vater und dann hörte ich, wie er zu meiner Mutter rief: „Hilde, wir haben recht gehabt! Ich glaub, sie ist wirklich bei einer Sekte.“

## 22 Where Or When

Ein lautes Krachen ließ mich im Bett hochfahren. Der Fernseher lief noch, ich sah auf die Uhr am Nachttisch, es war 3:37 Uhr in der Früh. Ich lauschte. Nichts mehr zu hören.

Benommen knipste ich die Nachttischlampe an und flüsterte: „Francis, bist du das? Bist du hier?"

Keine Antwort.

Ich stand auf und schaltete den Fernseher ab. Da plötzlich, wieder! Es war gar kein Krachen gewesen, da hatte jemand gegen die Tür gehämmert. Wahrscheinlich meine Eltern, die herausgefunden hatten, wo ich war, und jetzt mit einem Exorzisten vor der Tür standen.

„Ja?", fragte ich.

„Bittelassmichrein," lallte eine betrunkene männliche Stimme.

„Wer ist da?"

„Ichbins."

Ich öffnete die Tür einen Spalt. Charlie-Brown-Toni stand schlaff an die Wand gelehnt, mit blutunterlaufenen Augen und streckte die Hände nach mir aus.

„Was ist denn los", fragte ich, doch statt einer Antwort fiel er geradewegs auf mich zu. Ich stemmte mich dagegen, damit wir nicht hinfallen würden. Ein Geruch breitete sich aus, als wäre eine Kiste Schnaps ausgelaufen.

„Hilfeismirschlecht", sagte er über mich gebeugt.

Ich legte seinen Arm um meine Schulter, schlug mit dem Fuß die Tür zu und humpelte mit ihm zur Couch. Kaum hatte er sich hingesetzt, plumpste er zur Seite und schlief ein.

Eine Weile stand ich so da und sah ihn an. Die gekämmten

Locken hatten sich gelöst und standen wirr vom Kopf ab. Das Leinenhemd hing aus der Hose, es war voll dunkler Flecken und hatte einen großen Riss am Ärmel. Ich zog den Stoff vorsichtig zur Seite, darunter war ein Stück der Haut aufgeschürft. Wahrscheinlich war er hingefallen.

Charlie murmelte etwas und drehte sich auf den Bauch. Vorsichtig zog ich ihm die Schuhe aus, nahm die zweite Decke vom Bett und breitete sie über ihm aus. Nachdem ich den Badezimmer-Mistkübel zur Couch und eine Flasche Mineralwasser aus der Minibar danebengestellt hatte, legte ich mich wieder ins Bett.

Charlie hatte angefangen zu schnarchen. Mit offenen Augen lag ich da und hörte ihm zu. Es klang wie ein Knarzen, als würde sich ein Baum im Wind bewegen.

****

### *Himmelsgewölbe, die Verwahrungskammer*

Er konnte sie kaum sehen, in dem flackernden Licht der Kerzen. Vor einer halben Stunde war sie aufgetaucht, und hatte noch kein Wort gesagt. Er blickte auf den geschwungenen verschmutzten fünfarmigen Leuchter, der in der Ecke stand und das einzige Licht spendete. Wer auch immer dafür verantwortlich war, dass man ihn in diesen düsteren Raum gesperrt hatte, er hatte seine Stimmung getroffen. Normalerweise brauchte man die Verwahrungskammer für nicht mehr benutzte Akten des Archivs – noch nie zuvor hatte man sie benötigt, um einen Himmelsboten darin einzusperren. Wie lange würde er hier wohl bleiben müssen? Und was würde mit Angie geschehen?

Er räusperte sich geräuschvoll und Ava drehte sich für einen Moment um. Kaum trafen sich ihre Blicke, wendete sie sich sofort wieder ab.

Er konnte den Kampf, den sie sich bot, in ihrem Gesicht ablesen. Es war so selbstverständlich, als würde er sich selber im Spiegel betrachten. So gut kannte er sie, und doch waren sie so weit voneinander entfernt.

„Wie konntest du das tun, Francis?", flüsterte sie plötzlich, ohne ihren Blick zu heben. Ihre Stimme klang heiser und rau. „Du hättest nie zu diesem Mann in das Tonstudio gehen dürfen. Ist dir überhaupt klar, was du da gemacht hast? Du hast ihm eine Botschaft aus dem Jenseits übermittelt! Dagegen ist die Sache von Aristoteles ein Kindergeburtstag. Wieso, sag mir, wieso? Ich begreife es nicht."

Sie hat nicht geflucht, stellte Sinatra fest und statt einer Antwort zuckte er resignierend mit den Schultern.

„So kommst du mir nicht davon", blaffte Ava Gardner ihn an, doch ihr Blick sagte etwas ganz anderes. „Francis, weißt du, was sie über dich sagen? Sie sagen, du ..."

„Wer was auch immer über mich sagt, ist unwichtig", unterbrach Sinatra sie, „ich habe es für sie getan. Und das ist das Einzige, was für dich zählen sollte, Ava."

„Das Einzige, was für mich zählt, ist, dass Aristoteles mir jetzt etwas schuldig ist. Das ist deine letzte Chance."

„Meine Chance, und was ist mit ihr? Sie hat keine Ahnung, was passiert ist. Mein Gott, sie denkt, ich hätte sie verlassen!"

„Francis, es ist ... der Job, in Berlin. Sie hat es nicht geschafft. Eigentlich hat sie gar nichts geschafft. Sie ist wieder an dem Punkt, wo sie vorher schon war."

Er versuchte die Irritation zu überspielen, doch es gelang ihm nicht. „Wirklich?"

Ihre großen dunklen Augen sahen ihn traurig an. „Ja, wirklich. Es tut mir leid. Aber du kannst jetzt nichts mehr für sie tun. Manchmal ist es eben ..."

„Wo ist sie jetzt?"

„Sie sitzen beide in Berlin fest, bis zum Ablauf deiner sieben Tage. Ich habe dafür gesorgt."

„Ava?" Frank Sinatra hatte sich vor seine Exfrau gestellt und seine Hände auf ihre Schultern gelegt.

„Ja, Francis?"

Er sah ihr tief in die Augen, bevor er sagte: „Ich muss dich um einen Gefallen bitten. Einen sehr großen Gefallen."

****

Das Knarzen war unverändert, als ich am nächsten Morgen aufwachte. Durch einen Spalt der geschlossenen hellen Vorhänge fiel Sonnenlicht ins Zimmer, der Radiowecker zeigte 7:58 Uhr.

Leise und behutsam schälte ich mich aus der Bettdecke, nahm ein paar Sachen aus dem geöffneten Koffer neben dem Bett und schlich mich ins Bad. Ich spürte, wie mich Hoffnungslosigkeit übermannte, als ich mich im Spiegel sah: Die Wimperntusche war von den Wimpern auf die oberen Wangenknochen gewandert, die Augen waren verschwollen und meine Haare hatten jeden Selbsterhaltungstrieb verloren und lagen angeklatscht und zugleich fedrig am Kopf. Ich wischte mir schnell die Flecken aus dem Gesicht und band meine Haare zu einem Pferdeschwanz. Schminkzeug und Zahnbürste waren noch im Koffer, aber sie jetzt zu holen und dabei Charlie zu wecken, war zu riskant. Ich schlüpfte in die blaue Weste und in die Jeans, die ich herausgenommen hatte, und öffnete so leise wie möglich die Tür.

Charlies Knarzen hatte aufgehört. Ich stellte mich auf die

Zehenspitzen und streckte mich, um ihn sehen zu können. Er lag auf der Couch, das Gesicht abgewendet. Einen Moment blieb ich unschlüssig stehen, dann griff ich nach dem Paar brauner Stiefletten, das aus dem Koffer herausragte, schnappte meine Handtasche und verließ rasch das Hotelzimmer.

In der Lobby waren schon ein paar Gäste, ich sah mich um. Doch der, den ich suchte, der war noch immer nicht da. Ob er jemals wieder zu mir zurückkommen würde? Ich drückte mich an den Leuten vorbei und floh durch die große Drehtür auf die Straße.

„Es tut mir alles so leid", sagte ich, wahrscheinlich zum hundertsten Mal, kaum war ich auf die Straße getreten.

„Wie bitte?", fragte mich eine männliche Stimme hinter mir. Ich drehte mich so schwungvoll um, dass ich fast das Gleichgewicht verlor. Ein junger Mann mit schwarzem Zylinder und dunkelroter Hotel-Uniform lächelte mich an. Ich wollte etwas sagen, aber aus meinem Mund kam nur ein Schluchzen. Und so schnell ich konnte, lief ich davon.

****

### *Himmelsgewölbe, zur selben Zeit in der Verwahrungskammer*

„Das kann nicht wirklich dein Wunsch sein."

So wie es Ava Gardner sagte, hörte es sich wie eine Drohung an. Beide schwiegen, nur das Knistern der Kerzen erfüllte den Raum.

Frank Sinatra sah sie lange an, bevor er sagte: „Doch, Angel."

Die Adern auf ihrer Stirn traten hervor und ihre Lippen fingen an vor Zorn zu beben.

„Bitte Ava, nicht“, sagte er leise und drückte ihre Schultern. „Ich will mich nicht mit dir streiten, ich brauche deine Hilfe. Bitte.“ Seine blauen Augen fixierten ihren Blick. „Ich kann das nicht ohne dich. Wirst du ...“, begann er, doch er hielt inne, bevor die Frage ausgesprochen war. Er kannte diesen Ausdruck in ihren Augen und wusste, dass jetzt jedes weitere Wort zu viel war. Die Kerzen flackerten auf und im nächsten Moment griffen Frank Sinatras Hände ins Leere.

„Angel“, flüsterte er ihr nach und ließ den Kopf hängen. Ganz leise fing er an, eine Melodie zu summen – dieses Lied, das er damals immer für sie gesungen hatte, als sie noch verheiratet waren. Es war so lange her und doch hatte er nie aufgehört, sie zu lieben. Sie hatten sich schon einmal für immer getrennt. Er hatte so gehofft, dass es noch einen anderen Weg geben könnte, doch wie die Dinge nun standen, mussten sie es ein zweites Mal tun. Was für eine Farce!

****

Als ich wieder in den Kurfürstendamm einbog, war es bereits dunkel. Den ganzen Tag war ich durch die Stadt gelaufen, vorbei an Touristen, Sehenswürdigkeiten, dem Fernsehturm, dem Brandenburger Tor, Parks, Plätzen, ohne mich wirklich umzusehen. Die Stadt war an mir vorübergezogen wie eine Kulisse, ich bekam Durst und Hunger, die dann irgendwann von selber wieder weggegangen waren. Und nach ein paar Stunden hatte ich sogar aufgehört, nach Frank Sinatra Ausschau zu halten.

Der junge Hotel-Angestellte, den ich in der Früh angeheult hatte, war zum Glück durch ein älteres Exemplar ausgetauscht worden. Mit einem Nicken bedankte ich mich, als er mir die

Tür aufhielt, und ging rasch, umgeben von ein paar ankommenden Gästen, durch die Lobby. Während ich auf den Lift wartete, kramte ich in meiner Tasche nach der Chipkarte für das Hotelzimmer. Doch leider ohne Erfolg, ich hatte sie wahrscheinlich im Zimmer liegen gelassen.

„Bitte, nicht auch das noch", jammerte ich und ging zurück in die Lobby zur Rezeption.

Noch bevor ich dort war, hörte ich Charlie-Brown-Tonis Stimme nach mir rufen. Er stand aus einem der großen braunen Ledersessel, gegenüber der Anmeldung, auf und kam auf mich zu. Er sah müde aus, wenn auch nicht mehr so sehr wie in der Nacht.

„Ich hab dich gar nicht reinkommen sehen, ich hab auf dich gewartet. Hier, den hast du vergessen." Er hielt mir die bedruckte Chipkarte hin.

„Angie, ich, also wegen gestern", fing er an, doch stoppte sich gleich selber. Er deutete zu dem Durchgang links von uns, über dem in silbernen Leuchtbuchstaben *Bar* stand und sagte: „Können wir reingehen? Nur einen Moment. Ich verspreche, heute bleib ich nüchtern."

Ich versuchte zu lächeln, aber es gelang mir nicht. „Okay."

Es war eine dieser hochmodernen Bars, deren Beleuchtung so kalt war, dass man eher den Eindruck hatte, man würde ein Versuchslabor für Alkoholiker betreten. Sphärische Chill-out Musik verfehlte ihre Wirkung vollkommen, denn sie plärrte aus den Lautsprechern. Wir nahmen an einem Tisch Platz, der aus Stacheldraht geformt und mit Plexiglas überzogen war. Wer auch immer diese Bar eingerichtet hatte, er hatte meine Stimmung getroffen. Ich war zu erschöpft und zu hungrig um gute Laune zu heucheln, als der Kellner kam und uns fragte, was wir wollten.

„Cola", brummte ich und kauerte mich in den Sessel.

Nachdem unsere Getränke gekommen waren, beugte sich Charlie über den Tisch und stützte mit einer Hand sein Kinn ab. Jetzt war er es, der zu lächeln versuchte, aber es gelang ihm auch nicht. „Angie, es tut mir leid. Ich bin so ein Idiot. Ich hätte dich gestern nie alleine bei diesen Hyänen lassen dürfen. Es tut mir wirklich, wirklich leid. Und das von heute Nacht – ", er räusperte sich und senkte den Blick auf die stachelige Tischplatte, „es ist mir echt unangenehm. Wie ich heute Morgen in deinem Zimmer aufgewacht bin, hab ich's im ersten Moment gar nicht kapiert. Ich hoffe, ich hab mich nicht zu blöd benommen."

Ich schüttelte den Kopf.

Er verzog den Mund. „Hab ich … was geredet?"

„Nein, hast du nicht."

„Gut. Ich meine, ich bin sonst nicht so."

Er brach ab und änderte seinen Tonfall. „Ich war heute Vormittag im Tonstudio, aber es hat nichts gebracht. Was hab ich mir nur dabei gedacht, nicht bei dir zu sein? Dein erster Job und dann noch hier, wo ich doch weiß, wie die sind. Angie, du bist nicht die Erste, die sie rausgeschmissen haben. Das ist schon oft passiert. Nur hab ich gedacht, diesmal wird es anders."

„Hm? Wieso?"

„Naja, ich dachte, bei dir wären sie nicht so, weil du einfach echt gut bist."

Ich seufzte, auch wenn das, was er da gesagt hatte, mein Herz ein ganz kleines bisschen schneller schlagen ließ.

„Du meinst, die anderen waren noch schlechter? Das kann nicht sein, weil dann hätten sie stumm sein müssen! Ich hab doch nicht mal einen einzigen normalen Satz rausgebracht. Also, dass es gestern so gelaufen ist, ist sicher nicht deine Schuld, Charlie."

Er sah mich überrascht an. „Charlie?"

„Es ist, also, ich weiß, dass du Toni heißt, aber seit ich dich das erste Mal gesehen habe, heißt du für mich Charlie. Wegen dem Charlie Brown T-Shirt."

Ein sehr süßes Lächeln breitete sich auf seinem Gesicht aus und er sagte: „Charlie. Das gefällt mir."

Die Musik war für einen Moment verklungen und ein lautes Brummen war zu hören. Ich erstarrte und drückte mit der Hand auf meinen Magen, der da eben geknurrt hatte.

„Ich hab heute noch nichts gegessen", sagte ich verlegen.

„Dann sollten wir das jetzt tun", antwortete Charlie-Brown-Toni und holte die Speisekarte von der Bar. Und ich stellte verwundert fest, dass plötzlich mein *Body-active-Deo* einen unglaublich starken Magnolienduft verbreitete.

****

***Fegefeuer, zur gleichen Zeit***

Rache!

Es war der einzige Wunsch, den Urian Hämmerlein jetzt noch hatte.

Langsam rollte er sich auf der schwarzen Chaiselongue zur Seite und starrte auf die zwei kleinen Kätzchen, die vor ihm herumtollten. Sie schienen ihn gar nicht zu bemerken, so beschäftigt waren sie mit ihrem Spiel.

„Ava Gardner! Wie hat sie es wagen können?", jammerte er zu den Kätzchen. „Und Aristoteles, der Idiot, hat ihr auch noch geglaubt! Der Plan mit Capone – alles umsonst! Hätte ich es nur alleine in die Hand genommen. Das habe ich nun davon, mich mit einem Amateur einzulassen! Das Abstimmungsrecht, das

Okular … alles weg. Nein, sie dürfen nicht so davonkommen – ich will Genugtuung.“ Er setzte sich auf und kratzte sich gedankenverloren über den Bauch. „Ich werde nicht eher ruhen, bis ich Aristoteles und Ava Gardner unter meinen Fittichen habe – als miauende Insassen des Fegefeuers. Koste es, was es wolle! Wenigstens um Sinatra brauche ich mir keine Sorgen mehr zu machen, den habe ich schon. Mit Sicherheit.“

Die Kätzchen waren unbeeindruckt von diesem Vortrag, sie stupsten sich gegenseitig mit den Köpfen und schmiegten sich schnurrend aneinander. Blitzschnell, ohne dass sie Zeit hatten zu reagieren, sprang Urian Hämmerlein auf und schnappte nach ihnen. Das ist es, dachte er, als er in beiden Händen die strampelnden, schreienden Tiere hielt.

Er musste zuschlagen, wenn sie es nicht erwarteten, sich in Sicherheit wogen und nicht mit einem Hinterhalt rechneten.

Er hielt inne. Diese Sache war zu groß für ihn alleine. Er war klug genug, um zu wissen, wann er Hilfe brauchte.

Er öffnete seine Hände und mit einem leisen Platschen fielen die leblosen Tierkörper auf den schwarzen Steinboden.

Dann atmete er tief ein, unterdrückte die Angst, die in ihm aufstieg, und schrie so laut, dass die Wände des Fegefeuers erzitterten: „PAPAAAAAA.“

## 23 I Won't Dance

Ich öffnete die Tür meines Hotelzimmers. Durch den schwachen Lichtschein, der vom Gang hereinfiel, sah ich sofort den Strauß rosa Tulpen auf dem Tisch beim Eingang. Ich griff nach der Karte, die daneben lag, und hielt sie ins Licht.

„Danke für die Katastrophenhilfe, Toni."

Rasch trat ich zurück in den Hotelgang. Doch Charlie Brown-Toni war bereits in seinem Zimmer verschwunden.

Wir hatten den ganzen Abend in der Bar verbracht, ich hatte ihm ausführlich von der Sache im Tonstudio erzählt und er hatte mir immer wieder versichert, dass es nicht meine Schuld war. Nach einem Clubsandwich und einer Mousse au Chocolat fühlte ich mich wenigstens körperlich ein wenig besser. Vielleicht hat es auch an Charlie gelegen, dachte ich, doch ich schob den Gedanken rasch wieder beiseite. Aber trotzdem war es merkwürdig, wie vertraut er mir war und wie leicht es sich anfühlte, mit ihm zu reden.

„Hast du Lust, morgen gemeinsam zu frühstücken?", hatte er mich gefragt, als wir in unserem Stockwerk aus dem Lift stiegen.

Wir verabredeten uns für den nächsten Vormittag um neun Uhr und ich war auf mein Zimmer gegangen.

„Bitte, sei da", flüsterte ich, als ich die Tür hinter mir schloss und das Licht anknipste. Obwohl ich damit gerechnet hatte, traf es mich doch wie ein Schlag. Ich war alleine.

Ich lehnte mich an die Wand, legte meinen Kopf in den Nacken und flüsterte zur Zimmerdecke: „Du fehlst mir so."

****

*Unterdessen im Fegefeuer*

„Was gibt es“, hallte die gewaltige Stimme des Teufels aus jedem Stein in den Wänden des Fegefeuers. Alle Katzen erstarrten in diesem Moment in ihren Bewegungen, als wären sie schockgefroren.

„Papa“, begann Urian Hämmerlein leise, „ich … ich brauche deine Hilfe. Kannst du vorbeikommen?“

„NEIN! Du musst endlich auch einmal was alleine schaffen! Urian, ich kann nicht immer alles für dich machen“, donnerte es ohrenbetäubend und Urian Hämmerlein zuckte zusammen.

„Papa, bitte, ich brauche diesmal wirklich deine Hilfe!“, jammerte der kleine untersetzte Mann und schürzte die Unterlippe.

„Ich sagte NEEEIN“, donnerte es wieder, diesmal noch lauter.

„Ich würde dich nicht bitten, wenn es diesmal nicht wirklich wichtig wäre“, heulte Urian Hämmerlein und stampfte mit dem Fuß auf.

„Was hast du jetzt schon wieder gemacht?“

„Ni – ni – nichts!“

„Ni, ni, nichts. Hör sich dich einer an! Und so was ist der Sohn des Teufels.“

„Wenn du mir nicht hilfst, gehe ich zu meinem Onkel“, sagte Urian Hämmerlein hastig.

„Wage es ja nicht“, zischte die Stimme des Teufels, „also gut! Dann hole ich dich eben her.“

Urian Hämmerlein wollte noch etwas erwidern, doch schon löste er sich in Luft auf.

****

Charlie wartete in der Lobby auf mich, als ich am nächsten Morgen aus dem Aufzug stieg. Ich war so müde und niedergeschlagen, dass ich bei der Fahrt hinunter beschlossen hatte, gleich nach dem Frühstück wieder aufs Zimmer zu gehen. Ich konnte keine Ruhe finden und hatte mir im Fernsehen zuerst *Bernd das Brot* angeschaut, in der Hoffnung, er würde mich einschläfern. Doch dann ging sogar Bernd schlafen und ich saß weiter im Bett und starrte vor mich hin. Irgendwann, zwischen sechs und sieben Uhr morgens, hatte ich dann aufgehört, bei jedem kleinsten Geräusch im Zimmer im Bett hochzufahren und nach Frank Sinatra zu fragen, und war eingedöst.

Das Frühstück wurde in der Bar serviert. Die Theke war hinter einem hellen Jalousienverbau verschwunden und Sonnenlicht drang durch die hohen, schmalen Fenster, die gestern noch durch Chromabdeckungen versteckt waren. Die Stacheldrahttische waren zugedeckt mit weißem Damast und ein Durcheinander von menschlichen Stimmen, Geschirrgeklapper und den Geräuschen der großen Espressomaschine erfüllte den Raum.

„Was möchtest du?", fragte Charlie und winkte einem Kellner.

„Cappuccino. Zwei. Wenig Milch, viel Espresso", sagte ich und stützte meinen Kopf ab.

„Schlechte Nacht gehabt?"

Ich nickte nur.

„Willst du etwas essen?", fragte er und deutete zum Buffet. Ich zuckte mit den Schultern und rieb mir die Augen.

Charlie stand auf und ging zum Buffet, der Kellner kam und stellte die drei vollen Tassen auf den Tisch. Nachdem ich den ersten Cappuccino ausgetrunken hatte, kam Charlie mit zwei Tellern zurück und stellte einen davon vor mich. Zwei Croissants lagen darauf.

„Eines Vanille, eines Schokolade“, sagte er, nahm einen Schluck Cappuccino und sah mich mit seinen grünen Augen über den Tassenrand an.

Ich musste lächeln und sagte: „Danke – Charlie.“

Er fing an zu grinsen und lehnte sich in seinem Sessel zurück. „Was machst du eigentlich sonst so, Angie?“

„Es tut mir leid, aber wir schließen jetzt“, sagte der Kellner und räumte meinen fünften und Charlies dritten Kaffee ab.

„Oh, schon ein Uhr“, sagte Charlie überrascht und hob die Augenbrauen.

„Wirklich?“ Es war mir nicht wie vier Stunden vorgekommen.

Wir standen auf und ich wollte gehen, doch er hielt mich zurück. „Angie, ich weiß nicht, wie ich das sagen soll ...“

Oh Gott, was würde er mir jetzt sagen? Dass ich gefeuert bin, bevor ich überhaupt angestellt war? Die ganze Zeit hatte ich vermieden, das Thema anzuschneiden. Aber mit Sicherheit wusste Herbert Müller schon die ganze Sache, wenn ich Glück hatte, dann würde ich wenigstens nicht zur Kasse gebeten werden, für die Reise nach Berlin. Ob mich die Versicherung wohl wieder nehmen würde? Wohl nicht, nach der Sache mit Moni.

„Ja?“, krächzte ich.

Er sah zu Boden, und ich schluckte.

„Es lässt mir einfach keine Ruhe“, fing er an und legte die Stirn in Falten, „ich muss die ganze Zeit an diese Idioten vom Tonstudio denken. Es macht mich noch ganz irre, aber ich kann es einfach nicht lassen. Wie sie dich behandelt haben. Und wie sie es immer tun, glauben sie sind die Herrscher der Werbebranche. Es ist einfach zum Kotzen. Echt zum Kotzen!“ Plötzlich hielt er inne und starrte mich an.

„Was ist denn?“, fragte ich unsicher.

Er lachte auf. „Das ist es! Es ist zwar ... aber ...!“

Ich verstand kein Wort, aber er war schon zur Tür gelaufen, drehte sich um und rief mir zu: „Wartest du draußen beim Eingang auf mich? Ich muss nur in die Apotheke nebenan, bin gleich wieder da.“

Ich sah ihm nach, wie er, flott wie ein Hase, um die Leute in der Lobby Haken schlug und an ihnen vorbei durch die große Eingangstüre lief.

Gedankenverloren trottete ich ihm nach. Der junge Mann mit schwarzem Zylinder und dunkelroter Hotel-Uniform, den ich gestern angeschluchzt hatte, war gerade dabei, Koffer aus einem Taxi zu laden. Ich drehte mich weg und hoffte, er würde mich nicht sehen.

„Da bin ich wieder“, sagte Charlie hinter mir, „komm, wir nehmen gleich das Taxi hier.“

„Potsdamer Platz, bitte“, sagte er, als wir eingestiegen waren. Ich erstarrte.

„Wieso fahren wir dahin?“, fragte ich panisch, als sich das Auto in den Verkehr eingereiht hatte und mir wieder eingefallen war zu atmen.

Er griff in seine Jackentasche, zögerte und ließ die Hand darin stecken. „Ich weiß, es ist total kindisch. In der Schule wollten ein Freund und ich so was mal bei einem Lehrer machen, aber wir haben uns damals nicht getraut. Ich schätze, jetzt bin ich groß genug.“

Er holte eine große bedruckte Medikamentenschachtel hervor und hielt sie mir hin.

„Dulkisal Natur – Abführmittel bei Darmträgheit. Dulkisal Natur enthält nur natürliche Inhaltstoffe: Sauerkraut, Bittersalz, Apfelessig und Dörrpflaumen. Dank seiner schonenden Verabreitung sorgt Dulkisal Natur effektiv für eine effiziente

Darmentleerung. Dulkisal Natur wirkt sofort und ist vollkommen geschmackneutral", las ich und fragte: „Und?"

„Es ist ein Pulver. Und wir mischen es ihnen unter. Vielleicht statt Zucker, mal sehen."

„Das meinst du doch nicht ernst?"

„Oh doch, und wie", antwortete er und schüttelte die Schachtel.

„Aber ... aber – das geht doch nicht. Und überhaupt, wie willst du das denn machen?"

„Darüber machen wir uns Gedanken, wenn wir dort sind."

„Charlie, das können wir nicht tun." Vor meinem geistigen Auge tauchten die wahnsinnig dünne Frau und der noch dünnere Mann auf. Und der Rest der Belegschaft hatte auch nicht viel mehr auf den Rippen.

„Die werden sicher daran sterben, so dünn, wie die alle sind."

Er schüttelte den Kopf. „Wir nehmen nur ganz wenig davon, so dass nichts passiert, also, nicht allzu viel passiert. Gerade genug, dass Montezumas Rache zuschlägt. Oder besser – unsere." Er grinste mich breit an.

„Okay", sagte ich, während sich ein zarter Magnolienduft im Taxi ausbreitete.

****

***Etwa zur selben Zeit, in Italien, im Vorzimmer des Präsidenten***

Als Urian Hämmerleins Blick wieder klar wurde, sah er auf ein schwarzes Stück Stoff vor seinen Augen. Er blickte daran hoch. Das Stück Stoff stellte sich als Anzug heraus, in dem ein schlanker, athletischer Mann mit schwarzen langen Haaren steckte. Seine Augenbrauen waren über den Augen zu einem dicken Balken zusammengewachsen und sein Mund war verzogen, als hätte er gerade etwas Schlechtes gegessen.

„Bist das du, Papa?", flüsterte Urian Hämmerlein.

Der Mann grinste und schüttelte sehr langsam den Kopf.

„Neine, ische passe hier auf deine Papa auf. Ist eine wichtige Mann auf die Erde, deine Papa", sagte er mit italienischem Akzent, trat einen Schritt zurück und ließ seine Augen an Urian Hämmerlein hinuntergleiten. „Und du biste also die Sohn! Die Versager, die bekomme hat die Versorgunsposte in die Fegefeuer, weil er zu nichtse Nutze ist. Hat mir deine Papa erzählt." Der Italiener grinste höhnisch.

„Und due weisste schone", äffte Urian Hämmerlein den Italiener nach, „dasse iche diche auf der Stelle umbringen kann und du dann für den Rest deines kläglichen Daseins in meinem Fegefeuer eingesperrt wärst?"

Der Italiener verzog seinen Mund zu einem noch größeren Grinsen.

„Das wird deine Papa aber nicht gefalle. Hat gesagt, er wünschte, ich wäre seine Sohn, statt du missratene einzige Kind. Eine Sohn, der keine Mumm in die Knoche hat. Der immer zu seine Papa gelaufe kommt, wie eine kleine Baby!"

Urian Hämmerlein schloss vor Wut seine Augen und unterdrückte die Mordlust, die von jedem Zentimeter seines Körpers Besitz ergriff. Seine Finger zuckten, kleine Rauchwölkchen stiegen aus seinen Ohren. Nur ein Griff und der italienische Bodyguard seines Vaters wäre tot.

„Also, was gibt es?", hörte er aus der Tür neben sich die vertraute gewaltige Stimme seines Vaters.

„Heute ist dein Glückstag", flüsterte Urian Hämmerlein dem Italiener zu, der ihn abfällig betrachtete, und ging durch die Tür.

Auf einem riesengroßen rosefarbenen Himmelbett mit Baldachin saß ein Mann um die sechzig, umgeben von dicken Satinpolstern. Er trug einen hellblauen Seidenpyjama, der die Solariumbräune seiner lederartigen Haut noch mehr hervorhob.

„Papa?", fragte Urian Hämmerlein und streckte den Kopf vor. Der Anblick seines Vaters machte ihm sogar Angst, wenn dieser die harmlose menschliche Gestalt eines vertrockneten Gigolos angenommen hatte.

Das weiße ebenmäßige Gebiss des Mannes auf dem Bett blitzte auf.

„Nenn mich nicht Papa, ich bin jetzt Präsident", antwortete der Teufel stolz und fuhr mit der Hand durch seine schütteren rotbraunen Haare, „also, was willst du? Ich habe nicht viel Zeit. Ich habe nachher ein Rendezvous mit einer jungen Dame und muss mich dann noch um das Programm des staatlichen Fernsehsenders kümmern. La Dolce Vita … also, wieso brauchst du schon wieder meine Hilfe?"

„Ich will Rache", sagte Urian Hämmerlein laut und blickte in das gelangweilte Gesicht des Teufels.

## 24 Come Rain Or Come Shine

Das Taxi hielt vor dem modernen Bürokomplex und wir stiegen an derselben Stelle aus wie schon vor zwei Tagen. Das große dunkle Gebäude schaute auf mich herab und mein ganzer Mut und Enthusiasmus von vor zwei Minuten war verflogen.

„Oh Gott, sollen wir da echt rein? Wenn das wer mitkriegt, das kann dich deinen Job kosten. Komm, lass uns wieder gehen", sagte ich.

„Du musst nicht mit, wenn du nicht willst", sagte er, ging zielstrebig durch die Tür und ich trippelte ihm mit klopfendem Herzen hinterher.

Er stieg in den Lift, und als ich sah, dass er den Knopf der Gegensprechanlage gedrückt hatte, sprang ich auch hinein. Hinter mir schlossen sich die silbernen Aufzugstüren und wie damals meldete sich wieder die Frauenstimme. Als sie ihren Text fertig gesprochen hatte, fragte Charlie mit fester Stimme: „Wer spricht da? Bist das du, Jasmin?"

Einen Moment lang war Stille, dann kam zögerlich die Antwort: „Ja, wer ist da?"

„Ich bin's, Toni, der aus Wien, vom Tonstudio Müller."

Augenblicklich setzte sich der Lift in Bewegung und wir fuhren hoch.

Als die Lifttüre sich im Stockwerk des Tonstudios öffnete, stand die junge Frau mit den kurzen roten Haaren, der Nickelbrille und der gepiercten Unterlippe vor uns.

„Was willst du hier, Toni?", fragte sie und sah dann überrascht zu mir. „Oh hallo, Sie sind ja auch da." Das war also Jasmin.

„Du dürftest eigentlich gar nicht hier sein, Toni", fuhr sie flüsternd fort, „Du weißt doch, dass die nicht mit dir reden werden. Ich hab, nach deiner Brüllerei gestern, sogar die Anweisung bekommen, dich nicht noch mal rauf zu lassen."

„Können wir irgendwo reden, wo wir ungestört sind?", fragte Toni leise.

Jasmin blickte sich um. Die Eingangshalle war leer, aus einiger Entfernung hörte man Stimmengewirr. Sie deutete mit einer Kopfbewegung in den Teil des Stockwerks, in dem sich das Tonstudio befand.

„Sind alle im Studio drüben. Sogar der Oberboss ist seit gestern Abend hier. Wir können in die Küche gehen, da kommt nie einer rein."

Wir folgten ihr, vorbei an der Glasfront, in einen kleinen Raum um die Ecke. Die Küche war spartanisch eingerichtet. Ein weißer Mini-Kühlschrank, ein billiger Plastik-Wasserkocher, eine Mikrowelle und eine Kapsel-Kaffeemaschine waren alles, was sich darin befand. In der Mitte stand ein schwarzer Plastik-Tisch mit zwei dazu passenden Plastik-Klapp-Sesseln. So schön und edel dieses ganze Gebäude auch war, diese Küche litt an Vernachlässigung und war von den Innenarchitekten anscheinend keines Blickes gewürdigt worden.

Jasmin setzte sich hin und verschränkte die Arme.

„Also?", fragte sie und hob die Augenbrauen, wodurch ihre Brille die Nase hinunterrutschte.

„Nehmen sie denn heute die Werbung auf?", fragte Toni und lehnte sich an die Mauer.

„Ja, deshalb sind ja alle da. Sie haben sich gestern Abend für eine entschieden, aber keine Ahnung, wie lange die es noch macht. Die Stärkung hat sie jedenfalls angenommen. Seither spricht sie nur allen zu schnell." Sie verdrehte die Augen und wendete sich zu mir. „Ich hab's übrigens toll gefunden, dass du es nicht genommen hast. Gibt nicht viele …"

Ich spürte, wie mir das Blut in die Wangen schoss und murmelte etwas, das ich selber nicht verstand.

„Wir brauchen deine Hilfe Jasmin", sagte Toni und zog die Packung Dulkisal Natur aus seiner Jackentasche. „Für die nächste Kaffeepause", fügte er hinzu und hielt ihr die Schachtel vors Gesicht.

Jasmin stieß ein enttäuschtes Lachen aus und schüttelte den Kopf. „Das ist eine tolle Idee, nur wird sie leider nicht funktionieren. Schau mal hier."

Sie stand auf und öffnete die Tür des Regals über dem Mini-Kühlschrank. Darin standen, übereinandergestapelt, circa zwanzig Dulkisal Natur Schachteln und zwei offene Dulkisal-Natur-Gläser ohne Verpackung.

„Die leben praktisch von diesem Zeug. Jeden Tag darf ich ihnen einen Orangensaft mit einem Löffel davon am Vormittag, nach der Mittagspause und einen am späten Nachmittag bringen. Zuerst essen sie fast nichts und dann schlucken sie auch noch diesen Mist. Was denkt ihr, warum die alle so dünn sind?"

Toni ließ die Schultern hängen und setzte sich auf einen der schwarzen Plastik-Stühle. Er stützte den Kopf ab und schaute mich an.

„Wie sieht dieses Zeug eigentlich aus?", fragte ich gedankenverloren.

„Was meinst du?"

„Na dieses Abführzeug, wie schaut das aus?"

Jasmin griff nach einem Glas und öffnete es. Es waren kleine hellbraune Pulverklumpen, nicht größer als Kieselsteine. Charlie roch daran und schüttelte den Kopf.

„Riecht nach gar nichts. Also sehr natürlich kann das ja nicht sein."

Er fuhr sich mit der Hand über die Stirn und kniff die Augen zusammen, als würde er angestrengt nachdenken. Dann riss er plötzlich den Kopf hoch und rief: „Gebt mir zehn Minuten, ich komm gleich wieder. Angie, wartest du hier?"

Ich nickte, und schon war Charlie aus der Küche gelaufen und ließ Jasmin und mich zurück.

„Tut mir leid, dass es mit dem Job nicht geklappt hat", sagte sie und sah mich an.

„Ja, mir tut's auch leid."

„Toni hat gestern ganz schön getobt. Ist hergekommen und hat geschimpft, dass sie so jemanden wie dich gar nicht verdient haben. Hat nur noch das weiße Pferd gefehlt!"

„Welches weiße Pferd?"

„Hach, du weißt schon. Er war wie der Prinz, der die holde Maid verteidigt", lachte Jasmin und deutete auf die Kaffeemaschine. „Möchtest du vielleicht jetzt einen Kaffee? Einen echten."

Ich war so perplex, dass ich automatisch nickte und ihr wie in Trance zusah, wie sie den Kaffee machte.

Kaum war er fertig, läutete es draußen. Sie stellte die dampfende Tasse vor mich auf den Tisch und verließ die Küche. Langsam sickerte das, was Jasmin gesagt hatte, in mein Hirn. Hatte er wirklich mich verteidigt? Oder ging es dabei nicht eher um den Ruf des Tonstudios Müller? Ich schob diese Gedanken zehn Minuten hin und her, dann läutete es draußen wieder und kurze Zeit später kamen beide wieder in die Küche. Er hatte eine volle Tragetasche aus einem Supermarkt mit und stellte sie auf dem Plastik-Tisch ab.

Dann fischte er einen kleinen Karton heraus, auf dem *Soßenbinder* stand, und öffnete die Verpackung. Er leerte ein bisschen davon auf seine Hand.

„Na, was sagt ihr?", fragte er und hielt es uns unter die Nase. Der Soßenbinder bestand aus winzigen hellbraunen Pulverklumpen und sah dem Dulkisal-Natur zum Verwechseln ähnlich. Ich schnupperte daran, dieser Soßenbinder roch auch nach absolut gar nichts. „Was ist da drin?“, fragte ich und Charlie antwortete triumphierend: „Nichts weiter als Weizenmehl und Fett. Sehr viel Fett!“

Ohne ein weiteres Wort darüber zu verlieren, griff Jasmin nach dem offenen Dulkisal-Natur Glas, leerte den Inhalt in den Ausguss der Spüle und nahm Charlie die Soßenbinder-Packung ab. Dann füllte sie dessen Inhalt in das Glas und schraubte es wieder zu. Mit einem breiten Grinsen hielt sie es hoch, als wäre sie die Freiheitsstatue und das Abführmittel-Glas in ihrer Hand die brennende Fackel.

„Mein Gott, von so was hab ich echt schon geträumt, das ist fantastisch!“

Sie nahm alle Abführmittel-Gläser aus dem Schrank und baute sie vor uns auf dem Tischchen auf. Nach einer halben Stunde hatten wir den Inhalt aller Dulkisal–Natur-Gläser hinuntergespült. Die Abflussrohre hätten jetzt sicher nie wieder Verstopfung.

Stattdessen war nun jedes einzelne Glas mit Soßenbinder befüllt und stand wieder fest verschraubt in dem Regal über dem Kühlschrank, als wäre es nie angerührt worden.

„Das ist ein Gefühl wie Weihnachten, Ostern und Geburtstag zusammen“, sagte Charlie , als wir vor dem offenen Schrank standen und unser Werk bewunderten.

„Und das auch noch ohne Verwandtschaft“, fügte Jasmin hinzu.

Jasmin führte uns zum Lift in den Vorraum. Gerade als sie Charlie auf die Schulter klopfte, hörten wir plötzlich eine laute Stimme, die aus der Richtung des Tonstudios kam.

„Oh nein, die sind schon fertig“, zischte Jasmin und drückte auf den Knopf, um den Lift zu rufen. Jetzt waren auch schon Schritte zu hören und sie kamen immer näher. Wir verstanden nur Wortfetzen. Eine sehr laute Frauenstimme war herauszuhören, die das zehnfache Sprechtempo hatte, als wäre sie auf Schnell-Vorlauf gestellt. Verzweifelt sahen wir uns an. Der Lift war noch nicht da und der Weg zur Treppe war durch die herannahende Truppe versperrt. In ein paar Augenblicken würden sie um die Ecke biegen und uns sehen.

Jasmin nickte uns kurz zu, nahm einen tiefen Atemzug und lief dann um die Ecke, der dünnen Frau und dem dünnen Mann entgegen. Wir hörten einen kurzen Schrei, dann so was wie ein Klatschen, und im nächsten Moment Jasmin, die aufgeregt sagte: „Oh, es tut mir ja so leid, ich hab Sie gar nicht kommen sehen."

„Passen Sie doch auf", sagte eine gereizte Frauenstimme.

Charlie und ich starrten auf die Aufzugstüre, die sich noch immer nicht öffnete.

„Scheiße, das ist nicht gut, Jasmin kriegt Ärger", sagte er und drückte ununterbrochen auf den Knopf, um den Lift zu rufen. Die Stimmen wurden lauter. Die Schritte kamen näher. Ich blickte panisch zu ihm. Doch er hatte sich bereits umgedreht.

„Hallo", sagte ich mit zittriger Stimme und drehte mich zu den zusammengekniffenen Gesichtern der dünnen Frau und des noch dünneren Mannes um.

****

### *Unterdessen in Italien, im Schlafzimmer des Präsidenten*

„Und das soll funktionieren?" Urian Hämmerlein runzelte die Stirn. Fast hätte er gelacht, so grotesk fand er den Rat, den sein Vater ihm eben als Lösung seines Problems gegeben hatte.

Der Teufel in Gestalt des italienischen Präsidenten bleckte grinsend sein weißes Gebiss und antwortete: „Ich kenne die

Menschen, wie kein Zweiter. Na gut, wie gesagt, es gibt noch meinen Bruder, der kennt sie auch so gut, aber der war ja noch nie ein Realist. Glaubt immer noch an das Gute im Menschen, blablabla! Wenn du willst, dass deine Rache funktioniert, dann mach das, was ich dir eben gesagt habe. Glaube mir, die Sache wird wie von alleine laufen. Nur weil Ava Gardner und Aristoteles tot sind, heißt das noch lange nicht, dass sie sich nicht wie Menschen verhalten."

Urian Hämmerlein verzog den Mund zu einem gequälten Lächeln. Er brauchte jetzt seinen ganzen Mut.

„Aber, Papa, meinst du nicht vielleicht …"

Noch ehe er den Satz beendet hatte, wurde er von einer unsichtbaren Kraft quer durchs Zimmer geschleudert und krachte auf die antike Rokoko-Kommode in der Ecke.

„Du Nichts, du nervst mich mit deinen kleinen Problemen und dann wagst du es, meinen Rat infrage zu stellen?", hörte er die dröhnende Stimme seines Vaters, ehe er im nächsten Moment wieder von der unsichtbaren Kraft hochgeschleudert wurde.

Sein dicker Bauch blieb wie ein Magnet an dem weißen Stuck an der Decke kleben, er drehte und drehte sich, wie ein Kreisel. Das boshafte Lachen des Teufels klang in seinen Ohren. Dann plötzlich ließ der Magnet nach, er fiel und schlug hart am Boden auf.

Er öffnete ängstlich die Augen. Statt der pastellrosa Textiltapete sah er auf das schwarze, glänzende Mauerwerk des Fegefeuers. Er richtete sich langsam auf und die Katzen, die neugierig herangekommen waren, liefen auseinander. Die Wut stieg in ihm auf, wie eine Welle, die ihn zu ertränken drohte. Er hätte es wieder besser wissen müssen! Aber jetzt war es zu spät. Er konnte nur noch hoffen, dass sein Vater recht hatte, denn ob er wollte oder nicht – er hatte keine Wahl.

## 25 My Heart Stood Still

Vor uns standen die dünne Frau, der dünne Mann und eine Menge perfekt aussehender Menschen. Sie alle umringten einen Koloss von einem Mann in einem hellen Anzug. Neben diesen mageren Leuten wirkte er noch übermächtiger, als es wahrscheinlich unter normalen Menschen den Anschein gehabt hätte. Er überragte alle und sah aus, als wäre er direkt aus einem Gladiatoren-Film entsprungen und in einen Armani-Anzug geschlüpft.

Das linke Auge der dünnen Frau zuckte nervös, sie warf dem dünnen Mann einen erschreckten Blick zu und drehte sich zu dem Koloss-Mann um.

„Herr Flehming, wollen Sie nicht noch einen Sprung mit in mein Büro kommen“, raunte sie, und strich sich dabei mit weiter zuckendem Auge über ihr nicht vorhandenes Dekolletee, „und wir begießen die geglückte Aufnahme mit einem Glas Champagner?“

Der Koloss-Mann hob die Augenbrauen, schüttelte den Kopf und kam auf uns zu.

„Haben Sie schon den Lift gerufen?“, fragte er in unsere Richtung. Charlie sagte nichts, sondern starrte die dünne Frau nur böse an. Ich versuchte ein „Wir-sind-vollkommen-unschuldig-und-nur-zufällig-hier“-Gesicht zu machen und antwortete: „Ja, es kann nicht mehr lange dauern, er muss jeden Augenblick hier sein.“

Der Koloss kräuselte die Stirn, beugte sich einen Meter zu mir herunter und schaute mich an.

„Sagen Sie das noch einmal. Bitte.“

Ich wiederholte meinen Satz genauso, wie ich ihn eben gesagt hatte, mit dem Unterton der leisen Panik, in die ich gerade verfiel. Er nickte bedächtig, richtete sich wieder auf und drehte sich langsam zu der dünnen Frau um.

„Diese Dame hier ist nicht zufällig die Sprecherin, die laut Ihrer Aussage gar nicht mehr in Berlin ist?"

Die dünne Frau fing an nervös zu lachen: „Also, wissen Sie, Herr Flehming, es war doch, also ja, also, ihre Probeaufnahme, wie gesagt, also, sie war doch katastrophal ..."

Der Koloss-Mann unterbrach sie mit einem lauten „Nein", das alle Umherstehenden zusammenzucken ließ.

„Ich habe Ihnen sehr genau gesagt, dass ich diese Sprecherin will, trotz der verpatzten Probeaufnahmen. Herr Müller aus Wien hat mir ihr Demoband geschickt und meine Anweisungen waren klar und deutlich. Oder etwa nicht?"

Die dünne Frau wirkte auf einmal gar nicht mehr so bedrohlich und mächtig wie vor ein paar Minuten. Ihr Kopf bewegte sich, als würde er nur sehr locker auf ihrem Hals sitzen, wie bei einem Wackeldackel auf einem Armaturenbrett. Ein stummes „doch" kam über ihre Lippen.

„Dann frage ich mich, warum Sie beide mich belogen haben, als Sie sagten, sie wäre schon nach Wien abgeflogen und wir hätten keine Zeit mehr, sie erneut einfliegen zu lassen."

Er sah abwechselnd zu der dünnen Frau und dem dünnen Mann, die aber nichts erwiderten.

„Wissen Sie, was Sie getan haben? Nicht nur, dass Sie sich, wie ich sehe, gar nicht darum gekümmert haben, Sie haben mir auch noch vorsätzlich etwas Falsches gesagt. Sie haben dieses Projekt, ich kann es nicht anders sagen, unglaublich verschissen. Das wird ein Nachspiel haben. Für Sie beide."

Dann drehte er sich wieder zu mir. Meine Knie zitterten und ich erwartete, dass er mich nun auch zusammenbrüllen würde.

„Schade, ich hätte Sie wirklich gerne gehabt für diese Serie. Aber die Aufnahmen sind im Kasten und wir sind mit den Terminen einfach schon zu knapp. Da lässt sich leider nichts mehr machen. Aber gerne ein anderes Mal."

Er streckte mir seine Hand entgegen und im selben Moment war das „Ping" der Lifttüre zu hören, die sich öffnete. Ich stand da mit offenem Mund, während er meine Hand schüttelte.

Der Koloss-Mann stieg in den Lift, drehte sich noch mal um und sah die dünne Frau und den dünnen Mann mit einem eisigen Blick an.

In der nächsten Sekunde schlossen sich die silbernen Schiebetüren und der Lift setzte sich mit einem leisen Surren in Bewegung.

Kaum war er verschwunden, gab die dünne Frau einen Quietschlaut von sich, drehte sich auf ihren schmalen Absätzen um und verschwand um die Ecke. Der dünne Mann folgte ihr wie ein kleiner dunkler Dackel.

Langsam löste sich auch die Ansammlung der restlichen schönen Menschen auf und sie flüchteten leise flüsternd in ihre Büros. Zurück blieben Jasmin, Charlie und ich.

„War das der Oberboss?", fragte Charlie und drehte sich zu Jasmin.

„Oh ja, das war er. Rainer Flehming, der Oberboss", antwortete sie, während sie noch immer auf die geschlossene Aufzugstüre starrte.

„War das eben echt, oder hab ich mir das eingebildet?", fragte ich Charlie, als wir uns von der perplexen Jasmin verabschiedet hatten und mit dem Lift hinunterfuhren.

„Also, ich hab mit vielem gerechnet, aber damit nicht", sagte er und fing an zu lachen. Und plötzlich machte sich eine große

Hoffnung in mir breit: Vielleicht war das nicht zufällig passiert, vielleicht war es Frank Sinatra gewesen, er wäre da, hätte mir verziehen und alles wäre wieder gut.

Kaum hatten sich die Türen des Aufzugs geöffnet, spurtete ich los, blickte mich rasch in der Eingangshalle um und lief dann auf die Straße.

„Angelika, was ist denn?“, rief mir Charlie hinterher.

„Gleich“, rief ich zurück und flehte, „bist du da? Bitte sei da, bitte, bitte, sei da.“

Ich suchte die Umgebung ab. Der Büroschluss-Verkehr hatte eingesetzt, viele fremde Menschen waren mit ihren Aktenkoffern und Laptops unterwegs, aber er war nirgends zu entdecken. Charlie hatte mich eingeholt.

„Suchst du wen?“, fragte er. Ich öffnete ertappt den Mund, aber mir fiel nichts ein.

„Herrn Flehming?“, fragte er nach und ich nickte dankbar. Er sah sich um.

„Ist wohl schon weg“, murmelte ich und schluckte schwer. Charlie sah mich nachdenklich an.

„Wieso wolltest du ihn denn sprechen?“

„Ich äh, also ...“ In meinem Hirn hatte sich eine Wüstenlandschaft ausgebreitet. „Äh, also, äh ...“

„Du wolltest gar nicht Herrn Flehming sprechen, oder?“

Ich riss die Augen auf, so überrascht war ich. „Ähm, also, es ist, es geht ...“ Ich rang nach Worten.

„Es geht mich nichts an“, vollendete Charlie den Satz.

„Nein, das wollte ich nicht sagen, es ist, es ist kompliziert.“ Und verrückt und überhaupt, schob ich in Gedanken nach und seufzte.

„Da sind wir schon zwei, bei denen es kompliziert ist.“

„Wie meinst du das?“

Er zögerte. „Naja, ich bin nicht wirklich gerne hier.“

„Oh." Ich schaute betreten zu Boden und trat von einem Fuß auf den anderen.

„Nein, Angie, versteh das jetzt nicht falsch, das hat gar nichts mit dir zu tun. Im Gegenteil." Er hatte wieder dieses Lächeln, das seine Augen nicht erreichte. „Es ist nur, also ich mag Berlin nicht besonders."

Ich sagte: „Oh, verstehe", obwohl ich gar nichts verstand.

„Ach, Scheiße, eigentlich sollten wir uns freuen über die Sache eben."

Ich machte „Mhm" und knabberte an meiner Unterlippe. „Hotel?", fragte er und ich nickte. „Vorher was essen?", fragte er und ich nickte wieder.

„Da gibt es einen guten Griechen, wir können zu Fuß hingehen", sagte Charlie und deutete in Richtung Potsdamer Straße.

Das Lokal lag in einer Seitenstraße. Es war laut und voll, überall an den Tischen saßen große griechische Familien, die sich schreiend unterhielten. Es kam mir vor, wie eine griechische Bahnhofskantine zur Rush-Hour. „Tut mir leid, das ist der kleinste Tisch, den wir haben", sagte der Kellner, führte uns an eine lange Tafel, an der zehn Personen Platz gehabt hätten und drückte uns die Speisekarten in die Hand.

„Ich...b...as...an...in...eri...nung", sagte Charlie. „Wie?", fragte ich, aber sogar ich hatte nur „i?" verstanden und deutete auf meine Ohren.

„Ich...ab...s...ng", wiederholte er, aber da am Nebentisch gerade ein Lied angestimmt wurde, hatte ich wieder nichts verstanden.

„...i...?", fragte ich wieder und fuchtelte mit den Händen über meine Ohren.

„ICH HAB DAS ANDERS IN ERINNERUNG", brüllte Charlie. Augenblicklich herrschte Stille im Lokal. Wir sahen uns erstaunt an. Das Gerede setzte wieder in gewohnter Lautstärke ein. Wir sahen uns noch erstaunter an und dann lachten wir los. Wir konnten nicht mehr aufhören und als der Kellner kam, um uns schreiend nach der Bestellung zu fragen, wieherten wir nur noch lauter.

„Ent...ul...gung“, japste Charlie ihm zu, packte meine Hand und zog mich mit Schwung hoch. Ich landete näher an ihm als beabsichtigt, es war nur der Bruchteil einer Sekunde, in der wir so nah aneinander standen. Ich trat einen kleinen Schritt zurück, und während ich wie verloren in seine wunderschönen dunkelgrünen Augen schaute, lächelte er und drückte meine Hand. „La... uns geh..., An...“

****

*Himmelsgewölbe, zur gleichen Zeit*

Zum siebenundzwanzigsten Mal breitete sich die wunderbar zarte Melodie von Debussys *Claire de Lune* in der Himmelskuppel aus.

Aristoteles konnte nicht sagen, wie viele Stunden er schon auf dem Schaukelstuhl gesessen hatte. Diese Musik war sein einziger Trost, als könnte sie seinen Schmerz fühlen, verstehen, ihn teilen. Mit jedem Anschlag der Tasten wuchs seine Sehnsucht, er schloss die Augen und spürte, wie die Tränen langsam an seinen knochigen Wangen entlang rannen.

Sie hatte ihn belogen. Ava Gardner, die er über alles liebte, hatte ihn belogen. Es war gar nicht schwer gewesen, das herauszufinden. Fast schämte er sich für die Szene, die er Hämmerlein gemacht hatte. Sein Verstand war ihm abhanden gekommen, sonst wäre sein erster Weg ins Archiv gewesen, um ihre Wege nachzuforschen.

Aber woher hatte sie dann alles gewusst? War er so durchschaubar für sie, kannte sie ihn vielleicht besser, als er dachte? Ob sie einander jemals verzeihen könnten? Und selbst wenn, was sollte es ändern? Hoffnung, ja, es würde mir Hoffnung geben, dachte er und strich sich über die Hakennase. Aber spielte das überhaupt noch eine Rolle?

Sein Kopf hatte schon lange begriffen, was sein Herz immer noch nicht zu glauben bereit war.

An seiner Seite spürte er einen sanften Luftzug, wahrscheinlich irgendein Himmelsbote, der etwas von ihm wollte.

„Nicht jetzt", sagte er, ohne die Augen zu öffnen.

„Doch", entgegnete eine weibliche Stimme.

Er sprang mit einem Satz von dem Schaukelstuhl hoch. „Ava, was willst du?", fragte er und wischte sich mit einer raschen Handbewegung über die Wangen.

„Ich bin hier wegen Francis."

In seinen Ohren hörte er ein leises Krachen – das musste sein Herz gewesen sein, das eben gebrochen war.

Sofort verschränkte er seine Arme vor der Brust und sah sie verächtlich an. „Ich weiß, dass du gelogen hast. Du warst nie im Fegefeuer! Kommst du jetzt, um deinen Trumpf gegen mich auszuspielen?"

Sie neigte ihren Kopf zur Seite, ihre Augen hatten einen leichten Glanz angenommen. „Wenn du es so nennen willst, ja, du Besserwisser."

Aus ihrem Mund klang es fast wie ein Kosewort. Wie schön sie ist, dachte er und hatte Mühe, sein Zittern zu verbergen.

„Also, was will er?", bellte er sie an, um seine Gefühle zu verbergen. „Soll ich dafür sorgen, dass er noch einen Fall bekommt? Eine Ausrede erfinden, warum er die Informationen weitergegeben hat? Alles auf mich nehmen?"

Der Glanz in ihren Augen wurde stärker, jetzt erst bemerkte

er, dass es Tränen waren. Sie schüttelte den Kopf. „Er möchte noch einmal runter auf die Erde."

„Wozu?"

„Um Angelika Neuhauser zu sehen."

Er sah sie misstrauisch an. „Das soll ein Scherz sein! Beleidige nicht meinen Intellekt!"

„Es ist kein Scherz, du Idiot!"

„Was", rief Aristoteles aus, „das soll sein letzter Wunsch sein? Dafür setzt er alles aufs Spiel?"

Doch statt einer Antwort entkam ihr nur ein herzzerreißendes Schluchzen. Und während Debussys *Clair de Lune* zum achtundzwanzigsten Mal erklang, stand Aristoteles da, und fühlte sich mehr denn je hinter seiner grimmigen Maske wie ein verwirrter und ängstlicher kleiner Junge.

## 26 The Tender Trap

Charlie hielt mir mit einer Hand die Eingangstüre zum Hotel auf. In der anderen Hand trug er die Schachtel mit dem Essen, das wir uns aus der Imbissbude besorgt hatten, bevor wir ins Taxi gestiegen waren, um zum Hotel zurückzufahren. Ich hatte eine Flasche Cola unterm Arm und kramte nach meiner Zimmer-Chipkarte.

„Zu dir oder zu mir", fragte Charlie, als wir im Lift standen. Eine weißhaarige Dame vor uns drehte sich pikiert um und schüttelte den Kopf.

„Du hast gezahlt, also gehen wir zu mir", sagte ich und meinte damit das Essen. Die alte Dame meinte aber anscheinend etwas anderes, denn sie schnappte nach Luft und streckte uns erbost ihr Kinn entgegen. Der Lift hielt und wir drückten uns an ihr vorbei. Charlie drehte sich um, lächelte charmant und raunte in den Lift: „Wir gehen jetzt zu ihr, es war ja auch teuer genug." Noch bevor die Dame etwas erwidern konnte, hatte sich die Türe geschlossen.

„Ich bin sicher die biederste Nutte der Welt", lachte ich und steckte die Chipkarte in den Schlitz. Oh Gott, hatte ich das eben wirklich laut gesagt? Ich lief rot an und flüchtete ins Zimmer. Charlie kam mir hinterher. „Home, sweet home", sagte er und deutete auf die Couch. So ein Glück, er hatte meine Bemerkung überhört.

„Und, wie lebt es sich so im biederen horizontalen Gewerbe?", fragte er schmunzelnd und packte den Inhalt der Schachtel auf den Tisch. Ich schüttelte den Kopf und verdrehte die Augen. „So wie der Sprecherjob, auch ohne Zukunft", murmelte ich und holte Weingläser vom Regal über der Minibar.

„Das kannst du nicht wissen."

Ich schaute ihn verdutzt an.

„Ich meine den Sprecherjob. Ich hab mit Herbert noch nicht persönlich gesprochen, nur mit seiner Sekretärin. Dass es nicht geklappt hat, weiß er. Alles andere werde ich ihm sagen, wenn wir wieder in Wien sind."

Charlie nahm mir die Gläser ab und goss Cola hinein. Ich merkte, wie er aus den Augenwinkeln kurz zu mir hersah und meine Knie wurden weich. Was hatte er mit „alles andere" gemeint? Die Sache mit Flehming, oder dass ich mich bei der Aufnahme benommen hatte wie der erste Mensch? Er drückte mir den Papierteller mit Currywurst in die Hand und steckte sich ein Pommes frites in den Mund. „Nahrhaft und gesund", sagte er und prostete mir mit der Cola zu. Ich sah ihn an, seine wuscheligen Haare standen leicht vom Kopf ab und seine geschwungenen Lippen waren von dunklen Bartstoppeln umgeben. Ein warmes Gefühl machte sich in mir breit und ich schluckte nervös.

„Prost, auf unseren letzten Abend in Berlin", antwortete ich, setzte mich neben ihn und schob mir eine Scheibe Currywurst in den Mund.

Morgen früh würden wir nach Hause fliegen. Und was dann? Ich starrte auf die blauen Schuhe an meinen Füßen und schob den Papierteller mit der Currywurst weg. Mir war der Appetit vergangen. „Unser letzter Abend in Berlin", wiederholte Charlie leise. Er fuhr sich über das Kinn und drehte sich zu mir.

„Angelika, es gibt da was, das ich dir gerne erzählen würde."

Ich setzte mich seitlich auf die Couch, stützte meinen Ellbogen an der Lehne ab und nickte verhalten.

Er räusperte sich. „Es gibt einen Grund, warum ich nicht bei deiner Aufnahme war. Es ist derselbe, weswegen ich so betrunken war. Das hat alles mit Berlin zu tun ..."

Er zögerte und sah zum Fenster gegenüber von uns, in dessen Glas wir uns spiegelten. Der Himmel begann langsam, sich in kitschiges Abendrot zu hüllen. Als er nicht weitersprach und ich dachte, Charlie hatte es sich anders überlegt, sagte ich rasch: „Du musst mir das nicht erklären, echt, das ist auch völlig okay, dass du nicht im Tonstudio warst ..."

„Nein, ist es nicht", unterbrach er mich, „ es ist Teil meines Jobs. Und es war nicht fair dir gegenüber. Es ist nur – ich rede da nicht so gerne darüber."

„Okay", sagte ich und nickte wieder.

„Das letzte Mal, als ich in Berlin war, habe ich meiner Freundin einen Heiratsantrag gemacht."

„Oh." Es fühlte sich an, als hätte mich jemand vom Zehnmeterturm hinuntergestoßen und ich wartete im freien Fall auf den harten Aufprall auf die Wasseroberfläche. Mit einem Lächeln, das ich mir nicht mal selber glaubte, schob ich ein gequältes „Wie schön" hinterher.

„Ja, ich hatte hier ein Projekt und sie ist mich besuchen gekommen. Es war ganz spontan, wir waren spazieren im Tiergarten, es war einfach perfekt. Ich hab sie gefragt und sie hat sofort ja gesagt."

Ich wollte etwas sagen, aber ich war zu sehr damit beschäftigt, mein gezwungenes Lächeln beizubehalten und nickte eifrig. Mir war schon bei unserem Flug nach Berlin aufgefallen, dass er keinen Ehering trug, aber das hatte natürlich nichts zu bedeuten. Wieso ist mir das eigentlich aufgefallen, schoss es mir durch den Kopf, während ich einen Krampf in den Mundwinkeln bekam.

„Alles war gut", fuhr er fort, „wir waren schließlich schon vier Jahre ein Paar. Ich meine, da vertraut man sich doch bedingungslos, oder?"

Ich machte ein unbeholfenes Lächeln-Schulterzuck-Gemisch. Für diese Frage war ich eindeutig die Falsche, ich vertraute ja schon jedem bedingungslos, der länger als zehn Minuten nett zu mir war. Außer Moni natürlich.

„Das nächste Jahr haben wir dann versucht, einen Termin für die Hochzeit zu finden. Eigentlich nicht wir, sondern ich. Und immer wieder diese Ausreden, sie hätte zu viel zu tun, da wären wieder eingeschobene Flüge, die sie annehmen muss. Mein Gott, ich war so dumm. Sie war schließlich Stewardess, kein Notarzt! Aber ich hab mir nie was dabei gedacht. Vielleicht wollte ich mir auch einfach nichts dabei denken." Er schaute ins Leere und ich hatte das Gefühl, gleich heulen zu müssen.

„Jedenfalls, ich war damals alleine zu Hause, Eva musste einspringen für einen Flug nach Singapur. Eine Nachbarin hat an der Tür geläutet, ich hab sie nicht gekannt, aber sie hat mir Evas Handy gebracht. Hat gesagt, es sei Eva aus der Tasche gefallen, als sie in ein Taxi gestiegen ist. Ich hab mich noch gewundert, wieso Eva ein Taxi genommen hat, ich hätte sie ja auch fahren können, wenn sie schon spät dran war. Also bin ich zum Flughafen, um ihr das Handy zu bringen. Bin zum Schalter gegangen und hab gebeten, dass sie es Eva geben. Konnten sie aber leider nicht. Weil Eva gar nicht für den Flug eingeteilt war. Sie hatte frei."

Er lehnte sich in der Couch zurück und verschränkte die Arme, ohne mich anzusehen. „Ich war erst mal geschockt und wollte es gar nicht glauben. Aber das Schlimmste waren dann die nächsten fünf Tage, in denen sie nicht da war. Ich hab wirklich gedacht, ich werde wahnsinnig. Ich hab sie ja auch nicht anrufen können. Ab dem dritten Tag bin ich wie ein Irrer mit dem Auto herumgefahren und hab sie gesucht, war bei jeder Freundin, von der ich gewusst habe, an allen Orten, wo sie sonst gern war. Nichts. Und niemand wusste was. Ich war richtig erleichtert, als ich nach den fünf Tagen den Wohnungsschlüssel in der Tür gehört hab.

Sie ist reingekommen, als wäre nichts gewesen. Und hat mir von dem Flug nach Singapur erzählt. Von den Fluggästen, von der Stadt, ihren Kollegen, so als wäre sie wirklich dort gewesen."

Seine Stimme hatte einen monotonen Tonfall bekommen, als würde er von etwas sprechen, das gar nichts mit ihm zu tun hatte.

„Einen kurzen Moment hab ich mir sogar eingeredet, ich tu jetzt einfach so, als würde sie die Wahrheit sagen. Aber ich habe es natürlich nicht gemacht und ihr gesagt, dass ich weiß, dass sie nicht weg war. Sie hat nicht mal versucht sich rauszureden, hat gleich alles zugegeben. Er ist Pilot, heißt Karl-Heinz, ich hab ihn sogar gekannt. Ein Bruce Willis für Arme." Er verdrehte die Augen. „Seit zwei Jahren hatten sie schon eine Affäre. Aber sie wollte mir nicht wehtun. Außerdem hätte er sowieso zwei Kinder und ist verheiratet. Da hätte sie doch auch ruhig meine Frau werden können."

Mir blieb die Luft weg von so viel Herzlosigkeit, seine Eva war nicht zufällig eine Freundin von Moni?

„Seit einem Jahr renn ich jetzt schon durch die Gegend wie ein geprügelter Hund und frage mich die ganze Zeit, was ich falsch gemacht hab. Ich mein, ich muss doch was falsch gemacht haben. Ich hab mich doch nicht so in ihr irren können? Und wieso hab ich nichts gemerkt?"

Am liebsten hätte ich in diesem Moment das Fenster aufgerissen und rausgerufen: „Alle Frauen der Welt, kommt her. Ich hab ihn gefunden! Den ersten Mann, der die Frage stellt, die noch kein Mann vor ihm gestellt hat: Was hab ich falsch gemacht?" Und auf der Stelle, wären alle Frauen angelaufen, Reporter in Hubschraubern wären angeflogen gekommen und man hätte weltweit über Charlie-Brown-Toni berichtet. Aber stattdessen blieb ich sitzen und starrte ihn an. Er sah in diesem

Moment so wunderschön aus, dass mir ganz schwindlig wurde.

„Karl-Heinz hat in der Zwischenzeit auch seine Frau verlassen, sie sind zusammengezogen. Eine Freundin von ihr hat es mir erzählt."

„Was für eine Scheiße", entfuhr es mir, ohne nachzudenken, „und was für eine sagenhaft blöde Arschkuh."

„Was?" Charlie schaute auf und ich schlug mir mit der Hand vor den Mund.

„Oh, Scheiße, ich meine, entschuldige, das … das war dumm … ich hab, also, äh … ich glaub … ich geh jetzt lieber."

Ich stand auf, ich hatte soeben gegen das erste Gebot aller Beziehungsbibeln verstoßen: „Machen Sie nie seine Exfrau / Exfreundin schlecht. Bilden Sie sich kein Urteil – Sie waren ja nicht dabei."

Ein Grinsen hatte sich auf Charlies überraschtem Gesicht ausgebreitet, als ich Richtung Tür startete.

„Das ist dein Zimmer, Angie."

Ich blieb stehen, schluckte und kam mir unglaublich blöd vor. Charlie stand auf, griff nach meinem Arm und zog mich wieder auf die Couch. „Es tut mir leid, ich wollte nicht herumjammern, ich wollte nur, dass du weißt …"

Ich suchte verzweifelt nach etwas Klugem, das ich sagen konnte, aber mir fiel nur ein, was Emilia mir mal gesagt hatte.

„Eine Freundin hat mal gesagt, manchmal sehen wir in anderen nicht das, was ist, sondern das, was wir so gerne sehen wollen. Und das zu erkennen und, wenn es gelingt, dann irgendwann auch zu akzeptieren ist einfach ..."

„Scheiße", vollendete er den Satz. Ich hatte eigentlich „sehr schwer" sagen wollen, aber sein Kommentar war treffender. Obwohl ich es nicht wollte, musste ich an Ali denken. War ich für ihn etwa eine Eva in Lightform? Auch wenn nicht, ich musste in Wien auf der Stelle beenden, was noch gar nicht richtig begonnen hatte. Selbst, wenn ich es nur schwer glauben konnte, weil ich ja ich war, aber vielleicht sah er in mir auch etwas, was er so gerne sehen wollte. Ich konnte nur hoffen, dass Emilia ihm dasselbe gesagt hatte.

„An was denkst du?“, fragte Charlie und ich fuhr herum.

„Nur an das, was ich machen muss, wenn wir wieder in Wien sind“, sagte ich und schluckte.

Er zog einen Mundwinkel hoch. „Es ist komisch, aber obwohl ich Berlin nicht mag, bin ich fast traurig, dass wir morgen heimfliegen.“

Mir war, als könnte ich das Blut durch meinen Körper rauschen fühlen, so als wäre ich betrunken. Rasch nahm ich einen Schluck Cola.

„Und, wenn wir jetzt schon beim Seelen-Striptease sind, was ist mit dir?“, fragte er.

„Was meinst du?“, fragte ich ins Colaglas.

„Na ja, dieser Mann, der wegen dir ins Tonstudio gekommen ist. Dann kommst du verweint zum Flughafen, und vorhin, als du jemanden gesucht hast am Potsdamer Platz. Oder, willst du nicht darüber reden?“

„Ich will schon. Ich weiß nur nicht, ob das eine gute Idee ist.“

Er legte seine Hand auf meine. Ich schaute auf unsere Hände und dann zu ihm auf.

„Versprichst du, mich nicht für verrückt zu halten? Egal, was ich dir erzählen werde. Und auch egal, wie verrückt und unglaubwürdig es klingt.“

Er nickte und legte seine andere Hand auf sein Herz. „Ich verspreche es hoch und heilig.“

****

*Fegefeuer, in der Zwischenzeit*

Urian Hämmerlein zog sich seine karierte braune Stoffhose bis unter die Brust und versuchte mit seinen spitzen Fingernägeln in seinen Haaren einen Scheitel zu ziehen.

Mit einer sanften Handbewegung schob er die Katzen unter dem Rundbogen am Eingang des Fegefeuers fort, damit der Weg für seine Besucher frei wäre. Kaum hatte er das getan, erschien auch schon das erste Mitglied der Himmelsbrigade am Fuße der Treppe. Es war eine rundliche Frau mit blonden Engelslocken. Hinter ihr tauchten immer mehr Gestalten auf. Schweigend betraten sie das Gewölbe des Fegefeuers, die Katzen drückten sich an die Mauern und beobachteten sehnsüchtig die Gäste in ihren wallenden hellen Kleidern. Urian Hämmerlein stieg auf den großen schweren Tisch in der Mitte des Fegefeuers und faltete seine Hände.

„Geehrte Höhere der Himmelsbrigade", sagte er und verbeugte sich tief, „ich danke euch für euer Erscheinen und dieses geheime Zusammentreffen. Leider musste ich euch zu mir bitten, weil ich etwas Unangenehmes mitzuteilen habe. Es betrifft einen von euch."

Er hielt inne und schwellte seine Brust. „Es geht um Aristoteles." Er setzte eine dramatische Pause ein und fixierte die Menge vor sich, bevor er sagte: „Er und die Himmelsbotin Ava Gardner sind dabei, ein großes Unrecht zu begehen."

Ungerührt starrten ihn die Höheren der Himmelsboten an. Er runzelte kurz die Stirn. Hoffentlich hat mein Vater recht, dachte er und fuhr fort.

„Es geht um den Himmelsboten Francis Sinatra. Ich habe den Verdacht, dass Aristoteles und Gardner einen Plan haben, um seine Abschiebung in mein Fegefeuer zu verhindern."

Noch immer war keine Reaktion von der Menge vor ihm zu

erkennen. Jetzt wurde er wirklich unruhig. Was hatte sein Vater noch mal gesagt? Es war irgend etwas mit dem freien Willen der Menschen gewesen, aber er konnte sich nicht konzentrieren.

Er versuchte ein freundliches Gesicht zu machen und breitete die Arme aus. „Alles, worum ich euch bitte, ist, Aristoteles und Ava Gardner zu beobachten. Nichts weiter. Sollte nichts passieren, gut. Aber sollten sie wegen Sinatra gegen die Himmelsgesetze verstoßen, so bitte ich euch, die Konsequenzen zu ziehen, und beide mit Sinatra ins Fegefeuer zu schicken."

Statt des erwarteten Beifalls nickte ihm die rundliche blonde Höhere zu und verschwand dann durch den Eingang. Die anderen Höheren folgten ihr und innerhalb weniger Augenblicke war Urian Hämmerlein wieder mit seinen Katzen alleine.

Er stieg von dem Tisch herunter und sah sich verwirrt um.

Hatte er einen Fehler gemacht? Aber er hatte doch genau das getan, was sein Vater gesagt hatte! Jetzt fiel es ihm wieder ein.

„Der freie Wille", hatte der Teufel gesagt und laut gelacht, „die beste Idee, die ich jemals hatte! Und der Anfänger ist darauf eingegangen."

„Welcher Anfänger, Papa?", hatte Urian gefragt.

„Na, dein Onkel!"

„Ach so, na ja, er war ja wirklich der Anfänger, ich meine, ohne ihn gäbe es doch das alles nicht, die Menschen, die We...", hatte Urian Hämmerlein besserwisserisch geantwortet.

„Ach, halt doch den Mund! Wenn er so klug ist, wieso hat ihm dann damals mein Vorschlag vom freien Willen so gut gefallen? Euer beider Problem ist, dass keiner von euch intelligent genug ist, um mir das Wasser zu reichen. Schau dich doch um, es ist doch das reinste Paradies auf der Erde. Nichts als Unglück, Kriege und Unheil auf der Welt. Alle diese egoistischen, ehrgeizigen, egozentrischen Über-Leichen-Geher."

„Wovon redest du? Was hat das mit meinem Problem zu tun?"

„Ich rede von den Menschen – vom ganz normalen Durchschnittsmenschen. Und das hat alles mit deinem Problem zu tun. Oh, du kannst dir nicht vorstellen, wie glücklich es mich macht, wenn sie mit dem größten Lächeln im Gesicht ihr Unheil verbreiten. Das sind mir die Liebsten! Ich kann gar nicht genug von ihnen bekommen ..."

„Papa ..."

„Was? Unterbrich mich gefälligst nicht! Hör zu und lerne."

„Ich weiß das schon alles", entgegnete Urian Hämmerlein zornig, „ es ist eine Welt, wo Leute sagen, sie sind deine Freunde und dich hintergehen, sich Paare die ewige Treue schwören und dann betrügen, gemordet wird aus Habgier, Kinder misshandelt werden, Menschen vor Hunger sterben, während Getreide in Silos verrottet, etc., etc., blablabla, das interessiert mich alles nicht."

Der Teufel sah seinen Sohn überrascht an, dann warf er den Kopf nach hinten und lachte laut auf: „Haha, du erstaunst mich Urian!"

„Papa, bitte, wie soll mir das helfen?"

Der Teufel verdrehte stöhnend die Augen. „Na, so sehr erstaunst du mich doch nicht. Da könntest du auch selber draufkommen. Es ist doch ganz einfach: Es geht ihnen um den eigenen Vorteil. Immer. Das hat mein lieber Bruder nicht bedacht, mit seinem heillosen lächerlichen Glauben an das Gute! Freier Wille, pah!"

„Was?"

„Meine Güte, du begreifst aber auch gar nichts. Lass die Menschen einfach tun, was sie tun. Auch die Toten. Sie haben einen Fehler gemacht und sie werden sicher alles machen, um der Strafe zu entgehen. So sind sie nun mal. Deine einzige Aufgabe ist, den Höheren der Himmelsbrigade einen Tipp zu geben, dass da was im Busch ist. Und dann brauchst du nur noch abzuwarten. So, wie ich das immer gehandhabt habe."

„Und das soll funktionieren?"

Urian Hämmerlein verdrängte sofort die Erinnerung an das, was danach geschehen war. Sein Bauch war noch immer ganz wund von diesem blöden Stuck an der Decke.

„Na ja, dann werde ich mir eben mit euch die Zeit vertreiben, solange ich warten muss", sagte er und griff nach einer schmächtigen braunen Katze mit einem kleinen Bart aus dichten kurzen dunkelbraunen Haaren über ihrer Schnauze.

## 27 All Of Me

Ich starrte aus dem Fenster, gegenüber der Couch. Ich hatte keine Ahnung, wie spät es war, aber draußen war es bereits dunkel geworden. Eine Ampel von der Straße leuchtete genau in das Fenster hinein. Wir hatten kein Licht gemacht und darum wurde alles in dem Hotelzimmer abwechselnd in rotes, gelbes und grünes Licht getaucht. Charlie saß neben mir und hatte noch immer seine Hand auf meiner liegen. Obwohl ich schon seit der Geschichte mit dem Schuhgeschäft aufgehört hatte, ihn anzusehen, spürte ich noch immer seinen Blick von der Seite. Die Ampel tauchte nun alles in ein sattes Ampelgrün, wir waren umgeben von einer Landschaft aus grünem Bett, grünem Flachbildschirm und grünen Kleiderschrank. Ich wartete, bis sich die Landschaft rot färbte, bevor ich leise sagte: „Und dann war er plötzlich weg."

Eine Träne, die ich versucht hatte zurückzuhalten, löste sich von meinen Wimpern.

„Er hat sich in Luft aufgelöst, vor meinen Augen und ist nicht mehr wiedergekommen."

Ich schluckte ein paar Mal, um die weiteren Tränen am Hochkommen zu hindern.

„Und ich frage mich die ganze Zeit: Wenn es wirklich so ist, dass er nicht echt war und ich mir alles eingebildet habe und ich verrückt bin, wieso fehlt er mir dann so?"

Mit dem Blick auf die Ampel, die jetzt gelb leuchtete, versuchte ich zu lächeln. Es gelang mir nicht. „Es tut mir so leid, was ich getan habe. Und dann habe ich auch noch die Sache mit den Tonaufnahmen versaut. Ich habe geglaubt, nach dem was Herr Flehming gesagt hat, Francis würde zurückkommen.

Deshalb bin ich rausgelaufen." Die Tränen liefen meine Wangen hinunter. Je mehr ich mich dagegen wehrte, je mehr widersetzten sie sich. Ich wischte sie mit dem Blusenärmel weg und spürte, wie Charlie seine Hand langsam von meiner wegzog.

Mein Herz krampfte sich zusammen, ich hätte gerne eine Bemerkung gemacht wie „Ha, das war eine lustige Geschichte, ich hab alles erfunden", aber ich konnte nicht.

„Und, rufst du jetzt die Rettung, damit sie mich holen kommen?", fragte ich mit bemüht lässiger Stimme und legte meinen Kopf in den Nacken.

Statt einer Antwort spürte ich, wie seine Finger meine Wange berührten. Er streichelte meine Tränen weg, ganz zart, und fragte:

„Willst du mich nicht ansehen, Liebes?"

Verblüfft platzte ich „Was?" heraus. Ich hatte diese Frage schon einmal gehört!

Sie war das Erste, was Frank Sinatra damals zu mir gesagt hatte, nachdem wir in die *Kaffeetasse* gegangen waren! Kurz nachdem er mich vor dem Auto gerettet hatte. Als ich, ohne zu schauen, die Straße überqueren wollte. Haargenau so hatte er es mich damals gefragt und mich „Liebes" genannt! In demselben Tonfall, wie Charlie jetzt.

„Willst du mich nicht ansehen, Liebes?", wiederholte Charlie. Mit offenem Mund drehte ich mich zu ihm. Die Erkenntnis überkam mich genauso schnell, wie das Licht der Ampel, die vor dem Fenster gerade auf grün schaltete.

Vielleicht war es gar nicht nur der Job, weswegen ich damals in das Tonstudio gehen sollte ! Vielleicht war es Toni!

„Als ich damals ins Tonstudio gekommen bin, da hast du gefragt: Sie sind Angie? Weißt du noch? Gleich, nachdem du die Tür aufgemacht hast. Wieso hast du das gefragt? Und wieso hast du Angie gesagt, und nicht Frau Neuhauser, oder Angelika?"

„Weil dieser ältere Mann damals, als er aus Herberts Büro gekommen ist, gesagt hat, ich soll im Tonstudio sein, wenn du deinen Termin hast. Seien Sie hier, wenn Angie kommt. Das war alles. Und dann ist er gegangen."

Ich sah in Charlies Augen und es fühlte sich an, als würde die Zeit stillstehen. Ein Moment, in dem die Erde aufhörte sich zu drehen, alle Geräusche verklangen, während die ganze Welt um uns in rotes Licht getaucht wurde.

Und in diesem Moment küsste mich Charlie-Brown-Toni.

****

***Himmelsgewölbe, in der Verwahrungskammer***

„Aristoteles wird es tun."

Frank Sinatra fuhr hoch, er hatte Ava nicht bemerkt.

„Danke, Angel", seufzte er und zog sie an sich. Ohne seine Umarmung zu erwidern stand sie reglos da und fragte kühl: „Es ist dir wirklich ernst?"

Er löste sich von ihr und sah sie mit hochgezogenen Augenbrauen an.

Er wusste, was seine Antwort zu bedeuten hatte – sie wussten es beide. Nach einem kurzen Moment nickte er.

„Du bist doch wirklich das ignoranteste, egoistischste, selbstgefälligste Arschloch, das mir je begegnet ist", platzte Ava Gardner heraus und warf die Arme hoch. Die Tränen spritzten ihr aus den Augen, sie ballte ihre Hände zu Fäusten und hielt sie sich vor die Brust.

„Du verlässt mich! Du vergibst jede Chance, dass wir uns jemals wiedersehen können. Sie werden dich ins Fegefeuer schicken! Ins Fegefeuer, Francis. Scheiße noch mal, Katzen können nicht reden. Katzen gehen niemals ins Licht! Niemals! Verfluchte, verdammte Scheiße."

Ein tiefes Schluchzen entkam ihr. Die ganze Spannung wich aus ihrem Körper und sie vergrub weinend ihr Gesicht in den Händen.

Frank Sinatra zog sie an sich. Veilchen und Lavendel, dachte er und schloss die Augen, während er seine weinende Exfrau in den Armen wiegte.

„Weißt du noch, was ich früher gesagt habe", flüsterte er, „ich habe gesagt, du lebst nur einmal. Und so wie ich gelebt habe, ist einmal auch genug gewesen. Ich schätze, das gilt auch jetzt."

Er spürte, wie sie ihren Kopf schüttelte. Ganz leise fing er an, die Melodie von dem Lied zu summen, das er immer für sie gesungen hatte.

„Ich liebe dich, Angel, mehr als du dir vorstellen kannst", flüsterte Frank Sinatra zwischen den Tönen. Und mit einem traurigen Lächeln drückte er Ava Gardner fester an sich, als sie in seinen Armen leise zu schimpfen anfing. Sie konnte schon immer fluchen, wie keine andere Frau, der er je begegnet war.

## 28 All The Way

Ich erwachte durch ein Klingeln. Es dauerte eine Weile, bis ich begriff, dass das Läuten nicht aus meinem Traum gekommen war. Neben mir griff ein Hemdsärmel mit Hand aus der Bettdecke nach dem Hörer.

„Hallo? … Ja, vielen Dank."

Die Hand legte den Telefonhörer auf und der dazugehörige Mann drehte sich zu mir.

„Guten Morgen", sagte Charlie und blinzelte. „Das war der Weckruf. Das Taxi wird in einer halben Stunde da sein."

Ich stand benommen auf, angezogen war ich ja immer noch. Wir hatten bis fünf Uhr früh geredet, unterbrochen von langen, endlos langen Küssen. Als uns schließlich die Augen zugefallen waren, hatten wir uns ins Bett gelegt. Ich war auf seiner Brust eingeschlafen, während Charlie meinen Arm gestreichelt hatte.

Er hatte sich inzwischen im Bett aufgesetzt und rieb sich die Augen. Mit seinen verwuschelten Haaren und dem verschlafenen Blick sah er so bezaubernd aus, dass ich stehen blieb und ihn anschaute. Er gähnte herzhaft, dann zog er die Beine an und stützte sein Kinn auf seiner Hand ab.

„So etwas ist mir schon lange nicht passiert", sagte er. In seinen Augen begann ein Lächeln, das sich über sein ganzes Gesicht ausbreitete. Mein Herz machte so einen Hüpfer, dass ich dachte, es würde aus meinem Brustkorb springen und zu singen anfangen. Ich hielt mich an der Sessellehne fest, mir wurde richtig schwindlig. Er stand auf, kam zu mir und küsste mich. Das schwindelige Gefühl wurde dadurch zwar nicht besser, aber bedeutend angenehmer.

„Ich werde jetzt in mein Zimmer gehen und packen", sagte er und griff nach seinen Schuhen. „Bis gleich, Angie."

„Bis gleich, Charlie."

Kaum hatte ich die Türe hinter ihm zugemacht, lehnte ich mich an die Wand und atmete tief durch. Dann richtete ich mein Gesicht zur Zimmerdecke und flüsterte: „Danke, Francis."

Eine Stunde später standen wir in der Abflughalle des Berliner Flughafens mit unseren Tickets in der Hand.

„Kaffee?", fragte er.

„Einen Liter, bitte", antwortete ich.

„Was hältst du davon, wenn du schon mal zum Gate gehst? Ich besorge uns was."

Er gab mir seinen Rucksack und ging davon. Ich sah ihm nach, bis ein Tourist mit Cowboyhut mich anrempelte. „Entschuldigung", murmelte ich, obwohl ich gar nichts getan hatte. Ob man will oder nicht, man kann halt nicht vor sich selber davonlaufen, dachte ich und ging zum Gate. Die Flugzeuge standen aufgereiht vor den großen Seitenfenstern.

Das gibt's doch nicht, sie machen mir keine Angst mehr, stellte ich überrascht fest und blieb stehen. Ich suchte in mir die Angst, aber ich konnte sie nicht finden.

Das Gate lag am anderen Ende, ich setzte mich auf eine der silbernen Bänke und packte Charlies Rucksack auf den Sitz neben mir. Obwohl ich gar nicht mehr damit rechnete, suchte ich doch automatisch die Reisenden um mich herum ab, ob ich nicht irgendwo Frank Sinatras Gesicht entdecken würde.

Eine hübsche Stewardess mit großen Rehaugen ging mit wiegenden Hüften an mir vorbei. Sie hatte so viel Parfüm aufgetragen, dass der Duft wie ein Schleier hinter ihr her wehte. Ich sah ihr nach, wie sie zum Schalter ging, das Mikrofon einrichtete und die Liste, die sie in der Hand gehalten hatte, auf das Pult legte. Mit gesenktem Kopf ging sie die Liste durch. Ich wusste nicht warum, aber ich konnte nicht aufhören, sie anzusehen. Plötzlich hielt sie inne und sah überrascht von ihrer Liste hoch. Ihre großen Rehaugen suchten die Sitzreihen ab, dann schaute sie wieder auf die Liste und nickte leicht.

Oh nein, das kann doch nicht sein, schoss es mir durch den Kopf. Das kann doch nicht Charlies Eva sein! Sie ließ die Liste liegen, sah noch mal durch die Reihen, drehte sich mit einem übertriebenen Hüftschwung um, und ging durch die Glastüre Richtung Flugzeug.

„Paranoide Unsicherheit, das ist alles", flüsterte ich und versuchte ruhig zu bleiben.

„Was ist los?", fragte Charlie und reichte mir einen großen heißen Pappbecher.

„Nichts, gar nichts", antwortete ich rasch und verbrannte mir die Lippen am Kaffee.

„Frühstück", sagte er und packte zwei Stück Marmorkuchen aus einer kleinen Papierschachtel.

„Darf ich dich etwas fragen?", sagte ich nach einiger Zeit. Wenn es wirklich Eva wäre, dann wollte ich wenigstens darauf vorbereitet sein. Charlie nickte, er hatte den Mund voll mit Kuchen.

„Bei welcher Fluglinie arbeitet Eva?"

„Wieso fragst du?"

„Ach, nur so", antwortete ich und fügte in Gedanken hinzu, „weil ich wahrscheinlich psychisch krank bin."

„Nicht bei der, mit der wir fliegen, wenn du das meinst", antwortete er und wischte sich mit der Serviette die Kuchenkrümel weg. Ich schluckte, jetzt kam ich mir blöd vor.

„Entschuldige", murmelte ich.

Er lächelte mich an, drückte mir einen zarten Kuss auf die Lippen und sagte: „Ist schon okay." ‚Himmel, bin ich verliebt', dachte ich und fühlte mich wie ein Teenager.

Im Flugzeug wollte ich diesmal Charlie den Sitz am Fenster überlassen, aber er schüttelte den Kopf.

„Ach, übrigens, ich habe etwas für dich", sagte er, als das Flugzeug langsam zu rollen begonnen hatte. „Ich hab's vorhin am Flughafen gesehen."

Er reichte mir einen weißen Umschlag und ich zog eine harte Plastikhülle heraus. Eine CD.

Auf dem Cover grinste ein Mann mit Hut und dunkler Krawatte, er hatte sich lässig an einem Notenpult aufgestützt. Dieses Gesicht war mir so vertraut, wenn auch in seiner älteren Version, dass es mir einen Stich versetzte.

„Sinatra", flüsterte ich und seufzte, „danke, das ist das netteste Ge..."

„Hallooo Toooni." Eine weibliche Stimme neben ihm hatte mich unterbrochen und er fuhr herum.

Es war die hübsche Stewardess von vorhin, die die Sitzreihen in der Wartehalle abgesucht hatte. Sie stand in dem schmalen Gang, beugte sich zu ihm hinunter und lächelte ihn an. Ihre Rehaugen waren aus der Nähe nicht nur größer, sie war aus der Nähe auch noch atemberaubend schöner.

„Eva! Was ... machst du … denn hier?", fragte Charlie stotternd.

„Na, das ist eine Begrüßung", gab sie lächelnd zurück. Ihr Augenaufschlag wirkte, als hätte er sie gerade gefragt, ob sie mit ihm ins Bett wollte. Sie beugte sich noch ein bisschen tiefer und ihr pfirsichfarbener praller Busen schien aus dem Dekolletee hüpfen zu wollen.

„Ich habe die Fluglinie gewechselt. Es ist, na ja, es ist eine lange Geschichte. Toooni, ich bin ja so froh dich zu sehen. Wirklich." Sie hatte ihre Stimme gesenkt und fuhr sich durch die Haare. Sogar ihre Hände waren makellos.

„Toooni, du weißt ja nicht, wie oft ich dich schon anrufen

wollte. Aber jetzt bist du ja hier. Also, wenn das nicht Schicksal ist." Sie lachte glockenhell auf.

Kein einziges Mal hatte sie mich angesehen. So, als wäre es gar nicht möglich, dass wir gemeinsam unterwegs wären. Charlie hatte kein weiteres Wort zu ihr gesagt. Aber er hatte sie die ganze Zeit angesehen. Und sein Blick sagte mehr als alle Worte.

„Ready for take off", sagte eine Männerstimme durch den Lautsprecher.

„Ich würde dich nachher gerne sprechen. Ich meine, wenn wir gelandet sind. Aber jetzt muss ich ..." Sie zwinkerte ihm zu und ging davon.

Ich drehte mich sofort weg und starrte aus dem Fenster, die CD noch immer umklammert in meiner Hand. Eine Minute später beschleunigte das Flugzeug und hob schwungvoll in den Himmel ab. Charlie hatte mir nicht seine Hand hingehalten.

Ich steckte die CD weg und sah aus den Augenwinkeln zu ihm rüber. Er blickte stur geradeaus. Und er hätte mir in diesem Moment kein deutlicheres Zeichen geben können.

Ich drehte mich wieder zum Fenster und hatte das Gefühl, alles in mir würde einstürzen.

Der Himmel draußen war klar und so tiefblau wie Frank Sinatras Augen. War das meine Strafe? Und da fiel es mir plötzlich ein: Sooft wir uns auch in dem Hotelzimmer geküsst hatten, Charlie war von sich aus nicht weiter gegangen – er hatte kein einziges Mal mehr versucht. Und ich hatte es als gutes Zeichen gedeutet, weil seine Berührungen so liebevoll und zärtlich waren. Doch jetzt wusste ich es besser: Er hatte nicht mit mir schlafen wollen! Weil ich gegen Eva wirkte, wie eine kleine Mandarine gegen einen ganzen Obstkorb.

Ich wollte nicht weinen, also tat ich das, was ich besonders gut konnte: Ich machte mich unbemerkbar. Ich rührte mich nicht und drückte meine Stirn an die kalte Glasscheibe des Fensters. Während des ganzen Fluges sprachen wir kein Wort.

Als die Flugzeugtüren endlich aufgemacht wurden und die ersten Passagiere ausgestiegen waren, stand Charlie auf und streckte sich nach oben, um seinen Rucksack aus dem Gepäckfach zu nehmen.

Mit einem Ruck sprang ich auf, schnappte meine Handtasche und schlängelte mich unter ihm durch. Dabei berührte ich ihn mit meinem Oberkörper an der Seite. Ich zog die Luft ein, so schmerzhaft war die Sehnsucht, die diese kurze Berührung auslöste.

Er roch nach einer Mischung aus Aftershave, frisch geschnittenem Holz und Vanille. Ich wankte, stieg einer Frau, die gerade im Gang stand, auf den Fuß, entschuldigte mich heiser und rannte vor zum Ausgang.

Hinter mir hörte ich noch ein gerufenes „Ang...", aber ich war schon ausgestiegen und lief den engen Gang entlang, der direkt in die Abflughalle führte.

Beim Gepäckband sah ich mich zum ersten Mal wieder um. Charlie war nicht nachgekommen. Ich lief zu meinem Koffer, der zum Glück recht schnell auf das schwarze Band gespuckt wurde, und hob ihn herunter. Plötzlich hörte ich hinter mir seine Stimme.

„Angie, bitte warte."

Charlie versuchte, sich durch eine Gruppe Chinesen zu bahnen, die ihm den Weg versperrten. Einen Moment stand ich da und zögerte. Doch dann schüttelte ich den Kopf, drehte mich um und ging zum Ausgang.

Kaum war ich durch die automatische Türe in die Empfangshalle getreten, bereute ich es.

Wieso hatte ich nicht mit ihm gesprochen? Wieso war ich wieder mal nur weggelaufen, wie schon so oft in meinem Leben?

Ich blieb zitternd stehen. ‚Wenn jetzt jemand herauskommt, gehe ich zurück', dachte ich und wartete, dass sich die Schiebetüre wieder öffnete. Aber das tat sie nicht.

Die Gruppe Chinesen hatte den Ausgang für „No EU-Citizens" genommen und bevölkerte bereits die Ankunftshalle. Ich wusste nicht, wie lange ich so dagestanden hatte, als endlich ein paar geschäftsreisende Anzugträger aus dem Ausgang vor mir kamen.

Ich schlüpfte durch die sich wieder schließenden Glastüren und erstarrte: Keine zwei Meter vor mir standen Charlie und Eva. Sie hatte ihre schönen Hände um seinen Hals gelegt, warf ihren schönen Kopf in den Nacken und lachte laut und schön. Dann senkte sie ihren Blick und sah ihn verführerisch an. Ihre vollen Lippen spitzten sich zu einem Kuss. Ich drehte mich um und lief so schnell ich konnte zurück in die Halle.

## 28 I'll Be Seeing You

Mit gesenktem Blick versuchte ich, mich vor den wartenden Menschen zu verstecken, als ich durch die Absperrung ging.

Blumensträuße, Namensschilder und Luftballons wurden in die Luft gehalten und erwartungsvolle Blicke zu dem Ausgang gerichtet, hinter dem Charlie und Eva sich wahrscheinlich gerade küssten.

Ich wusste nicht warum, aber ich blieb abrupt stehen.

Das Gewirr um mich herum wirkte auf einmal wie in Zeitlupe und der Lärm verklang. Die Sonne schien durch das Glasdach herein und tauchte alles um mich in goldenes Licht. Genauso plötzlich, wie alles verstummt war, setzten die Geräusche wieder ein. Etwas Blaues blitzte in meinem Augenwinkel auf und ich drehte mich zur Seite.

Am anderen Ende der Ankunftshalle stand Frank Sinatra. Sein azurblauer Pullover und seine strahlend blauen Augen leuchteten durch die Menge der chinesischen Reisegruppe, die zwischen uns vorbeiging. Frank Sinatra nickte mir zu und öffnete die Arme. Ich ließ den Koffer fallen und rannte ihm, so schnell ich konnte, entgegen.

„Es tut mir so leid, was ich gesagt habe, es tut mir alles so leid", weinte ich und fiel ihm um den Hals.

„Angie", flüsterte er und drückte mich an sich, „mir tut es leid, dass ich nicht da war."

„Ich war so gemein. Und ich habe alles falsch gemacht. Alles!"

„Du hast nichts falsch gemacht."

„Doch, habe ich. Und du bist trotzdem zurückgekommen. Danke!"

Er seufzte so tief, dass ich Angst bekam und mein Gesicht von ihm löste.

„Ich konnte nicht früher zu dir, sie haben mich nicht gelassen."

„Wer?", rief ich aus, doch statt einer Antwort schüttelte er nur den Kopf und griff nach meiner Hand.

„Wir sollten besser gehen. Möchtest du noch mit ihm sprechen?"

„Mit wem?"

Frank Sinatra deutete hinter mich.

Da stand Charlie und sah mich an. Er war alleine und hatte meinen Koffer aufgehoben. Mit einem Schritt ging ich auf ihn zu, doch zum Glück sah ich sie noch rechtzeitig. Eva kniete nicht weit von Charlie und holte etwas aus ihrem kleinen schwarzen Stewardessen-Koffer. Sie stand auf, es war eine kleine weiße Karte, wahrscheinlich ihre Visitenkarte. Sie beugte sich zu ihm und steckte das Papier sehr sehr tief in die Hosentasche seiner Jeans.

Ich drehte mich sofort um und flüsterte: „Nein, will ich nicht."

Ohne mich noch einmal umzusehen gingen wir zu der Tür, vor der die Taxis standen.

Die ganze Zeit ließ ich Frank Sinatras Hand nicht los und ich beschloss, es auch nie wieder zu tun.

Als wir mit dem Taxi wegfuhren, deutete Sinatra zum Fenster. Charlie stand vor dem Flughafen-Ausgang, noch immer mit meinem Koffer in seiner Hand. Er sah uns nach, und während er in der Entfernung immer kleiner wurde, hatte ich das Gefühl, ein Stück von mir würde mit meinem Koffer bei ihm zurückbleiben.

„Ich bin so froh, dass du wieder da bist", sagte ich und meine Tränen hinterließen dicke, dunkelblaue Wasserflecken auf

Sinatras Pullover, als ich meinen Kopf an seine Schulter legte.

Er drückte meine Hand, legte seine Wange an meinen Scheitel und begann leise: „Angie, ich muss dir etwas sagen. Ich werde nicht lange bleiben können. Ich werde abgezogen."

Ich fuhr so schnell hoch, dass der Taxifahrer zusammenzuckte.

„Was, wieso?", platzte ich heraus. „Nein, bitte ... ist es wegen dem, was ich zu dir gesagt habe?"

Sinatra lächelte traurig. „Nein, es ist wegen einer Sache, die ich gemacht habe."

Der Taxifahrer schob seine graue Kappe aus der Stirn und streckte sich, damit er uns besser im Rückspiegel sehen konnte. Doch Sinatra reagierte nicht, sondern drehte sich mir zu, fasste mein Kinn und sah mir in die Augen.

„Ich bin gekommen, weil ich dich noch einmal sehen wollte, Angie. Damit du weißt, dass nichts, was passiert ist, deine Schuld war. Ich wäre nie weggegangen, wenn sie mich nicht weggeholt hätten. Und ich bin auch hier, weil es etwas gibt, das ich dir zeigen möchte."

„Aber", quietschte ich, „wohin gehst du denn? Was heißt das?"

„Es heißt, dass ich es vermasselt habe", antwortete er trocken, ohne mein Gesicht loszulassen.

„Was? Wieso denn vermasselt? Du, du bist das Beste, das mir je im Leben passiert ist. Wirklich! Du, du bist einfach … du bist wunderbar!" Die Tränen liefen sturzflutartig, aber das war mir egal. „Bitte, sag mir was ich tun soll! Was auch immer es ist … nur geh nicht weg!"

Sinatras Kopfschütteln löste Panik in mir aus. Der Taxifahrer sah fast gar nicht mehr auf die Straße, sondern nur noch in den Rückspiegel.

„Bitte, es muss doch was geben, das ich tun kann", flehte ich.

„Komm heute um zwanzig Uhr in die Himmelpfortgasse dreizehn“, sagte Sinatra und streichelte wieder über meine Wange.

„Das ist alles?“

Er nickte und ein leichtes Lächeln breitete sich in seinen Augen aus. „Du gehst durch das große Tor, dann den Gang entlang, bis in den Innenhof. Dort findest du auf der linken Seite eine kleine grüne Tür, sie ist ein bisschen versteckt. Hinter ihr führen Stufen hinunter. Es dauert ziemlich lange, aber egal was passiert, du musst immer weiter gehen. Wir werden auf dich warten.“

„Das soll es dann gewesen sein?“, fragte ich mit erstickter Stimme.

Statt einer Antwort, küsste er mich auf die Wange. Ich spürte noch seine Lippen, als der Platz neben mir schon leer war.

„Neeein“, schluchzte ich und vergrub mein Gesicht in der Lehne, wo er gerade noch gesessen hatte.

Als ich wieder aufsah, hatte der Taxifahrer seinen Blick wieder der Straße zugewandt. Bei meinem Haus stieg er aus und öffnete mir die Türe. Dann tippte er sich als Gruß auf seine graue Kappe, stieg wieder ein und fuhr davon. Er hatte kein Geld für die Fahrt verlangt, und er hatte die größte Hakennase, die ich je gesehen hatte.

## 29 What Now My Love

Erschöpft setzte ich mich auf meinen weißen Ikeastuhl und ließ meinen Kopf auf den Küchentisch fallen.

Ich musste überlegen, aber mein Hirn konnte vor Angst keinen klaren Gedanken fassen und so donnerte ich frustriert meinen Kopf ein zweites Mal auf die Holzplatte. Diesmal so fest, dass ich zusammenzuckte und einen Schrei ausstieß. Mit der flachen Hand rieb ich über die Stelle, auf der sich schon eine kleine Beule formte.

Mit gebrochenem Schädel wäre ich erst recht keine Hilfe! Seit ich vor ein paar Monaten vom Fahrrad gestürzt war, gab es diese eine Stelle auf meiner Stirn, die extrem empfindlich war, obwohl damals weder Blut geflossen war, noch sich eine Beule gebildet hatte. Mir stiegen wieder Tränen in die Augen, diesmal vor Schmerz.

Hätte ich diesen Unfall damals nicht gehabt, wahrscheinlich hätte es jetzt nicht so weh getan, dachte ich, krümmte mich auf dem Sessel zusammen und legte den Kopf seitlich auf den Tisch. Auf der Küchenuhr, die statt der Ziffern kleine silberne Löffeln und Gabeln hatte, war der kleine Zeiger rechts neben der Einser-Gabel und der große auf dem Sechser-Löffel. Noch sechseinhalb Stunden, dachte ich und schloss die Augen.

Hätte ich nicht diesen Unfall gehabt, würde es jetzt nicht so weh tun, hallte es in meinem Kopf nach. Irgend etwas war mir entgangen, aber mir wollte nicht einfallen, was es war.

Was sollte ich jetzt sechseinhalb Stunden tun? Zu wem könnte ich gehen, wem könnte ich sagen, dass ich es war, die alles vermasselt hatte und nicht Sinatra?

„Hallo, hört mich jemand?“, fragte ich, den Blick zur Zimmerdecke gerichtet. Keine Antwort kam.

„Bitte, hört mich irgendwer? Ich muss dringend mit jemandem reden, es geht um Frank Sinatra! Es ist wirklich wichtig! Er hat nämlich gar nichts falsch gemacht, im Gegenteil, hallo? Hallooo? Bitte, geben Sie mir ein Zeichen, irgendwas!“

Ich hatte mich aufgesetzt und starrte an die Decke. Außer ein paar Staubfäden konnte ich nichts entdecken.

„Heeeeeh“, schrie ich so laut ich konnte und es versetzte mir sofort einen heftigen Schmerz in der Stirn. Instinktiv griff ich darauf, inzwischen war da ein Hügel gewachsen, der sogar bei der vorsichtigen Berührung höllisch wehtat.

„Oh mein Gott“, rief ich aus und sprang so rasch vom Sessel, dass er mit lautem Gepolter umfiel.

„Das ist es, oder? Das ist das Zeichen! Es tut nur so weh, weil da vorher dieser Unfall war. Wäre der nicht gewesen … das ist es! Hätte ich nicht diese ganzen Fehler gemacht, mit Ali, Manfred Berger, dem Tonstudio, meinen Eltern, dann wäre die Sache nicht so schlimm für Frank Sinatra! Das heißt, ich muss nur alles wieder gut machen. Und ich hab genau“, ich schaute auf die Uhr, der große Zeiger war auf die Zweier-Gabel gewandert, „sechs Stunden!“

****

***Himmelsgewölbe, zur selben Zeit***

Edward Elgars Musikstück *Nimrod.*

Es ist die einzige Musik, die jetzt passt, dachte er, kaum erklangen die Streicher in der Sternenkuppel.

Nimrod, das bedeut Idiot. Und er konnte es nicht abstreiten, so ungewohnt es für ihn auch war, aber genauso fühlte er sich jetzt. Seufzend nahm er die graue Mütze herunter und kratzte sich am Kopf. Sollte er sich so getäuscht haben? Nein, das konnte nicht sein! Nicht er war hier der Nimrod! Die Sterne um ihn herum blinkten, als würden sie ihm zustimmen.

Sinatra war nach der Taxifahrt wieder in der Verwahrungskammer. Und dort würde er auch bleiben, solange kein Höherer, so wie er, ihn herausholen würde. Bis heute Abend, dachte Aristoteles und strich sich über die Hakennase. Bis sie gemeinsam und zum letzten Mal zu Angelika Neuhauser gehen würden. Er hielt in seiner Bewegung inne und ließ die Hände sinken. Dieser Blick der jungen Frau, den er durch den Rückspiegel gesehen hatte, er sah ihn noch immer vor sich. Als Sinatra neben ihr verschwunden war.

Er atmete tief ein. ‚Wer Recht erkennen will, muss vorher in richtiger Weise gezweifelt haben', ging es durch seinen Kopf, ehe er sich umdrehte und in Luft auflöste.

****

„Taxi", rief ich und fuchtelte mit der Hand in der Luft herum, kaum war ich aus dem Haustor getreten. Doch da ich in Wien war und nicht in New York, wurde mein Ruf nicht erhört. Weit und breit kein Auto mit schwarz-gelbem Taxischild. Ich musste so schnell wie möglich zu Emilia in die Bäckerei! Wenn ich jetzt per Telefon ein Taxi bestellen würde, müsste ich sicher mindestens fünf Minuten warten. Dann noch mal fünf Minuten für die Fahrt. Wenn die Ampeln schlecht geschalten waren - und das waren sie ja immer, wenn man es eilig hatte – eher zehn Minuten. Noch bevor ich den Gedanken zu Ende gedacht hatte, fing ich schon an, die Straße entlang zu laufen.

Mein Herz hämmerte, meine Lunge stach und in meinem

Schädel schien bei jedem Schritt ein Schuss loszugehen, aber ich wurde nicht langsamer, hastete bei Rot über die Straßen, schrie zu den Leuten, die mir in den Weg kamen „Vorsicht! Aus dem Weg!", und öffnete schließlich zwölf Minuten später nach Luft ringend und mit rotem Gesicht die Eingangstüre zu *Emilias Diwan.*

„Emi... li... a... ich... so... leid... Fehl... er... bit... te... Sina... tra... Hilf... e... ", keuchte ich und stemmte mich an den Oberschenkeln ab. Als keine Antwort kam, sah ich auf und bemerkte erst jetzt die brünette Frau, die bei Emilia vor dem Tresen stand und gerade dabei war, ein Brot in Empfang zu nehmen. Beide hielten das Brot über der Glasvitrine in der Hand, als wäre das Bild eingefroren und starrten mich an. Emilia war die Erste, die die Szene löste.

„Äh, das wären dann drei Euro fünfzig", sagte sie. Als die Kundin gezahlt und die Bäckerei verlassen hatte, wobei sie mich nicht aus den Augen ließ, versperrte Emilia hinter ihr die Tür. „So, Angelika, jetzt alles der Reihe nach, ich habe kein Wort verstanden."

„Sin... a... tra... Ali... Feh... ler... Zeich... en", keuchte ich wieder.

„Was, Ali hat einen Fehler gemacht, irgendwas mit Sinatra, und du glaubst, es ist ein Zeichen?"

Ich schüttelte energisch den Kopf, und während ich auf die Knie ging, bedeutete ich ihr zu warten. Aus Atemnot fing ich an, mir die Seele aus dem Leib zu husten. Sie strich mir über den Rücken und ich hob den Kopf, als ich endlich wieder Luft bekam. Vielleicht wäre ein Taxi doch die bessere Wahl gewesen.

Mein Kinn zitterte, als ich sagte: „Ich muss dir alles erzählen. Aber ich habe Angst, dass du denkst, ich bin verrückt ..."

„Angelika, was ist denn?", fragte Emilia erschrocken.

„Frank Sinatra wurde aus dem Himmel hergeschickt, um

mir zu helfen. Aber jetzt wird er abgezogen und ich muss alles, was ich falsch gemacht habe, wieder gut machen, um ihn zu retten. Ich habe ein Zeichen bekommen. Und ich habe so Angst, weil ich gar nicht weiß, wie ich das tun soll. Deshalb brauch ich deine Hilfe, Emilia. Ich bin nicht verrückt, ich schwöre dir, ich sage die Wahrheit. Hilf mir! Bitte!"

Emilia sah mich perplex an. „Ist das ein Witz?"

„Nein", quietschte ich und mein Kinn zitterte so sehr, dass die Zähne aufeinander klapperten.

„Oh." Sie hatte die Stirn hochgezogen. „Oh", sagte sie wieder, diesmal um einiges höher. Wir sahen uns an und schließlich sagte Emilia: „Okay, Angelika, dann fang mal an."

Nach zwanzig Minuten hatte ich Emilia in groben Details die ganze Geschichte erzählt. Sie hatte sich an die Glasvitrine gelehnt und war inzwischen dabei, sich den sechsten Fingernagel abzubeißen.

„Und, was willst du jetzt tun?", fragte sie und spuckte hastig ein Stückchen Nagel aus.

„Ich weiß nicht. Mit Ali reden? Mich entschuldigen? Ins Tonstudio gehen? Ich weiß es doch nicht! Aber ich muss irgendwie alles wieder gut machen!"

Ich sah sie ratlos an und sie erwiderte meinen Blick genauso ratlos.

„Glaubst du mir denn?", fragte ich nach einiger Zeit.

„Ich weiß es nicht, Angelika, ganz ehrlich. Das Einzige was ich weiß, ist", sie stockte und lächelte, „dass ich dir glauben *will.*"

Ich schluckte schwer.

„Wenn ich in das Tonstudio gehe, würdest du mitkommen? Ich fürchte mich davor, was Herr Müller sagt. Und auch ... wegen Charlie ... wenn ich ihn dort treffe."

Etwas hatte ich bei der ganzen Sache gelernt. Es ging nicht darum, die Dinge, vor denen man Angst hat, zu vermeiden. Es ging darum, sie zu tun, *obwohl* man Angst hat. Vielleicht würde meine Angst nie weggehen. Genauso wenig wie meine dicken Knöchel, mein Hang zur Panik und meine Selbstgespräche. Aber sie waren ein Teil von mir. Und ich war ein Teil von ihnen. Und ich wollte mich endlich nicht mehr dahinter verstecken.

„Ich komme mit", sagte Emilia und nickte, „ich hole nur meinen Mantel und gebe Ali Be..."

„Moment noch", unterbrach ich sie. „Ich muss noch zu Ali. Ist er da?"

Emilia nickte und deutete zur Backstube.

## 30 I Have Dreamed

Ich hatte mich so leise wie möglich durch den Perlenvorhang bewegt und schloss behutsam die Schiebetüre. Ali stand mit dem Rücken zu mir und putzte gerade ein Fach des silbernen Backofens, der genauso groß war wie er selber. Ich blieb stehen und trat von einem Fuß auf den anderen, er hatte mich nicht bemerkt.

Ich kramte jedes Fünkchen Mut zusammen und sagte: „Ali."

Er drehte sich erschrocken um. Sein Blick versetzte mir so einen Stich, dass ich zurückschrak. Die Hoffnung, die für einen Augenblick darin aufgeblitzt war, wurde im nächsten Moment gelöscht, als er meinen Gesichtsausdruck bemerkte.

„Ali, es tut mir so leid", flüsterte ich. Er verschränkte die Arme und ich sah, dass seine Hand zitterte. Er schien es auch zu bemerken, denn er machte eine Faust, drehte sich weg und begann wieder am Ofen herumzuwischen.

„Was willst du denn hier?", fragte er und tat so, als würde er einen besonders hartnäckigen Fleck wegputzen.

In meinem Hirn machte sich ein Wirbel breit, der jeden Gedanken in Luft auflöste. Jede kluge Redewendung verpuffte, jede Ausrede verschwand und das Einzige, was blieb, war die Wahrheit: „Es tut mir so leid, Ali, aber ich kann nicht mit dir zusammen sein."

„Ist es wegen diesem Berger?", fragte er. Er hatte mit der Putzerei aufgehört, aber sich trotzdem nicht zu mir umgedreht.

„Nein, es ist nicht wegen ihm. Es ist wegen mir." Ich war überrascht über diese Antwort und noch mehr darüber, dass sie stimmte. Obwohl ich es so sehr wollte, schon um seinetwillen, aber meine Gefühle für Ali waren nie mehr gewesen als

Zuneigung. Und daran hätte sich auch nichts geändert, wenn die Sache mit Charlie nicht gewesen wäre.

Ali hatte die Hände in die Seiten gestemmt und ich sah, wie sich sein Oberkörper rasch hob und senkte. Es war besser und vor allem ehrlicher, aus den richtigen Gründen alleine, als aus den falschen mit jemandem zusammen zu sein.

„Okay“, flüsterte er schließlich. Ich hielt den Atmen an, als er sich umdrehte. Seine Augen glänzten, aber sein Gesicht sah nicht mehr so verzweifelt aus wie vorher.

„Können wir Freunde bleiben? Oder werden?“, fragte ich unsicher.

„Nein.“ Er schüttelte energisch den Kopf. Dann ließ er die Schultern fallen, und seufzte leise: „Noch nicht.“

„Normalerweise bin ich die ...“, sagte ich und stoppte.

„Was?“

„Na ja, die sich so was anhören muss.“ Ich versuchte ihm in die Augen zu schauen und sah zu Boden, als es mir nicht gelang.

Ali machte ein glucksendes Geräusch, ich dachte er würde weinen. Ich sah hoch und stellte überrascht fest, das es ein Lachen war.

„Na, wenigstens weißt du dann, wie es mir geht“, entgegnete er schmunzelnd.

„Wenn du wüsstest … “

Langsam verklang sein Lachen. „Dieser Berger ist ein Arschloch. Und ich sage das nicht aus Eifersucht.“

„Ich weiß.“

Ich stand unsicher da, es war Zeit zu gehen. Ich hob die Hand. „Also, ich werd dann ...“, sagte ich leise.

„Ja.“

Ein Moment verstrich, in dem wir uns ansahen und dann kam Ali plötzlich auf mich zu. Er küsste mich auf die Wange.

Es war ein langer Kuss, und er war so voller Sehnsucht, dass ich mich zurückhalten musste, um nicht loszuheulen.

„Alles Gute, Angelika", flüsterte er in mein Ohr. Ich drehte mich schnell um, damit er nicht die Träne sehen konnte, die sich soeben selbstständig gemacht hatte.

„Dir auch", sagte ich und ging zur Tür.

„Angelika", rief er mir nach, als ich schon die eine Seite der Schiebetüre offen hatte. Ich blieb stehen, ohne mich umzusehen. „Ja?"

„Es war schön mir dir."

Ich schluckte schwer.

„Mit dir auch, Ali", sagte ich, trat hinaus und schloss hinter mir die Tür zur Backstube.

„Und was jetzt?", fragte Emilia und reichte mir ein Taschentuch.

„Manfred Berger anrufen. Taxi. Tonstudio", heulte ich und hörte, wie Ali sich hinter mir in der Backstube schnäuzte.

## 31 Anything Goes

Mein Herz klopfte bis zum Hals, ich fasste nach Emilias Hand und drückte auf die silberne Klingel, neben der schwarzen Riesentür des Tonstudios. Manfred Berger hatte ich nicht erreicht, aber ich hatte ihm eine Nachricht auf der Mobilbox hinterlassen, und ihn gebeten mich zurückzurufen.

Die Tür wurde geöffnet. Statt Charlie stand dahinter eine junge Frau mit blonden Dreadlocks.

„Ja, bitte?"

„Ich bin Angelika Neuhauser ... und möchte zu ... Herrn Müller, bitte", stammelte ich. Obwohl es mir so viel Angst machte, hatte ich doch gehofft, es wären Charlies Augen gewesen, in die ich gesehen hätte. Wie bei unserer ersten Begegnung.

Die junge Frau führte uns in den hohen Raum mit der riesigen Ledercouch.

„Einen Moment, bitte", sagte sie und verschwand in dem Gang zu Herbert Müllers Büro.

„Wow, nicht schlecht", sagte Emilia und strich über die weißen und schwarzen Mosaiksteinchen des Couchtisches. „Das sieht aber echt gut aus hier." Sie sah sich um, da kam das Dreadlocks-Mädchen wieder zurück.

„Bitte, Sie können rein", sagte sie und setzte sich an einen Schreibtisch in der Ecke, der so versteckt hinter hohen Grünpflanzen stand, dass ich ihn bei meinem ersten Besuch hier gar nicht gesehen hatte.

„Mir ist schlecht", murmelte ich Emilia zu.

„Hast du heute schon was gegessen?"

Das letzte Mal, dass ich was gegessen hatte, war heute Morgen in Berlin, das Stück Marmorkuchen, das Toni mir gegeben hatte. Ich presste die Lippen zusammen und statt einer Antwort, deutete ich ihr mitzukommen. Sie nickte und folgte mir durch den Gang mit den Deckenspots, der direkt in Herbert Müllers kleines Büro führte.

„Ich weiß schon alles", sagte Herbert Müller, kaum war ich eingetreten. Erst jetzt bemerkte er Emilia.

„Oh, hallo, äh ... pardon … ich wusste nicht", sagte er und sah Emilia an.

„Das ist Emilia, meine Freundin", sagte ich, aber er schien mich nicht mehr wirklich zu bemerken.

„Was? Ach so, ja, hallo." Es dauerte einen Moment, bis ihm wieder einfiel, dass ich auch da war.

„Hallo, Frau Neuhauser. Verzeihung. Aber bitte, setzen Sie sich doch." Er deutete zur beigen Couch mit Rosenmuster und strich sich mit der anderen Hand entgeistert über die Stirn.

„Schön haben sie es hier", sagte Emilia und lächelte ihn an. Herbert Müller lächelte zurück. „Ach ja, finden Sie?" Es klang fast schüchtern. Dann ging er zu seinem alten braunen Schreibtisch, holte aus der einen Seite eine Flasche Whiskey und aus der anderen drei dickbauchige Gläser heraus. Er brachte alles zu dem Tisch und setzte sich uns gegenüber.

„Also, Frau Neuhauser", sagte er, als er eingoss, „Toni war schon da und hat mir von dem Fiasko erzählt. Und ich bin, ehrlich gesagt, ein bisschen böse auf ihn. Er hätte bei der Aufnahme in Berlin unbedingt bei Ihnen bleiben müssen. Na ja, sehen Sie es als Feuertaufe." Er reichte jeder von uns ein Glas mit bronzefarbener Flüssigkeit, von der ein angenehm malziger Geruch ausging.

„Toni hat die ganze Schuld auf sich genommen, er hat gemeint, Sie hätten überhaupt keine Chance gehabt. Und dann war ja da auch noch die Sache mit Flehming."

Er prostete uns zu und Emilia rief aus: „Cheers!"

Beide leerten ihre Gläser auf einen Zug, während ich nur an meinem nippte. Toni hatte versucht, meinen Vertrag und meine Aufnahme für die Kinderbuchreihe zu retten. Aber ich wollte nicht von ihm gerettet werden. Nicht so.

„Das war nicht Tonis Schuld, bitte, es hätte überhaupt nichts geändert, wenn er da gewesen wäre. Die Einzige, die Sie dafür verantwortlich machen können, das bin ich."

Herbert Müller hob die Augenbrauen und goss noch Whiskey nach. Mir auch, obwohl mein Glas noch voll war.

„Das klingt ja jetzt interessant", sagte er und nahm einen weiteren Schluck. Er lächelte Emilia ein bisschen länger an und nickte mir dann aufmunternd zu.

„Bitte, Frau Neuhauser, ich bin gespannt."

Und ich fing an zu erzählen. Von den verpatzen Aufnahmen, meiner Nervosität, den Versprechern, von der dünnen Frau, dem noch dünneren Mann und von der „Stärkung", die man mir angeboten hatte. Als ich fertig war, sank ich in die Couch zurück.

„Ich bin eigentlich nur hier, um mich bei Ihnen zu bedanken", sagte ich leise, „für die Chance, die Sie mir gegeben haben. Es tut mir leid, dass ich Sie enttäuscht habe. Und bitte, seien Sie nicht böse auf Toni. Er hat wirklich rein gar nichts damit zu tun gehabt."

„Verstehe", sagte Herbert Müller und sah mich nachdenklich an. Mir war so elend zumute, dass ich am liebsten wieder zu heulen angefangen hätte. Ich konnte seinem Blick nicht standhalten und sah weg. Eine Weile saßen wir so da, alle drei schweigend. Ich fasste mir ein Herz, ich war nicht hier, um einen auf sterbenden Schwan zu machen, sondern um das gutzumachen, was ich gutmachen konnte.

„Also dann, Herr Müller", begann ich und stand auf.

„Moment noch", sagte er und griff in seine Sakkotasche. Er holte einen schmalen goldenen Kugelschreiber heraus und hielt ihn mir entgegen. Ich sah ihn an, und weil ich nicht wusste, was er meinte, rührte ich mich nicht. Mit einer Geste bedeutete er mir, ihn zu nehmen. Zögerlich griff ich danach, er war schwer und ich hatte fast den Eindruck, er wäre aus echtem Gold. Herbert Müller stand auf, ging hinüber zu seinem Schreibtisch und holte ein paar aneinander geheftete Zettel aus der Schublade.

Er kam wieder zurück, setzte sich und legte sie auf den Couchtisch vor mir.

„Sie müssen noch Ihren Vertrag unterschreiben. Das hat Toni vergessen", sagte er.

Ich beugte mich nach vorn. Da stand in fetten Buchstaben: „Vertrag des Tonstudios Müller mit Angelika Neuhauser" und darunter „Fünf Hörbücher für Kinder".

„Sind Sie sicher, Herr Müller?" Mein Stimme war mir in den Hals gerutscht und es klang, als hätte eine Maus aus mir gesprochen.

„Natürlich ist er sicher", antwortete Emilia statt ihm.

Herbert Müller stützte sich mit seinen Ellbogen an seinen Knien ab und sah mich mit einem Blick an, der sich anfühlte wie ein Sonnenstrahl bei Schneegestöber.

„Frau Neuhauser, ich möchte, dass Sie wissen, dass ich das auch gewollt hätte, wenn die Sache mit Flehming nicht gewesen wäre. Seit Toni hier angefangen hat, war er noch nie so begeistert von einer Sprecherin. Gleich nach Ihren Testaufnahmen vor ein paar Tagen ist er zu mir gekommen und hat sie mir vorgespielt. Und ich kann ihn verstehen. Vergessen Sie die Sache mit Berlin. Wir wissen beide, wenn wir eine besondere Sprecherin vor uns haben."

Ich hatte zu zittern begonnen, griff nach dem Whiskeyglas und schluckte den ganzen Inhalt in einem Zug runter. Herr Müller lachte auf.

Während ich den Vertrag in dreifacher Ausführung unterschrieb, begann sich das Zimmer um mich herum zu drehen und ich bereute mit jeder einzelnen noch halbwegs aktiven Gehirnzelle, dass ich den ganzen Whiskey getrunken hatte. Und das so schnell. Und auf nüchternen Magen.

Ich legte den Kugelschreiber zur Seite, stand auf und schüttelte Herbert Müller die Hand.

„Also dann, herzlich willkommen. Meine Sekretärin wird Sie wegen allem Weiteren anrufen."

„Viiielndank", sagte ich, ohne seine Hand loszulassen. „Übrigenss... meinefreundin... emillahier... braucheinewerbungfüihrbäck... rei."

Ich stützte mich an seiner Schulter ab, um nicht umzufallen.

„Ischglaubeischgehjetz," sagte ich, zwinkerte sehr heftig und zeigte mit dem Finger auf Emilia, „undemilladubleibsda."

Herbert Müller und Emilia sahen mir nach, als ich „Aufwiiiiesehnunddaaanke", rief, und dann den Gang entlang wie eine Billardkugel von einer Wand zur anderen rollte.

Draußen saß noch die junge Frau mit den Dreadlocks hinter der Zimmerpflanzenlandschaft und tippte etwas in ihren Computer ein.

„Entschuidigung... isonida?"

„Wer bitte?"

„Oooniiii!"

„Wer ist Oni?"

„Na Oni ... der ... Ontechniker."

„Toni, der Tontechniker?"

Ich nickte heftig.

„Nein, der hat heute frei. Soll ich ihm was ausrichten?"

Ich schüttelte den Kopf. Bei der Tür hielt ich kurz inne, dann drehte ich mich noch mal zu dem Dreadlocks Mädchen um und grölte: „Oniliebtevaundichliebeoni."

Ohne weiteres Wort verließ ich torkelnd das Tonstudio.

Wieder nüchtern stand ich vor den Waschbecken in der Toilette eines Fast Food Restaurants. Die zwanzig Meter vom Tonstudio bis hierher waren mir wie zweihundert Meter vorgekommen und fast wäre ich die Treppe, die zu den Toiletten führte, hinuntergefallen. Im letzten Moment hatte ich mich am Geländer festgehalten und war nur mit einem Fuß über die nächste Stufe gerutscht.

Mein Gesicht sah mir aus dem Spiegel entgegen. Ich war alleine und das Neonlicht war kalt und tauchte alles in graues Licht. Irgendetwas ließ mich an meinem Spiegelbild nicht los. Ich strich mir ein paar Strähnen aus dem Gesicht. Etwas war anders. Ich drehte mich zur einen Seite, dann zur anderen. War es das Licht? Mein Blick wirkte müde, aber das tat er auch oft, wenn ich den ganzen Tag im Büro vor dem Computer gesessen hatte. Ich zog die Stirn hoch und leckte mir über meine trockenen Lippen.

„Angie", flüsterte ich und fuhr auf dem Spiegel die Kontur meines Gesichts nach. Die gleichen Augen, die gleiche Nase, der gleiche Mund. Und da fiel es mir ein, so plötzlich und unerwartet, dass ich die Augen aufriss: Es war nicht mein Gesicht, das sich verändert hatte. Es war das Gefühl! Dasselbe Gefühl, das ich sonst nur hatte, wenn ich jemanden ansah, den ich mochte.

Die Tür ging auf und ich nahm rasch die Hand vom Spiegel, griff nach meiner Handtasche und ging hinauf, um meinen leeren Magen mit einem riesigen Burger zu füllen. Denn hungrig wollte ich meinen Eltern auf keinen Fall entgegentreten.

## 31 No One Ever Tells You

„Heiligenstadt" klang es durch die Lautsprecher, als die U-Bahn in die Station einfuhr, bei der ich aussteigen musste. Kaum hatte ich einen Fuß auf den Bahnsteig gesetzt, läutete mein Handy. Ich kramte danach und drückte, als ich es endlich in der Hand hatte, auf den grünen Knopf, ohne auf das Display geschaut zu haben.

„Hallo?"

„Hallo Angelika, hier ist Manfred. Berger." Stille. „Frediii", setzte er nach. Mir wurde in dem Augenblick, in dem ich seine Stimme hörte, klar, dass ich die Angelegenheit nicht übers Telefon klären konnte. Nicht wegen ihm. Sondern wegen mir.

„Angelika, bist du noch dran?", fragte er nach, als ich nichts gesagt hatte.

„Ja, bin ich. Können wir uns sehen? Wenn es geht, um sieben?"

„Oh, gut, du bist mir nicht böse. Das ist aber schön. Ich habe dich aber auch nicht so eingeschätzt. Ich dachte nur mal kurz, weil du dich nicht gemeldet hast ... Aber wir sind ja beide erwachsen, nicht wahr? Also, wohin soll ich kommen, ich stehe zu Diensten."

„Irgendwohin im ersten Bezirk. Am besten in der Nähe von der Fußgängerzone in der Kärntnerstraße." Er zählte ein paar Namen von Lokalen auf und ich wählte daraus das einzige Kaffeehaus, das er genannt hatte.

„Okay, dann um sieben", sagte ich und legte auf.

„Kätzchen", sagte meine Mutter überrascht, als sie die Tür öffnete.

„Kann ich reinkommen?“, fragte ich.

„Aber natürlich, sicher doch, hach! Wieso hast du denn nichts gesagt, dass du vorbeikommst, ich hätte was hergerichtet. Alfred“, schrie sie an mir vorbei, „Alfred, komm her. Unser Kätzchen ist da!“

Sie führte mich ins Wohnzimmer. Der Wasserfleck auf dem hellen Parkett war nicht weggegangen, stellte ich fest, als ich mich auf einen Sessel an den Esstisch setzte. Mein Vater kam in seinem grünen Frotteebademantel herein. Er sah mürrisch aus und hob kurz den Kopf, als er mich sah.

„Hallo Papa“, sagte ich. Meine Mutter war inzwischen zum üblichen Programm übergegangen und tat so, als wäre nichts gewesen. Sie fing an Tassen und Gläser herauszustellen und den Tisch zu decken.

„Du warst also in Berlin“, sagte mein Vater und verschränkte die Arme.

„Dein armer Vater konnte überhaupt nicht schlafen, solche Sorgen hat er sich um dich gemacht“, sagte meine Mutter und warf einen besorgten Blick zu ihm. Plötzlich stockte sie mitten in der Bewegung. Sie hatte automatisch in die Lade mit den Tischtüchern greifen wollen. Als wäre es ihr gerade erst wieder eingefallen, dass sie ja außerdem noch böse auf mich war, weil ich die Tischtücher genommen hatte, um das Wasser aufzuwischen, als sie, wegen mir, gegen die Vase gelaufen war. Sie baute sich vor mir auf und sah mich an.

Doch ein anderes Programm, dachte ich.

„Also Kätzchen, wirklich! Weißt du eigentlich, dass dein Vater und ich ganz krank waren, vor Angst um dich. Wir wollten schon die Polizei rufen!“

„Warum?“

„Warum? Warum? Du fährst, ohne uns was zu sagen, nach Berlin und fragst warum? Alfred, sie fragt warum!“ Meine

Mutter griff sich ans Herz und schüttelte theatralisch den Kopf.

„Was wolltet ihr der Polizei denn sagen, Mama? Das eure zweiunddreißigjährige Tochter ohne eure Erlaubnis weggeflogen ist?"

„Geflogen, mein Gott, auch das noch", sagte mein Vater und schlug sich gegen die Stirn.

„Papa, ich ...", fing ich an.

Doch dann hielt ich inne und sagte nichts mehr. Ganz selbstverständlich wollte ich wieder die Wogen glätten. Wann war das so geworden? Oder war es schon immer so und ich hatte es einfach nie bemerkt?

Ich sah zu meiner Mutter, die mich erwartungsvoll beobachtete, wie bei einem Schachspiel, wo man auf den Zug des anderen wartete. Dann sah ich zu meinem Vater. Seine Stirn lag in Falten und er schnaubte. Waren wir uns schon immer so fremd, fragte ich mich, als ich sie weiter betrachtete. Ich saß vor diesen zwei Menschen, die mir dieses alles beherrschende Gefühl gaben, dass sie mich überhaupt nicht kannten. Was sie kannten, war ihre Vorstellung, ihre Idee, wie ich zu sein hatte. Und es war egal, was ich sagte, egal, was ich tat, oder wie ich mich benahm. Es würde nichts daran ändern. Ich senkte meinen Blick. Die Zeit war gekommen, damit aufzuhören, so zu sein, wie sie mich haben wollten.

„Mama, Papa", sagte ich und stand auf, „es geht mir gut, ihr müsst euch keine Sorgen machen. Ich weiß, es ist egal, dass ich euch das sage, weil ihr es ja trotzdem tut. Ich werde jetzt gehen."

„Wovon redest du? Wohin denn?", fragte meine Mutter. „Ja, wohin?", hakte mein Vater nach, als ich nicht antwortete.

Statt einer Antwort gab ich beiden einen Kuss auf die Wange. Und dann verließ ich das Haus meiner Eltern.

****

Kurz nach sieben betrat ich das alte Wiener Kaffeehaus, in dem Manfred Berger bereits auf mich wartete. Meine Augen mussten sich erst an das dämmrige Licht gewöhnen und ich blieb einen Moment im Eingang stehen. „Angelika", rief er und winkte aus der Ecke, in der er saß, herüber.

Ich atmete tief ein und ging zu ihm und nahm auf der bordeauxroten Polstersitzbank Platz. Ich wusste nicht, was ich erwartet hatte, aber er war immer noch der hübsche Mann mit den brünetten Haaren und den unglaublich weißen Zähnen. Nur dass mir sein Anblick keinen Magnolienduft mehr bescherte. Ich öffnete den Mund, um etwas zu sagen, doch noch bevor das erste Wort aus meinen Mund gekommen war, hatte er schon angefangen.

„Ja, Angelika, wie schön, dass du da bist. Das ist ja wirklich nett, dass du dich gemeldet hast. Und es hat auch heute so gut gepasst, ich habe nachher nichts vor, hahaha."

Er fuhr sich durch die Haare und setzte einen Schlafzimmerblick auf. „Du kannst dir nicht vorstellen, wie peinlich mir das war, als ich mitgekriegt habe, dass du diese SMS bekommen hast. Und es tut mir leid wegen dem … na, du weißt schon. Was soll ich sagen – Männer!"

Er zwinkerte mir mit einem Auge zu und schnalzte mit den Lippen.

„Auf jeden Fall, heute gehöre ich ganz dir, was wollen wir denn mit dem angebrochenen Abend machen? Vielleicht könnten wir ja dort fortsetzen, wo wir unterbrochen wurden? Du hast mich ja zu dir eingeladen …"

Ich war so erstaunt, ich konnte es einfach nicht fassen, was er da gerade gesagt hatte. Er musste meinen Gesichtsausdruck bemerkt haben, denn er beschloss einen Themenwechsel.

„Wir können natürlich auch etwas anderes machen. Ins

Kino oder essen gehen? Ich bin ja in letzter Zeit nicht viel ins Kino gekommen, es ist gerade so viel zu tun und ..."

„Manfred, ich ...", begann ich, doch er ging darüber hinweg und fuhr fort, „da komme ich ja fast nicht raus, nicht mal klettern war ich in der letzten Woche, vom Segelfliegen ganz zu schweigen und dabei ..."

„Manfred", sagte ich um einiges lauter.

„Was, ja?" Er schaute verwirrt.

„Manfred, du bist ein Idiot, wenn auch ein harmloser, eitler, selbstverliebter, aber dennoch ein Idiot", sagte ich und drückte seine Hand, „tu mir einen Gefallen und ruf Moni an, ihr gebt einfach ein perfektes Paar ab. Nur bitte, bekommt keine Kinder, ich glaube, noch wen von eurer Sorte könnte die Welt nicht verkraften."

Dann schnappte ich meine Handtasche und stand auf. An der Türe sah ich mich noch mal um. Manfred Berger saß da und schaute mir verdattert nach.

## 32 It Had To Be You

Die Himmelpfortgasse 13 war ein Barockpalais, dessen Eingang von einem Rundbogen gekrönt war. Auf den Seiten trugen zwei männliche Steinstatuen den Balkon über der Tür, und ich konnte das Gefühl nicht loswerden, dass sie mich beobachteten.

Mit hoffnungsvollem Blick sah ich hinauf in den Himmel. Hatte ich auch alles richtig gemacht?

Der einzige unerledigte Punkt auf meiner Liste war Toni, ich hatte mich nicht bei ihm gemeldet, aber was hätte ich ihm auch sagen sollen? Alles was ich tun konnte war, ihm zu wünschen, dass er mit Eva wieder glücklich werden sollte. Die Sonne ging gerade unter und mein Herz mit ihr.

Ich holte Luft und trat durch die große, offenstehende Holztüre in das Palais.

Es war ein kurzer hoher Gang mit schwarzen Laternen, der direkt in den Innenhof führte. Auf der linken Seite, in der Ecke, war die grüne Türe, wie Frank Sinatra es gesagt hatte. Ich drückte dagegen und begann mit dem Abstieg über die endlos lange Wendeltreppe. Mit jeder neuen Biegung wurde es dunkler, ein bitterer Geruch stieg mir in die Nase, der so stark war, dass ich in meinen Ärmel atmen musste.

Ich fing an schneller zu laufen, der Geruch war genauso unerwartet wieder fort, wie er gekommen war, aber um mich herum war es jetzt stockdunkel. War das vielleicht so eine Art Sperre, damit niemand da hinunter gehen würde, der es nicht wirklich musste?

Ich tastete mich von Stufe zu Stufe, sie fühlten sich jetzt unter meinen Füßen felsiger an, als wären sie in einen Stein hinein gehauen. Endlich wurde es ein wenig heller, als würde eine Kerze brennen, die ich nicht sehen konnte, und ich nahm zwei Stufen auf einmal.

Die Treppe war so plötzlich zu Ende, dass ich mit Tempo in jemanden hineinlief. Noch bevor ich etwas erkennen konnte, wusste ich, dass es Sinatra war.

„Entschuldigung", keuchte ich und sah hoch. Neben ihm stand die Frau mit den dunklen Haaren, nach deren Schimpferei ich damals in der *Kaffeetasse* in Ohnmacht gefallen war. In dem düsteren Licht sah sie jünger aus und plötzlich wusste ich, wieso sie mir so bekannt vorgekommen war. Das war Ava Gardner. Und der Mann, der neben ihr stand und reglos zu mir sah, war der Taxifahrer mit der Hakennase.

„Angie", sagte Sinatra, und als er mich berührte, erhellten hunderte kleiner Lichter den Raum.

„Ich habe das Zeichen verstanden", begann ich rasch und schaute ihn sehnsüchtig an.

„Welches Zeichen?", fragte von links der Mann mit der Hakennase.

„Na, das mit dem Kopf, dem Schmerz! Das Zeichen, dass ich bekommen habe, als ich gefragt habe, was ich tun kann ... "

„Was meinst du?" Es war die Ava Gardner Frau.

„Ich bin doch gestürzt, mit dem Fahrrad, und habe mir den Kopf angeschlagen ... und jetzt wieder. Und es hätte ja jetzt nicht so weh getan, wenn nicht diese Verletzung von damals da gewesen wäre!" Ich sah in drei verständnislose Gesichter.

„Aber, das war doch ein Zeichen", rief ich verzweifelt, „dass ich alles gut machen soll! Ich war auch bei Ali und im Tonstudio und bei meinen Eltern und ..."

Der Mann mit der Hakennase war der Erste, der reagierte. Mir blieb das Herz stehen, als ich zusah, wie er den Kopf schüttelte. „Aber ...", rief ich wieder, doch er unterbrach mich.

„Dein Denken war unscharf", sagte er.

„Was?" Ich hatte es nicht begriffen.

„Es gab kein Zeichen", übersetzte die Ava Gardner Frau mit brüchiger Stimme.

„Was?", rief ich noch mal, um einiges höher. Jetzt schüttelte auch sie den Kopf.

„Kein Zeichen?", wiederholte ich fassungslos.

Sinatra hatte mich von hinten an den Schultern gefasst.

„Es tut mir leid, Angie", sagte er leise.

Hakennase sah an mir vorbei zu Frank Sinatra und fragte: „Bist du ganz sicher, dass dies dein letzter Wunsch sein soll, bevor du ... "

„Ich bin ganz sicher", unterbrach ihn Sinatra.

„Also gut, dein letzter Wunsch sei dir hiermit gewährt."

Es erschreckte mich, wie er es gesagt hatte.

Blitzlichter flackerten lautlos auf. Jedes Mal, wenn sie erloschen, hatte sich der Raum verändert. Zuerst wurde er nur größer. Beim nächsten Mal lag ein dicker rot gemusterter Perserteppich auf dem Boden, und an der Wand hing ein Gemälde. Eine schneebedeckte Bergspitze über einem Tannenwald. Ich kannte dieses Bild sehr gut, auch wenn es inzwischen im Haus meiner Eltern hing.

Nach dem nächsten Aufleuchten des Blitzlichtes stand da eine dunkelgrüne Velourcouch neben einem orangefarbenen Siebziger-Jahre-Couchtisch. Danach tauchten noch eine weiß-orangefarbene Plastikkommode, die große weiße Porzellanvase, die inzwischen kaputt war, und ein kleiner roter Kindersessel auf.

Das Blitzlicht leuchtete wieder, doch diesmal war es so gleißend, dass ich meine Augen schließen musste

Als ich sie wieder öffnete, sah ich ein kleines strohblondes Mädchen vor mir. Sie saß auf dem roten Sessel. Ihr hellblaues

Strickkleid hing ihr schief von einer Schulter, aber sie bemerkte es nicht. Sie war viel zu sehr mit der kleinen geöffneten Holzschatulle in ihren Händen beschäftigt.

„Wer ist das?“, fragte ich, ohne meinen Blick von dem Kind abzuwenden. Sinatra griff nach meiner Hand und es war, als würden seine Finger mit meinen verschmelzen.

„Angie ... das bist du.“

## 33 For Once In My Life

„Hab keine Angst. Geh zu ihr."

„Aber, das kann nicht sein. Das bin ich nicht gewesen."

„Doch, Angie."

Das sollte ich sein? Aber ich hatte doch Kinderfotos von mir gesehen! Ja, gut, eine gewisse Ähnlichkeit war vielleicht vorhanden, aber etwas ganz Entscheidendes war bei diesem Mädchen hier anders. „Nein. Ich … ich war nie so ... hübsch", sagte ich.

„Das bist du", wiederholte Sinatra und deutete zu dem Kind, das jetzt kurz zu uns geschaut hatte. Ihre Augen hatten mich gestreift, und sie hatte einen Moment gezögert, bevor sie sich wieder ihrer Schatulle zugewandt hatte. Es war, als würde sie mich erkennen.

Ich konnte es nicht glauben. „Nein, das …"

Ein schwaches Lächeln breitete sich auf Sinatras Gesicht aus und er bedeutete mir, zu ihr zu gehen.

Zaghaft setzte ich einen Fuß vor den anderen. Mit jedem Schritt, den ich näher kam, begann mein Herz stärker zu klopfen. Das Mädchen hob erneut den Kopf. Zwei große braune Knopfaugen in einem blassen Gesicht sahen mich an. Sie streckte ihren kleinen nackten Arm aus und hielt mir die Schatulle entgegen. Ich ging auf die Knie, und als ich den Perserteppich unter meinen Unterschenkeln spürte, war ich wieder da, wo ich schon als Kind gewesen war. Im Wohnzimmer meiner Eltern, bevor wir in das Haus umgezogen waren. Ich konnte den vertrauten muffigen Teppich riechen, die Blüten des Kastanienbaums vor meinem Fenster und das Plastik der Möbel.

Ich griff nach der Holzschatulle und meine erwachsenen Finger berührten für einen kurzen Moment die Finger des kleinen Mädchens. Es war wie ein elektrischer Schlag, der uns beide zusammenzucken ließ.

Und da wusste ich, dass Sinatra recht hatte. Ich war dieses Kind. Das war das blaue Häkelkleid, das ich so gerne angehabt hatte. Mein roter Sessel, der jetzt in meinem Schlafzimmer stand. Ich lächelte das Mädchen an, als ich die Schatulle öffnete. Ich wusste, was sich darin befand.

Um die zehn Regenwürmer schlängelten sich zwischen den Holzfächern, die für Schmuck gedacht waren. Ich hatte sie gerettet. Die Würmer hatten nach dem Regen auf dem Gehweg im Park gelegen und ich wollte nicht, dass jemand auf sie treten würde. Ich war vier Jahre alt und hatte nicht verstanden, dass sie aus dem Gras gekrochen waren und wieder dorthin gehört hätten. Ich wollte sie einfach nur in Sicherheit bringen und vor dem Zertrampelungstod retten.

Ich blickte wieder auf dieses Kind am roten Sessel, das mich jetzt so nachdenklich ansah. Dann lachte sie laut auf, warf ihren Kopf in den Nacken und klatschte in die Hände. Ein lautes Seufzen stieg aus meinem Körper und ich umklammerte verzweifelt die Box, aus der sich langsam die Regenwürmer in die Freiheit schlängelten.

Was war aus mir geworden?

Was war aus diesem aufgeweckten Mädchen geworden, das sich vor so wenig im Leben gefürchtet hatte und so neugierig auf die Welt war? Aus diesem Kind, das noch nicht mit sich selber gesprochen hatte? Wo war es hin? Hatten ein paar dicke Knöchel ausgereicht, um es verschwinden zu lassen?

„Es ist noch da." Sinatra beugte sich neben mich. „Und es war nie weg, Angie. Du hast es nur vergessen."

Und während wir noch mein kleines Ich betrachteten, wie es nach den Regenwürmern griff, die nun bereits auf dem Teppich waren, verblasste das Mädchen immer mehr. Und dann war es nur noch ein leerer Platz, auf den ich schaute, und meine Hände waren leer.

Allmählich verschwanden auch die Regenwürmer, die Möbel und schließlich war der Teppich das letzte Stück, das sich in Luft auflöste.

„Das war dein Wunsch?", flüsterte ich und drehte mich zu ihm.

„Ich wollte, dass du dich erinnerst."

Ich konnte es nicht fassen. „Das ist dein letzter Wunsch gewesen? Wirklich?"

Er lächelte und ich versuchte zurückzulächeln, aber es gelang mir nicht.

„Danke." Eine Welle aus Trauer, Glück und Dankbarkeit spülte mich fort. „Danke, Francis ... für ... alles." Es folgten noch viele „Danke", die unter meinem Schluchzen untergingen. Er küsste mich auf die Stirn und ich drückte mich an ihn.

Der Mann mit der Hakennase war hinter uns getreten und sagte: „Es ist zwar nicht sein Wunsch, aber wenn du möchtest – ich kann die Wülste über deinen Knöcheln verschwinden lassen."

„Wenn Sie mir einen Wunsch erfüllen wollen, dann lassen Sie ihn hier bleiben. Bitte!", flehte ich.

Er senkte den Blick. „Das kann ich nicht. Also, willst du?"

Ich sah zu meinen Füßen. Obwohl mir gar nicht danach zumute war, musste ich trotz der Tränen lächeln. „Nein. Will ich nicht. Jemand hat mal zu mir gesagt, versteck nicht deine Narben, wo immer du sie auch trägst. Es sind zwar keine Narben, aber ich weiß jetzt, was er damit gemeint hat", sagte ich und sah wieder Sinatra an.

Hakennase hob überrascht die Augenbrauen. „Gut, wie du willst. Dann gibt es für uns hier nichts mehr zu tun."

„Nein", schrie ich auf und dachte mein Herz würde zerspringen.

Doch Frank Sinatra war bereits aufgestanden. „Nein, bitte!" Ich sprang hoch und umarmte ihn erneut, diesmal so fest ich konnte. „Was passiert jetzt mit dir?"

Er warf einen Blick zu Hakennase und Ava Gardner, worauf sich beide abwendeten und zur Treppe hinübergingen.

„Kannst du dich erinnern, was ich dir damals gesagt habe? Warum ich nicht ins Licht gehen konnte, als ich gestorben bin?", flüsterte er.

Ich wusste es noch.

„Du hast gesagt, du bist nicht hineingegangen, weil du es verloren hast. Aber ich habe damals nicht verstanden, was du mit *es* gemeint hast. Ich verstehe es immer noch nicht."

Sinatra atmete tief ein, dann fuhr er sanft mit seiner Hand über mein Gesicht, als würde er es mit seinen Fingern nachzeichnen. Ich weinte so sehr, dass ich ihn durch meinen Tränenschleier kaum noch sah.

„Es ist okay, Angie", flüsterte er, „wo immer ich auch hingehen werde, es ist okay. Weil ich *es* wiedergefunden habe."

Er griff mit der rechten Hand in seine Hosentasche und drückte unauffällig meine Hand.

Dann ging er einen Schritt zurück.

Francis Albert Sinatra sah mich ein letztes Mal liebevoll an, lächelte mir zu und im nächsten Moment waren er, Ava Gardner und der Mann mit der Hakennase verschwunden.

Wo sie gestanden hatten, blieb ein bunter Funkenregen zurück. Als wäre ein Regenbogen explodiert, verglommen die unzähligen blauen, gelben, roten, grünen und lila Funken langsam in der Luft.

Ich stand im Kellergewölbe des Palais in der Himmelpfortgasse dreizehn und war alleine. Es war, als hätte alle Kraft meinen Körper verlassen, ich sank zusammen und hielt meine Hände vor mein Gesicht. Und erst da bemerkte ich es:

Frank Sinatra hatte mir einen kleinen Zettel in die Hand gesteckt, als er sie zum Abschied gedrückt hatte. Ich faltete hastig das Papier auseinander und wischte mir mit einer Handbewegung die Tränen aus den Augen.

Da stand in handgeschriebenen Zeilen:

*Someday, when I'm awfully low, when the world seems cold,*
*I will feel a glow just thinking of you*
*and the way you look tonight.*
*Cause I love you, Angie, just the way you look tonight.*

## 34 Moonlight Serenade

Als ich auf die Straße trat, war der Himmel bereits dunkel und die Straßenbeleuchtung schien hell auf mich herab. Obwohl man wegen der Lichter der Stadt sonst kaum Sterne zu sehen bekam, war der schwarze Nachthimmel jetzt voll von ihnen. Ob er da oben irgendwo war? Ich schloss meine Augen. Ein kühler Luftzug kam angeweht, der meine feuchte Haut trocknete.

Ich wusste nicht, wie lange ich so dagestanden hatte, aber irgendwann kam dieses Gefühl, dass es Zeit war zu gehen. Ich drückte meine Lippen auf den kleinen Zettel und schickte ein Gebet in den Himmel. Es bestand aus drei Worten. Dann steckte ich den Zettel in die Hosentasche, wendete mich ab und ging los.

„He, Sie sind doch ...“, sagte eine Stimme vor mir. Ich war gerade auf die Fußgängerzone eingebogen und sah hoch. Es dauerte einen Moment, bis ich den alten Feuerwehrmann erkannte, der vor ein paar Tagen bei mir am Dach gewesen war. ‚Erst vor ein paar Tagen ...‘, ging es mir durch den Kopf. Jetzt trug er statt seiner Uniform ein schwarzes Hemd und darüber eine alte braune Lederjacke. Ein vielleicht zwölf-, dreizehnjähriges Mädchen versteckte sich hinter ihm und sah mich durch ihre dicken Brillengläser an. Sie hatte dieselbe große fleischige Nase wie er.

„Wie geht es Ihnen?“, fragte er und lächelte.

Ich hob die Schultern und schluckte. „Es geht, danke. Und Ihnen?“

„Ich bin seit heute in Pension, wir gehen gerade ins Kino, um das zu feiern. Das da ist meine Enkelin, Bianca.“

Er zog das Mädchen hinter sich hervor und legte einen Arm um ihre Schulter. Bianca fasste sich verlegen an die Brille und murmelte etwas, das wie „Hallo“ geklungen hatte.

„Hallo“, sagte ich zurück.

„Was wollt ihr euch denn ansehen?“, fragte ich sie.

Sie murmelte wieder etwas, aber ich konnte nur Prinz heraushören und dann hatte es entweder nach Betörung, Verschwörung oder Empörung geklungen. Aber ich lächelte nur und tat so, als hätte ich es kapiert.

„Die Bianca mag gern solche Schinken“, lachte der Feuerwehrmann auf und verdrehte die Augen, „und ich auch.“

Ich war mir nicht sicher, ob ich überhaupt noch an Zeichen glauben wollte, aber als ich jetzt dieses Mädchen ansah, konnte ich nicht anders.

„Liest du gerne, Bianca?“, fragte ich. Das Mädchen nickte energisch.

„Oh, die Bianca ist eine Leseratte. Kein Buch ist vor ihr sicher.“ Der Feuerwehrmann tätschelte die Schulter seiner Enkelin und sie schmiegte sich an seinen Bauch.

„Kennst du die Annabelle-Romane?“

Sie schüttelte den Kopf und das erste Mal schien die Schüchternheit ein wenig von ihr abzufallen. „Nein, worum geht es denn da?“

Ich klatschte die Hände zusammen. „Oh, das sind tolle Bücher! Ich glaube, die tollsten Bücher die ich je gelesen habe. Es geht um eine junge Frau, Annabelle, die muss bei ihrem schrecklichen Vormund leben, und da gibt es noch Marc, ach! Wie sie ihn liebt! Und außerdem muss sie ja nach ihrem verschollenen Bruder Jean–Pierre suchen, es ist einfach ...“

„Ja, was?“, fragte Bianca.

„Fantastisch“, antwortete ich und lächelte sie an.

„Oh bitte, Opa, darf ich diese Bücher haben, bitte?“

Noch bevor er etwas antworten konnte, sagte ich: „Ich schenke sie dir sehr gerne, Bianca. Wenn ihr mir eure Adresse gebt, schicke ich sie dir. Alle sieben Bände."

„Oh ja!", sagte Bianca und kramte eine Visitenkarte aus ihrer Manteltasche und reichte sie mir. Neben Name und Adresse war ein brauner Teddybär, der in einem roten Herz saß.

„Wow, du hast schon Visitenkarten. Die sind aber hübsch."

„Hat mir mein Opa geschenkt", sagte sie und drückte sich wieder an ihn.

„Ja, dann. Viel Spaß ihm Kino."

Ich reichte zuerst Bianca die Hand und dann ihm. Er hielt sie einen Moment länger.

„Das ist sehr nett von Ihnen, danke. Ich hoffe wirklich, dass es Ihnen wieder gut geht."

Ich sah ihm in die Augen. „Damals auf dem Dach, ich ..." Ich hielt inne. Was sollte ich sagen? Ich beschloss es mit der Wahrheit zu versuchen. „Ich hab Sie nicht angelogen. Ich wollte wirklich nicht springen. Und bis heute ist mir nicht klar, wie ich da hinauf gekommen bin." Ich fing an zu lachen. „Aber inzwischen weiß ich, dass es mehr Dinge zwischen Himmel und Erde gibt, als wir wissen."

Er schaute ein wenig überrascht drein, aber Bianca rief: „Ja, nicht wahr?"

Und dann lachten wir alle drei.

***

***Himmelsgewölbe, zur gleichen Zeit***

„Was …?"

Er hatte damit gerechnet, direkt im Fegefeuer zu landen, doch jetzt stand er hier, neben Ava, auf dem gläsernen Podest, und vor ihm die versammelte Himmelsbrigade. Sogar alle Plätze der Höheren waren bis auf einen einzigen besetzt. Aristoteles, sein Sitz war leer. Er sah sich um, blickte fragend zu Ava. Doch sie schüttelte nur ratlos den Kopf.

„Francis Albert Sinatra", begann eine rundliche Frau mit blonden Engelslocken. Er kannte sie, es war eine der Höheren, „Ihr seid hier, weil wir Euch eben beobachtet haben."

Noch bevor er etwas erwidern konnte, bedeutete ihm die Höhere still zu sein.

Er erschrak so sehr.

Ava!

Sie hatte durch seinen letzten Wunsch gegen die Himmelsgesetze verstoßen! Und was mit solchen Himmelsboten geschehen sollte, das war etwas, an das er nicht erinnert werden musste. Mit einem flehentlichen Blick sah er zur Seite.

„Angel, verzeih", formte er, unhörbar für alle Umstehenden, mit seinen Lippen.

„Was wir gesehen haben, hat uns erstaunt", fuhr die Höhere fort.

Es herrschte so eine schneidende Stille, man hätte eine Feder zu Boden gleiten hören können.

„Und aus diesem Grund haben wir beschlossen ..."

Er schloss die Augen. Das hatte er nicht gewollt. Er hätte es nicht einmal gewollt, wenn es um Aristoteles gegangen wäre. Hass löste keine Probleme.

„... beschlossen, dich ins Licht zu schicken!"

Er riss Augen und Mund auf. Aus der Menge kam ein Aufschrei, es klang, als hätte jemand mit einem Nagel über einer Tafel gekratzt. Die Menge teilte sich und gab den Blick frei auf den kleinen dickbäuchigen Leiter des Fegefeuers. Mit hochrotem Kopf stand Urian Hämmerlein da und raufte sich die Haare.

„Nein, wie könnt ihr das tun?", kreischte er und eilte nach vorne. „Das dürft ihr nicht! Ich verbiete es! Sie gehören alle ins Fegefeuer! Alle drei! Mein Vater hat gesagt ..."

„Du hast kein Recht, so etwas zu verlangen. Wenn ich dich daran erinnern darf, du besitzt nicht einmal ein Abstimmungsrecht", sagte eine tiefe Stimme aus dem Schatten. Es war Aristoteles, er trat langsam vor in das Licht.

„Es tut mir leid, Urian, aber ich habe einen Fehler gemacht, so wie du. Nur mit dem Unterschied, dass ich ihn mir eingestanden habe."

Dann wandte er sich der blonden Höheren zu: „Ich danke dir, dass ihr meiner Bitte nachgekommen seid und die Szene beobachtet habt."

„Du?", fragten Frank Sinatra und Ava gleichzeitig.

„Der ideale Mensch fühlt Freude, wenn er anderen einen Dienst erweisen kann", antwortete Aristoteles pathetisch und verbeugte sich.

„Seit wann?", platzte Ava heraus und lachte ihr tiefes rollendes Lachen.

„Aristoteles, da du deine eigenen Belange hinter die des Himmelsboten gestellt hast, halten wir eine Verwarnung für ausreichend."

Urian Hämmerlein war mittlerweile so rot im Gesicht, dass man dachte, sein Kopf würde jeden Moment zerplatzen. „NEIN! NEIN! NEIN! Wie könnt ihr ...", begann er zu protestieren, doch weiter kam er nicht. „Urian Hämmerlein", unterbrach ihn jetzt die blonde Himmelsbotin mit einer Geste, die ihm bedeutete zu schweigen, „du hast deiner Aufgabe als Leiter des Fegefeuers große Schande gemacht. Aus diesem Grund haben wir das Ansuchen deines Vaters, dich weiterhin in dieser Position zu behalten, abgelehnt. Du bist ab sofort deiner Stellung enthoben und sobald alle Gerichtsprozesse, die dein Vater mittlerweile auf der Erde zu führen hat, abgeschlossen sind, wird er wieder die Leitung des Fegefeuers übernehmen. Und du wirst ihm dabei nicht nur zur Seite stehen, sondern du wirst auch die nächsten fünfzig Jahre in anderer Gestalt im Fegefeuer zubringen – nämlich als Nacktkatze!"

Ein lautes Platschen folgte der Ansprache der Himmelsbotin, doch niemand schenkte Urian Hämmerlein Aufmerksamkeit, der gerade ohnmächtig geworden war.

„Du, Ava", fuhr die Höhere fort, „hast dich loyal verhalten, wie es sich für ein Mitglied der Himmelsbrigade gehört. Wir stellen es dir frei. Du kannst hier bleiben. Oder du kannst mit Frank Sinatra gehen ..."

Ein langgezogenes gebrülltes „Nein" war zu hören.

Doch diesmal waren alle Blicke auf Aristoteles gerichtet, der sich erschrocken mit beiden Händen den Mund zuhielt.

## 35 The Way You Look Tonight

Ich blieb einen Moment irritiert auf der Treppe stehen, als ich das Stiegenhaus zu meiner Wohnung hinaufging. Was war das für ein merkwürdiges Geräusch? Es klang wie … wie ein Baum, der leise im Wind knarzt.

Auf Zehenspitzen nahm ich die restlichen Stufen und schlich den Gang so weit vor, dass ich zu meiner Wohnungstür sehen konnte. Da saß Charlie-Brown-Toni am Boden, zusammengekauert zwischen Türrahmen und meinem Koffer, auf den er seinen Kopf gelegt hatte.

Ich blieb erstaunt stehen und betrachtete sein schlafendes Gesicht, bis das Ganglicht ausging. Dann ging ich zurück zur Treppe, um das Licht wieder einzuschalten.

Das Licht ging an, und als ich noch überlegte, wie ich ihn wecken sollte, hörte ich seine Stimme: „Hallo, Angie."

Ich drehte mich um und tausende Dinge gingen mir durch den Kopf. Aber dort blieben sie auch, denn alles was ich sagen konnte war: „Hallo, Charlie."

„Ich habe hier deinen Koffer", sagte er müde und stand auf.

„Danke."

„Ich … ich habe auf dich gewartet."

Das Ganglicht ging wieder aus. „Möchtest du reinkommen?", fragte ich in die Dunkelheit und bewegte mich nicht.

„Ja. Gerne."

Ich ging zurück zur Treppe, drückte wieder auf das Ganglicht und holte auch gleich meine Wohnungsschlüssel aus der Handtasche. Er sollte nicht sehen, wie sehr meine Hände zitterten.

Als wir in meinem Vorzimmer standen und ich die Tür geschlossen hatte, hielt er meinen Koffer in die Höhe und fragte: „Wohin?“

„Egal“, sagte ich und hoffte, dass es mir in den nächsten Minuten gelingen würde, wenigstens einen normalen Satz zu bilden. Ich stand noch immer da, vergrub die Hände in meinen Manteltaschen und sah überall hin, nur nicht zu ihm.

„Angie … Angelika, ich ...“ Ich spürte seinen Blick, aber ich konnte einfach nicht den Mut finden ihn zu erwidern. „... ich bin hier wegen dem Koffer.“

Mein Herz rutschte mir so rasend schnell, wie ein hinabstürzender Aufzug in die Kniekehlen.

„Ja, danke, das war sehr nett von dir. Okay, dann ...“, begann ich und öffnete wieder die Türe.

„Und weil es mir leidtut“, fuhr er fort, „die Sache mit Eva, dem Flug. Na ja, du weißt ja.“

Ich klammerte mich an die Türschnalle, während alles in mir brüllen wollte: Wie konntest du das tun? Warum nur? Doch stattdessen kam „Ja, ich weiß, ja, ich hoffe, es renkt sich bei euch alles wieder ein“ heraus.

Da ich ihn noch immer nicht ansah, wusste ich nicht, wie er auf meine Worte reagiert hatte, aber er machte keine Anstalten zu gehen.

„Angie, ich … also seit der Trennung … ich war einfach so wütend auf sie. Immer und immer wieder hab ich mir vorgestellt, wie es wäre, sie wiederzusehen. Ich bin sogar manchmal einfach so zum Flughafen gefahren, weil ich gehofft habe, ich würde sie dort treffen.“

„Okay, ich verstehe schon“, sagte ich und machte die Türe ein Stückchen weiter auf.

„Nein, das ist es nicht, ich meine, also, das ist so lächerlich, aber … aber ich habe mir immer vorgestellt, wie ich ihr eine

Szene machen würde. Ich würde sie anbrüllen und sie würde heulen und betteln und mich um Verzeihung bitten."

Ob ich wollte oder nicht, es gab da diesen Teil in mir, der ihn verstand und ich musste nicken.

„Und dann, als ich es am wenigsten erwartet habe, ist sie plötzlich dagestanden. Es ist echt immer völlig anders, als man sich so was ausmalt. Ich habe das gar nicht richtig begriffen. Ich war einfach nur überfordert."

Willkommen im Club, dachte ich, sagte aber immer noch nichts.

„Und dann sind wir gelandet und du bist weggelaufen. Da ist mir erst aufgefallen, wie idiotisch das von mir war, nichts zu sagen. Es tut mir leid. Wirklich."

Ich nickte wieder halbherzig.

„Jedenfalls, Eva ..."

Ich stöhnte auf, musste ich mir das wirklich noch alles anhören? War das nicht schon genug?

„... sie wollte dann noch unbedingt mit mir reden. Und weißt du, was das Komische war?"

Ich hob meinen Blick und sah zum ersten Mal an diesem Abend in seine wunderschönen dunkelgrünen Augen. Die Tränen stiegen mir hoch, aber ich drückte sie wieder runter und sagte leise: „Nein, weiß ich nicht. Aber wenn du es mir erzählst, kann ich ja vielleicht mal später darüber lachen." Sehr sehr viel später.

„Das Komische war, als sie mit mir geredet hat, war ich gar nicht mehr wütend auf sie. Sie hat mir erzählt, dass sie sich von Karl-Heinz getrennt hat und dass sie so oft an mich gedacht hat. Nur ..." Er kam einen Schritt näher auf mich zu. „... es hätte mir gar nicht egaler sein können. Weil ich die ganze Zeit an jemand anderen gedacht habe – an dich."

Jetzt stand er nur noch einen halben Meter von mir entfernt.

„Die ganze Zeit habe ich an dein Gesicht denken müssen. An diesen Blick, den du hast, wenn du nachdenkst. Wie du lachst, so über das ganze Gesicht und wie deine Augen dabei mitlachen. Ich habe an unseren letzten Abend im Hotel gedacht und an alles, was du mir erzählt hast. Und wie du diesen Mann am Flughafen umarmt und dabei so geweint hast."

Meine Hand war von der Türschnalle geglitten.

„Heute Morgen am Flughafen, da hat mich Eva gefragt, ob ich ihr noch eine Chance gebe, sie will es noch einmal mit uns versuchen. Aber ich habe ihr gesagt, dass das nicht geht."

Kalte Gangluft strömte durch die geöffnete Tür herein. „Es geht nicht, weil ich mich in jemand anderen verliebt habe."

Die Worte hingen in der Luft wie Luftballons, die nur darauf warten, dass man nach ihnen greift, bevor sie wegfliegen. Aber ich konnte mich nicht bewegen.

Als ich nach einer Minute noch immer nichts gesagt hatte, veränderte sich der Ausdruck seiner Augen, er drehte sein Gesicht von mir weg und sah in den dunklen Gang.

„Okay, dann geh ich jetzt lieber", sagte er nüchtern, machte einen Schritt durch die Tür und drehte sich dann aber doch noch einmal um. „Weißt du, Angie, ich will keine Spielchen mehr. Und ich habe gedacht, dass du jemand bist, der das auch nicht will." Zum Abschied nickte er mir zu und trat in den dunklen Gang.

„Bitte, geh nicht", rief ich, viel lauter als notwendig.

„Nein?" Er kam zurück und stand jetzt in der offenen Tür.

„Nein."

„Und warum nicht?"

„Weil … weil ich mich auch in jemanden verliebt habe."

„Kenne ich ihn?"

„Ich glaube sogar, ganz gut. Um nicht zu sagen ..."

Doch weiter kam ich nicht. Er hatte die Arme nach mir ausgestreckt und mich mit einem langen Kuss an sich gezogen.

Dann drückte er die Tür mit seinem Fuß zu und hielt mich einfach nur fest.

Ich weiß nicht, wie lange wir so dagestanden waren, bevor er mich ansah und fragte: „Was war eigentlich mit dem Mann? Dem vom Flughafen?"

„Er ist weg", flüsterte ich, lehnte meine Stirn an seine Schulter und war einen Moment überwältigt von dem Schmerz, den diese Worte auslösten. „Er ist wirklich weg", wiederholte ich. „Bevor er gegangen ist, hat er mir noch einen Zettel zugesteckt, und dann war er fort."

„Was für einen Zettel?"

Ich griff in meine Hosentasche und hielt Charlie das kleine Stück Papier hin. Er nahm es und faltete es auseinander.

„Das kenne ich", sagte er, als er es gelesen hatte, „das ist von einem Lied. Hast du noch die CD, die ich dir im Flugzeug gegeben hab?"

Ich holte sie aus meiner Handtasche und hielt sie ihm entgegen.

„Hast du einen CD-Player?", fragte er, während er schon in Richtung Wohnzimmer ging. Ohne eine Antwort von mir abzuwarten, drückte er auf den Knopf, um die Stereoanlage einzuschalten. Sofort blinkten die grünen und roten Leuchtschriften auf – dieses Gerät hatte ein kleines Vermögen gekostet, dafür war es aber auch, wenn es eingeschalten war, so hübsch bunt, dass man es gleichzeitig als Partybeleuchtung benutzen konnte.

Charlie legte die CD ein und drückte auf *Play*. Es war das erste Lied.

*Frank Sinatra: The Way you look tonight* lief als grün blinkende Endlosschleife über das Display, während eine hübsche, swingende Melodie ertönte. Dann setzte Frank Sinatras Stimme ein:

*„Someday,*
*when I'm awfully low, when the world seems cold, I will feel a glow, just thinking of you*
*and the way you look tonight.*
*Yes you'r lovely with your smile so warm, and your cheeks so soft, there is nothing for me*
*but to love you and the way you look tonight.*
*With each word your tenderness grows, tearing my fear apart.*
*And that laugh that wrinkles your nose, it touches my foolish heart."*

Charlie griff meine Hand und zog mich an sich. Und während er ganz langsam anfing mit mir zu tanzen, sang er leise gemeinsam mit Frank Sinatra:

*„Lovely, never ever change.*
*Keep that breathless Charm, won't you please arrange it.*
*Cause I love you, just the way you look tonight."*

****

***Himmelsgewölbe***

Aristoteles lief panisch von seinem Platz nach vorne zu dem gläsernen Podest.

„Bitte, tue es nicht", flüsterte er beschwörend. Doch Ava Gardner schien ihn gar nicht zu hören.

Sie sah nur auf Frank Sinatras offene Hand, die er ihr entgegengestreckt hatte.

„Francis, du alter Haudegen", sagte sie sanft und ließ ihre schlanken Finger in seine gleiten.

Sinatra führte ihre Hand an seine Lippen und küsste sie. „Angel", war sein letztes Wort, bevor aus ihren verflochtenen Fingern ein heller Lichtschein erstrahlte. Die glänzende Kugel aus Licht wurde immer größer, bis sie schließlich ihre beiden Körper einhüllte und dann das ganze Himmelsgewölbe in strahlendes Gold tauchte.

Einen kurzen Moment später war das Licht erloschen und Aristoteles starrte verloren auf die leere Stelle.

Langsam löste sich die Menge auf, aber er konnte seinen Blick nicht abwenden.

Was schade war, denn hätte er seinen Kopf auch nur ein Stückchen gehoben, wäre ihm die zarte, kleine Frau aufgefallen, die nicht weit von ihm stand und ihn wie verzaubert ansah. Sie hatte schon immer ein Faible für intelligente Männer gehabt. Und als sie seine flehentlichen Blicke zu Ava und Frank bemerkt hatte, war es um sie geschehen.

Dieser Mann hatte ein gebrochenes Herz und brauchte jemanden, der es wieder heilte.

„Audrey, kommst du", fragte eine Himmelsbotin neben ihr. Doch sie schüttelte nur den Kopf. Audrey Hepurn hatte den Mann gefunden, den sie wollte. Und es war niemand geringerer als Aristoteles.

# Epilog

Meine Wohnung hatte noch nie so viel Liebe, Leidenschaft und stundenlange Gespräche erlebt, wie in den nächsten drei Tagen. Es gab fast keinen Platz in ihr, der jungfräulich geblieben war – in jeder Beziehung.

Wir hatten keinen Fuß vor die Tür gesetzt und uns alles, was wir brauchten, liefern lassen. Dann hatte ich ein Taxi bestellt, die Annabelle-Romane eingepackt und für den Feuerwehrmann eine Flasche Champanger dazugegeben, die ich bei einer Lieferung aus einem Restaurant mitbestellt hatte.

Nacht und Tag verschwammen ineinander und ich verlor mein Zeitgefühl, wie bei einem Jetlag.

Nach diesen drei Tagen musste Charlie zum ersten Mal hinaus.

Er hatte einen Termin im Tonstudio. Ich stand an der Tür und er kam fünfmal aus dem Stiegenhaus zurück, um sich auch wirklich gründlich zu verabschieden.

Nach einem langen Kuss schloss ich schließlich hinter ihm ab, schob den Riegel vor und atmete tief diesen neuen Geruch ein, der noch in der Luft lag: Aftershave, frisch geschnittenes Holz und Vanille.

Es fühlte sich ungewohnt an, nach allem was passiert war, wieder alleine zu sein. Ich zog den Bademantel fester um mich, ging ins Wohnzimmer und rollte mich auf der Couch zusammen.

Ich musste eingeschlafen sein, denn plötzlich fuhr ich hoch.

Was war das? Was hatte mich eben geweckt?

Es spielte Musik, aber ich hatte doch gar keine angestellt!

Ohne noch richtig wach zu sein, lief ich zur Tür, aber der Riegel war noch immer vorgeschoben.

Ich tappte zurück ins Wohnzimmer.

Und während ich mit aufgerissenen Augen auf meine schwarze ausgeschaltete Stereoanlage blickte, tönte aus den Lautsprechern die immer lauter werdende Stimme von Frank Sinatra:

*„... Yes you're lovely, with your smile so warm,*
*And your cheeks so soft,*
*There is nothing for me, but to love you,*
*And the way you look tonight ...“*

## The Way You Look Tonight

*Some day, when I'm awfully low,*
*When the world is cold,*
*I will feel a glow just thinking of you...*
*And the way you look tonight.*

*Yes you're lovely, with your smile so warm*
*And your cheeks so soft,*
*There is nothing for me but to love you,*
*And the way you look tonight.*

*With each word your tenderness grows,*
*Tearing my fear apart...*
*And that laugh that wrinkles your nose,*
*It touches my foolish heart.*

*Lovely ... never, ever change.*
*Keep that breathless charm.*
*Won't you please arrange it?*
*'cause I love you ...*
*Just the way you look tonight.*

*Eines Tages, wenn es mir furchtbar schlecht geht,*
*wenn die Welt mir kalt erscheint,*
*werde ich ein Glühen spüren, allein wenn ich an dich denke ...*
*und wie du heute Nacht aussiehst.*

*Ja du bist schön, mit deinem wärmenden Lächeln*
*und deinen zarten Wangen.*
*Es gibt für mich nichts anderes, als dich zu lieben,*
*und wie du heute Nacht aussiehst.*

*Mit jedem Wort wächst deine Zärtlichkeit,*
*sie verdrängt meine Angst.*
*Und das Lächeln, das deine Nase kräuselt,*
*berührt mein albernes Herz.*

*Liebste, ändere dich niemals,*
*bewahre dir diesen atemberaubenden Charme,*
*kannst du das so einrichten?*
*Weil ich dich liebe,*
*genau so, wie du heute Nacht aussiehst.*

## Danke

Ich möchte mich ganz besonders herzlich bei Jürgen Wagner und Gerd Schweikert bedanken, dass sie an die „Rettung der Regenwürmer“ geglaubt haben. Tausend Dank an Catrin Stankov, Sie sind eine so zauberhafte Lektorin, die sich jede Schriftstellerin nur wünschen kann.

Vielen Dank an meine wunderbaren Testleserinnen Sophie Bauer, Nicole Feik, Sonja Fischerauer, Susi Poulicek jun. und Maria Schuchter. Und Susanna Knechtl, danke auch für Deine gewissenhaften Post it's und Anmerkungen.

S. Gaul, danke für Ihre außergewöhnliche Unterstützung und Ihr Vertrauen. Sie haben mir immer wieder Mut gemacht weiterzuschreiben und mir den Weg gezeigt, zu einem Ort, von dem ich gar nicht mehr wusste, dass er da ist (wir wachsen alle aus unserer Kindheit, aber unsere Kindheit wächst nie aus uns).

Und danke an meinen bemerkenswerten Ehemann Joseph. Du hast, trotz Deiner vielen Proben und Vorstellungen, immer Zeit gefunden, jede Version meines Manuskripts zu lesen, hast mich mit Deiner Kritik besser gemacht und mich mit Deinem Lob, Deinem Humor und herrlichem Cappuccino gestärkt, wenn ich im Jammertal unterwegs war. Danke!